松《しょう》籟《らい》邸《てい》の隣人 一

青夏の章

SHORAITEI no Rinjin ①

Masataka Miyamoto

宮本昌孝

PHP

松《しょう》籟《らい》邸《てい》の隣人（一）　青夏の章

目次

明治20年代後半の東海道本線

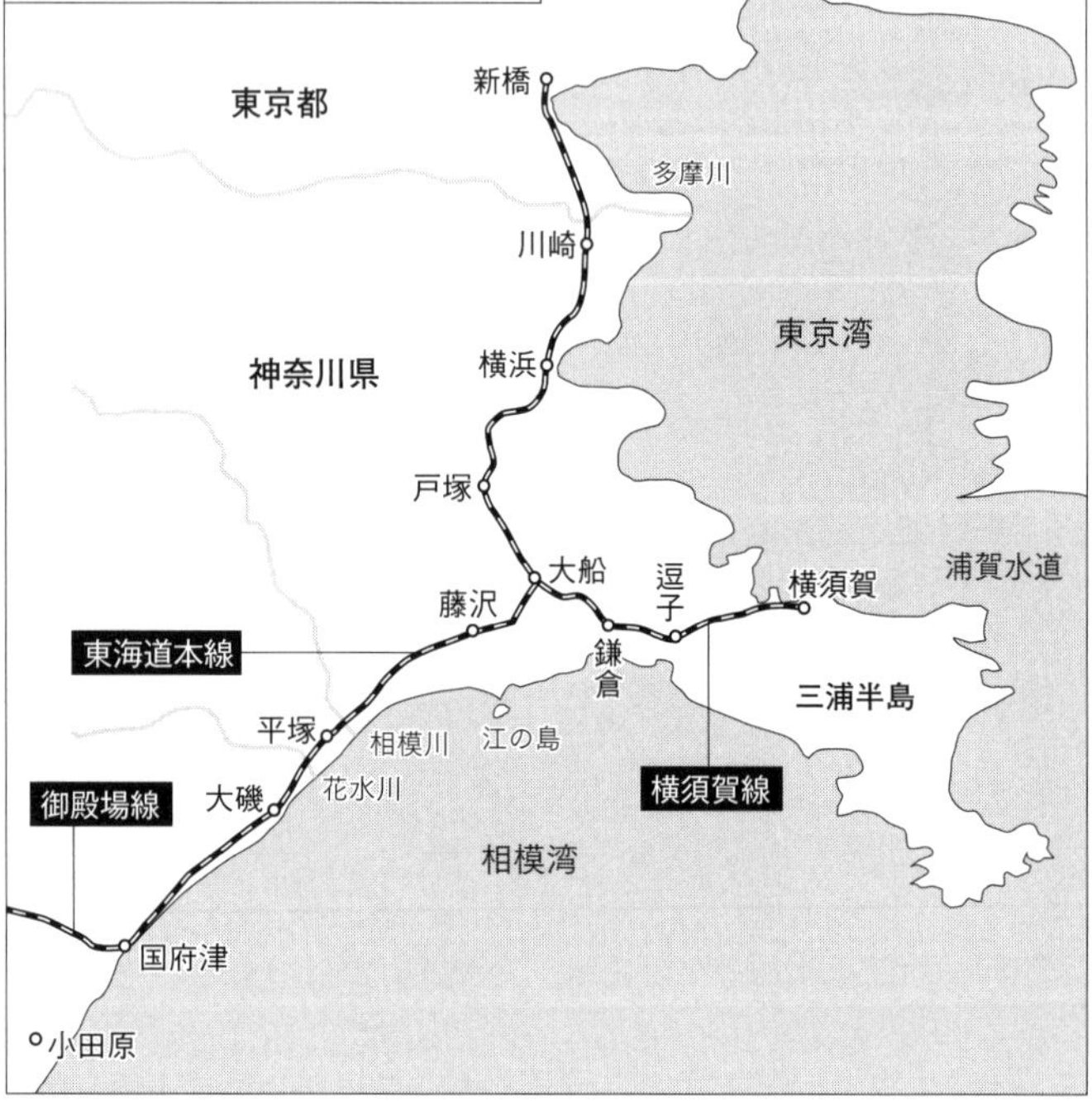

松籟邸《しょうらいてい》の隣人（一）

青夏の章

装丁……芦澤泰偉
装画……水口理恵子

第一話　はじまりの夏

広やかで蒼々《あおあお》とした空に、白雲が渦《うず》を巻きながらむくむくと膨《ふく》れ上がっていく。

「奇峰硉兀《きほうろつこつ》として火雲升《かうんのぼ》る」

揺れる窓辺に肱《ひじ》をついて、夏天を仰《あお》ぎ見ながら、杜甫《とほ》の詩を口にしたのは、学生帽の少年だ。いかにも利《き》かん坊という、への字の唇《くちびる》ときりりとした眉《まゆ》の持ち主で、それでいて眼《まなこ》は聡明の光を放ってやさしげでもある。

機関車の吐《は》く蒸気の煙が流れ込んできたので、少年はちょっと咳《せ》き込み、

「田辺《たなべ》くん」

と右腕を前へ伸ばした。

対面で腰掛けている同じく学生帽の男子は、ちょっと笑いながら、底が尖《とが》っていて胡瓜《きゅうり》に似た瓶《びん》を手渡す。咳き込んだ少年よりも体が少し大きく、陽《ひ》に灼《や》けている。

客車がガタンと揺れた。瓶の飲口《のみくち》から泡《あわ》状になったラムネが溢《あふ》れたが、少年は素早く自分の口で被《おお》って、滴《したた》り落ちるのを防いだ。そのまま呷《あお》って、喉《のど》を鳴らす。

この秋にようやく十二歳になる少年が上等車に乗っているのは、母の教育による。いずれ国を動かす一流の人士《じんし》となるには、幼少期より一流の暮らしをしなければならない、というのだ。少年の筒袖《つつそで》も袴《はかま》も絹地《きぬじ》である。

田辺広志《ひろし》のほうは、田辺家が少年の父の別荘の近所というだけで、友垣《ともがき》を結ぶよう、少年の母からなかば命ぜられたのが出会いだった。いまでは親友であり、こちらも上等車の運賃くらいは

なんでもない素封家《そほうか》の子なのだ。

ドーン……。

空に大きな音が響いた。

「大砲の試射だな」

「海軍が強力な火薬を作っとるらしい」

車内のおとなたちの会話が聞こえた。このあたりは地名を辻堂《つじどう》といい、畑とクロマツ林のほかはほとんど何もないところだが、海岸の砂丘《さきゅう》地帯に海軍の演習場が設《もう》けられている。

「ついでに、虎《とら》も狼《おおかみ》も狸《たぬき》も吹っ飛ばしてくれるとよいのだがね」

「そやつらばかりは、こっちまで襲《おそ》うてこんように祈るほかないじゃろう」

伝染病のコレラは、コロリと称《よ》ばれて、怪物の画《え》や漢字が様々にあてられ、「虎」の頭に、「狼」の体、「狸」の巨大な陰嚢《いんのう》をもつ虎狼狸《コロリ》もそのひとつだ。幕末に異国船の船員によってもたらされて以来、たびたび流行してきた。今年も、いま長崎から九州全土に広まりつつある、と伝わっている。

「気をつけないとな、ご母堂《ぼどう》様」

広志が少年に言った。

「母はコロリなんか寄せつけないさ」

「それもそうか」

少年の母は、蒲柳《ほりゅう》の質で病気がちなのだが、滅多《めった》に床《とこ》には就《つ》かず、苦しげなようすもみせたことがない。尋常《じんじょう》でない気丈夫《きじょうぶ》なのだ。

汽車は平塚《ひらつか》の停車場に停《と》まったが、乗り慣れているふたりは気にもとめない。喋《しゃべ》りつづけているうちに、また汽車は動き出した。

「何する、夏休み」

広志に訊《き》かれると、少年は即座にこたえた。

「遠駆《とおが》けしよう」

「ひとりで行けよ」

広志の声が冷たくなる。

「困るよ、口取《くちとり》がいないのは」

主人の馬を曳《ひ》く役を口取という。両親が武家出身の少年は、乗馬を好み、家来でもない広志に当然のごとく口取をやらせる。

「あのな……」

溜《た》め息《いき》交《ま》じりに言いかけて、広志は諦《あきら》めた。奉公人《ほうこうにん》などから〈若様《わかさま》〉と敬称されている少年は、ときに一歳上の友人までも従者のように扱うのだ。広志も馴《な》れっこではあるが。

汽車は花水川《はなみずがわ》の鉄橋を渡った。

「海よ」

「きらきらしてる」

外から歓声《かんせい》が聞こえてきたので、少年と広志は、窓外へちょっと顔を出して、他の車両を見やった。

中等車と下等車の窓から身を乗り出した婦女子《ふじょし》たちが、唐ヶ原《もろこしがはら》の向こうに広がる相模《さがみ》の海へ笑顔を向けている。束髪《そくはつ》が風で解《ほど》けて、振り乱してもお構いなしだ。

三沢川《みさわがわ》に架《か》かる短い橋も渡ると、機関車が汽笛を鳴らし、速度を落とす。

線路沿いに立って列車を眺《なが》めている男に、少年は目をとめた。痩《や》せさらばえて、杖《つえ》をついており、目つきが剣呑《けんのん》なようすだが、陸蒸気《おかじょうき》を見物するのが初めてで驚いているのかもしれない。

周辺に民家の疎《まば》らな停車場に到着した。

ふたりが降り立ったのは、神奈川県の大磯《おおいそ》駅である。

改札を出ると、駅前にずらりと待機中の人力車《じんりきしゃ》の車夫《しゃふ》たちが忙しく客引きする姿が、目に入った。見慣れた光景だ。

「若様。お帰りなせえ」

声をかけながら、少年の馴染《なじ》みの車夫が足早に寄ってくる。

少年は、広志が持つ堅牢《けんろう》そうな屋根型の鞄《かばん》を足許《あしもと》に下ろさせた。自分の鞄を広志に持たせるのも、少年には当たり前のことだ。

鞄の中から取り出したものを、車夫めがけて放り投げる。

「ほら、どんじり」

歌舞伎《かぶき》の『白浪五人男《しらなみごにんおとこ》』のひとり、南郷力丸《なんごうりきまる》は大磯生まれという設定で、「さて、どんじりに控《ひけ》えしは……」の名台詞《めいぜりふ》で知られる。車夫の名が南郷長八《ちようはち》なので、彼を贔屓《ひいき》にした少年の父が、面白《おもしろ》がって、どんじり、と綽名《あだな》をつけたのだ。

どんじりは、投げられたものを両掌《りようて》で掬《すく》うように受けとめた。掌《てのひら》ぐらいの大きさで、何やら硬いものが蠟紙《ろうがみ》に包まれている。

「何でござえやす」

「開けてごらんよ」

どんじりが薄い蠟紙を開く。現れたのは、黄色っぽい固形物だ。

「若様。こいつは、もしやシャボンじゃねえんですかい」

石鹼《せつけん》のことである。学のないどんじりには、表面に刻印《こくいん》された漢字は読めないが、似たものを見たことがあった。

「花王《かおう》石鹼っていうんだ。お前への土産《みやげ》だよ」

「こんな高《たけ》えもんを、あっしなんかに……」

「遠慮するな。塾の先輩に貰《もら》った試用の物なのさ」

少年と広志は、神奈川県藤沢《ふじさわ》の羽鳥《はとり》という地に建つ耕餘塾《こうよじゆく》の塾生である。文部省の定める教育制度において変則中学の部類に入る耕餘塾は、入学年齢は原則として十四歳以上で、寄宿制でもあるのだが、例外が少なくない。まだ小学生の学齢の両人も、大磯より汽車で通っている。ただ少年は、耕餘塾を経済的に支援する旧・羽鳥村名主《なぬし》の三觜《みつはし》家に、気が向けば寝泊まりすることがしばしばで、こんども夏休み前の数日間、連泊《れんぱく》していた。

幕末の大儒者《だいじゅしゃ》・佐藤一斎《さとういっさい》に学んだ小笠原東陽《おがさわらとうよう》の創設による耕餘塾は、相州《そうしゅう》一の高等学府と称《よ》ばれ、塾生には東京や横浜の富裕層の子弟が多い。少年に試用の石鹼をくれた先輩の親も、花王石鹼の創業者・長瀬富郎《ながせとみろう》と昵懇《じっこん》の間柄《あいだがら》なのだ。

「ご時世だからね、いつもきれいにしておくほうがいい」

と少年は付け加えた。経口《けいこう》感染するコレラの予防には、生水《なまみず》、生物《なまもの》の飲食を避け、自身の清潔を保《たも》つことも重要とされていた。

「勿体《もったい》ねえ」

声を湿《しめ》らせるどんじりである。

「松籟邸《しょうらいてい》まで送らせて下せえ」

「いいよ、歩くから」

少年の父がみずから松籟邸と名付けた別荘まで、二・五キロ程度にすぎない。徒歩でゆく者らや、客を乗せた人力車が、江戸期の東海道宿駅《しゅくえき》と繋《つな》ぐ県道へ鼻先を向けている。

「じゃあ、長八さん。荷物だけでも頼むよ」

広志が、少年の鞄を持ち上げて、どんじりに渡した。書物の詰まった重い鞄を持たされたまま歩くのはかなわない。

「ひろ坊のも」

「おれのは軽いから」

広志は肩に担《かつ》いでいる風呂敷《ふろしき》包みを振ってみせる。

このとき、カツン、と金属的な音がしたので、少年はそちらへ視線を振った。いましがた陸蒸気を眺めていた怪《あや》しげな男が、杖で線路を叩《たた》いたのだ。何やら怒っているように見えた。文明開化の象徴ともいえる鉄道を嫌《きら》う者もいる。

「若様、照ケ崎《てるがさき》へ寄りやすか。いらしてますぜ、五代目が」

そのどんじりの声に、視線を戻した少年は、

「それ、先に言えよ。ぼくは、ここで」

広志に手を振りながら、早くも歩きだしている。この瞬間に、杖の男のことは頭の中から掻《か》き消された。

「なら、ひろ坊。こっちは道連れで」

「そうだね」

県道へ踏み入った少年は、耕餘塾へ転校する以前の広志が通っていた大磯学校を右に見る坂を下り、家々の間を抜けて東海道大磯宿へ出た。北本町《きたほんまち》と南本町の境目《さかいめ》である。

いまは二号国道と称ばれている東海道を、少年は南本町のほうへ向かう。

大磯は、旧幕《きゅうばく》時代、本陣のほか、最盛期に七十軒近い旅籠《はたご》が軒《のき》を争って、大いに賑《にぎ》わったが、明治の宿駅制度廃止に伴い、急激に寂《さび》れ、宿屋も大半が廃業を余儀なくされた。町を救ったのは、海水浴場の開設と、停車場設置である。東西は約八キロと間延びし、南北からは海と丘《きゅう》陵《りょう》が迫って狭いという、いわば鰻《うなぎ》の寝床《ねどこ》のような地形であるせいか、商店街ができにくく、東京や横浜のような都会的な娯楽もないにもかかわらず、夏は避暑地、冬は避寒地として京浜《けいひん》から富裕層が訪れるようになり、別荘も次々と建てられ、地価も高騰中《こうとうちゅう》なのだ。

いまも旅館の客とみえる人々が往還《おうかん》に出ている。未《み》舗装《ほそう》の街道は、旧幕時代と変わらず、土と石ころだらけで埃《ほこり》っぽい。だが、これも江戸期の宿駅の名残《なごり》で、家々の庇《ひさし》が長いために、軒下は日を除《よ》けてそぞろ歩くのにちょうどよいのだ。

少年も、手拭《てぬぐい》で一度、顔や胸許《むなもと》の汗と埃を拭《ぬぐ》ってから、軒下に歩を進め、いわしや旅館、警察署、宮代屋《みやだいや》旅館、かつての本陣の石井旅館などの前を通り、寄席《よせ》の末広亭《すえひろてい》の横筋へ入って、浜辺沿いの裏町である南下町《みなみしたまち》へ足を向けた。少年の後方の広志とどんじりは、そのまま二号国道を進んだ。

少年の耳に波音が届く。吹き抜けてくる海風には魚臭《さかなしゅう》が強い。漁戸《ぎょこ》が軒を並べる道の突き当たりに、ひときわ大きくて目立つ二階建てが見える。

濤龍館《とうりゅうかん》、という。

海気《かいき》を呼吸し、海水に浴《よく》すことが健康の回復や増進を促《うなが》して、精神の病《やまい》にも効果ありとされる海水浴は、純粋な医学療法としてイギリスなどから伝わったものだ。幕末には将軍家の侍医《じい》を、明治新政府では初代陸軍軍医総監をつとめた松本順《まつもとじゅん》は、退官後、民間に西洋流の公衆衛生を啓蒙《けいもう》すべく、生活習慣の改善や牛乳の飲用などを奨励《しょうれい》したが、中でも海水浴の効用を熱心に説《と》き、日本中の沿岸にその好適地を探したところ、神奈川県の大磯が最も条件に適《かな》った。

療養は短時日《たんじじつ》では終わらないから、医師が常駐し、診療器具も整っていて、長逗留《ながとうりゅう》の可能な宿泊施設が必要になる。そのために建てられたのが、医院と旅館を兼ねる禱龍館なのだ。客室は五十室余りを数える。

その禱龍館の敷地から、人力車が二台、出てきた。前を往《ゆ》く乗客は、禿頭《とくとう》に真っ白な長髯《ちょうぜん》をたくわえた仙人みたいな老人だ。

「松本先生」

声をかけて、学生帽を脱《ぬ》ぎながら、少年は寄ってゆく。

「夏休みが始まったかね」

禱龍館の館主ではないものの、事実上の開業者である松本順は、車夫に人力車を停車させ、皺《しわ》顔《がお》を笑《え》み崩《くず》した。

順は、館内医院の院長も助手も他者に任せたが、館に滞在中は補助として午前八時から十一時まで診療にあたっている。少年の母の主治医《しゅじい》でもある。

「この子がさきほど話した……」

と順は、後続の人力車の乗客を振り返る。

洋装が板についている五十がらみの小太りの男は、わざわざ降車してから、

「きみが茂《しげる》くんか」

少年に向かって右手を差し出した。

「わたしは渋沢栄一《しぶさわえいいち》だ」

会うのは初めてだが、その名は父の口から幾度か出たので、茂も知っている。

松本順は、蘦龍館の建設費調達のため、一室無料提供、診察料や料理の割引などの特典をつけて、一口二百円で会員を募《つの》り、京浜の名士三十三人を得た。渋沢栄一はそのひとりである。

「吉田《よしだ》茂です」

茂は、目を逸《そ》らさずに、しっかりと握手した。

「さすが健三《けんぞう》さんの跡継《あとつ》ぎだ。物怖《ものお》じせん」

「父とご面識がおありだったのですか」

「冒険心の旺盛《おうせい》なひとだった」

茂の父の健三は、越前福井《えちぜんふくい》藩士の家に生まれたが、数え十六歳で脱藩《だっぱん》し、大坂、長崎で医学や英学を学んでから、イギリスへ密航留学した。帰国後は語学力を活《い》かして横浜のマジソン商会の番頭をつとめ、軍艦や生糸《きいと》の売り込みで商才を発揮すると、その間に作った人脈と多額の退職金

を元手に、みずからも様々な事業を興《おこ》して大成功を収めたのだ。

健三の病死は昨年暮れのことで、満四十歳の若さだった。明治六年二月の布告により、以後、年齢は「数え年」ではなく「満年齢」で数えるよう定められた。

「茂くんはお父上の事業には興味がないそうだね」

「ぼくに父のような商才はありません」

事業は引き継がなかった茂だが、遺産五十万円を手にしている。途方もない巨額と言わねばならない。国賓《こくひん》宿泊施設として近く竣工《しゅんこう》予定の帝国ホテルの建設費ですら、二十六万円なのだ。

渋沢栄一はその帝国ホテルの株主総代をつとめる。

「きめつけるには早すぎる年齢だと思うが」

「人《ひと》は各《おのおの》、能ありと申します」

人にはそれぞれ違う才能がある、という意味だ。

「では、茂くんにはどんな才能がある」

「ぼくは能無しです」

なぜか堂々と宣言するごとく告げてから、茂は語を継いだ。

「けれど、君子《くんし》にして不才無能なる者之《こ》れ有り、猶以《なおもっ》て社稷《しゃしょく》を鎮《しず》む可《べ》し、とも申しますから」

人格の優《すぐ》れた君子でありながら才能はないという者がいるが、それでもなお国家を鎮め守ることはできる。

渋沢は眼を剝《む》いた。少年の漢学の素養もさることながら、抱いている大望にさらに驚いたのだ。

「茂くんは国を治める人間になりたいというのだね」

「なりたいではなく、必ずなります」

「そうか。必ずなるか」

「はい」

「そのとき、この渋沢を用いてくれるか」

「子どもと侮《あなど》っての戯言《ざれごと》でしょうか」

「わたしは昔、父の名代《みようだい》として陣屋に出向いたが、年少ゆえに、領主の代官からひどい侮蔑《ぶべつ》をうけたことがある。なれど、疾《とう》に自分なりの考えをもっていたのだ。だから、茂くんの志《こころざし》を嗤《わら》うような戯言は決して言わぬ」

「無礼《ぶれい》を申しました。お赦《ゆる》し下さい」

「して、わたしを用いてくれるや否《いな》や、茂くんの返答やいかに」

財界の大立者《おおだてもの》が、まだ何者でもない吉田茂少年を凝視《ぎようし》した。

「軽々しい約束はできません」

茂のこの大人《おとな》びた返答に、順は噴き出しそうになるのを怺《こら》えつつ、渋沢に声をかける。

「渋沢くん。後藤卿《ごとうきよう》が首を長くしておられよう」

「さようですな」

逓信《ていしん》大臣がいま、唐ヶ原の別荘に滞在中である。幕末に大政奉還の建白書《けんぱくしょ》を提出し、京都二《に》条城《じょうじょう》において最後の将軍徳川慶喜《とくがわよしのぶ》にこれを説いた後藤象二郎《しょうじろう》だ。順も渋沢も旧知なので、これから挨拶《あいさつ》に出向く。

「また会おう、茂くん」

「お会いできて、光栄でした」

茂は、照ヶ崎海岸へ足を向けた。

海岸段丘《だんきゅう》の上に建つ禱龍館から、板造りの階段を、海水浴客たちが下りてくる。

浜辺に憩《いこ》う男女のほとんどは、シマウマと俗称される流行《はや》りの横縞模様《よこじまもよう》の海水浴着姿だ。

大きな麦藁帽《むぎわらぼう》に、キャラコのワンピースという女の姿も目立つ。薄くて光沢《こうたく》のある平織《ひらおり》の白木綿《しろもめん》地をキャラコという。こちらも海水浴着ではあるが、リゾートウェアに近い。

被《かぶ》り手拭、法被《はっぴ》に、赤褌《あかふんどし》姿で、肩にコルク製の浮輪《うきわ》を引っ掛けた筋骨逞《きんこつたくま》しい男も、そここに見られる。各旅館に雇《やと》われ、遊泳指導や諸々《もろもろ》の介助、海水浴場の清掃などをして海難事故防止につとめる者らで、かれらはジイヤと称ばれる。

波打ち際《ぎわ》を逍遥《しょうよう》する婦女子の近くでは、若草色の毛をもつ鳥の群れが、海水を飲んでいる。

照ヶ崎海岸の夏を賑わせるアオバトだ。

茂は、砂を踏んで、段丘寄りの浜辺に建ち並ぶ海水茶屋《かいすいぢゃや》のほうへ往く。

海水茶屋というのは、海の家の元祖みたいなものだ。毛氈《もうせん》敷きの縁台《えんだい》や、真水《まみず》入りの四斗樽《よんとだる》を用意し、荷物を預かったり、冷やした麦茶を供したりする。建物の造りは簡素《かんそ》で、丸太の柱と梁《はり》に葦簾《よしずば》張りという程度だった。

茂がめざすのは、格子《こうし》の間に〈キ〉と〈呂《ろ》〉の文字を幾つも配した意匠《いしょう》の暖簾《のれん》が、海風に煽《あお》られている海水茶屋。その暖簾をくぐって中へ入ると、

「いらっしゃいまし」

若い女の笑顔に迎えられた。

眉が濃く、くっきりとした目鼻立ちで、歯の白さも際立つ。茂が初めて見る女中だ。

「あの……音羽屋《おとわや》さんは」

茂は訊《たず》ねた。

「潮湯治《しおとうじ》をしてらっしゃいます。御用がおありでしたら、ここでお待ち下さいまし。いま麦茶を」

鈴を転《ころ》がすような声に、茂はどぎまぎしてしまう。

「いいんだ。その……ちょっとご尊顔《そんがん》を、拝《はい》したいと……」

なぜかことばが閊《つか》えて、体が熱くなる。

「それなら、なおのこと」

「本当にいいいんだ。失礼」

急いで踵《きびす》を返した茂は、外へ出た途端、足早になっていた。

目の前に、海水浴場が広がる。

人が引き波で沖へ流されないよう、岸辺から海へ向かって大きな半円を描く形でたくさんの杭《くい》を立て回してあり、円内の岩礁《がんしょう》に突き刺された鉄棒にしがみついて、凝《じ》っとしているのが、医学療法としての海水浴の一般的なやり方だった。別称を潮湯治という。

海水浴場の波は荒いので、鉄棒にしがみつく人々の多くは必死の形相《ぎょうそう》だ。

（湯治するのに命懸《いのちが》けって、おかしな話だなあ……）

茂などは、この光景を目にするたび、奇態《きたい》に思うのだが、

「波が激しく打ち寄せる場所が最適」

と松本順が口授《くじゅ》『海水浴法概説』で語っているからには、きっと正しいやり方なのだと信じるほかない。

挨拶したいひとが、その鉄棒にしがみついているのが見えた。茂は、足許の小石をひとつ拾い、掌の上でぽんぽんと弾《はず》ませながら、そのひとが上がってくるのを待つ。

小石の五色縞《ごしきじま》の模様が美しい。このあたりにのみ産する種類で、江戸時代の『東海道名所記』にも紹介されている。

「大磯の浦は海にて名物の小石あり。五色にて美しければ、人愛して盆栽《ぼんさい》に入れて弄《もてあそ》ぶ」

ほどなく上がってきたそのひとが、茂を見つけて、おもてを綻《ほころ》ばせた。上下つなぎのシマウマ

を着た面長《おもなが》の男前だ。

「おや、小梅《こうめ》のシゲぼん。元気になられたようにございますねえ」

「あの折、音羽屋さんにはわざわざ馳《は》せつけて下さり、本当にありがとうございました」

「礼を言わねばなりませぬのは、こちらのほう。健三さんにはひとかたならぬご贔屓をしていただきました」

九代目市川団十郎《いちかわだんじゅうろう》、初代市川左団次《さだんじ》とともに〈団菊左《だんきくさ》〉と親しまれる当代一の歌舞伎の名優、五代目尾上菊五郎《おのえきくごろう》。屋号は音羽屋だ。

菊五郎を贔屓にした吉田健三は、東京の向島《むこうじま》小梅の別宅に招くなど、幾度も酒食を共にしている。茂も、吉田家の本宅のある横浜南太田《みなみおおた》の小学校へ上がる前、父に連れられて東京へよく行ったので、菊五郎から〈小梅のシゲぼん〉と可愛《かわい》がられた。そういう縁で去年、健三が倒れたとき、菊五郎は新橋《しんばし》から汽車に飛び乗って横浜まで駆けつけてくれたのだ。

「ご逗留はいつまで」

「それがねえ、すぐに板《いた》に戻らないと」

板とは舞台のことで、菊五郎は吐息《といき》を洩《も》らした。仕種《しぐさ》が女よりもややわとしている。

「順先生がね、ちょんの間《ま》でいいからちょいちょい来てくれって仰《おっしゃ》るから」

松本順は、大磯海水浴場を、富裕層だけでなく、より多くの人々に知らしめるため、河竹黙阿弥《かわたけもくあみ》に『名大磯湯場対面《なにおおいそゆばのたいめん》』という演目《えんもく》を書いてもらい、この年の三月に菊五郎ら人気役者を揃《そろ》えて、新富座《しんとみざ》で上演させている。歌舞伎は、明治時代になってもなお、庶民への情報伝達の最大の媒体なのだ。

菊五郎自身も、大磯が気に入り、すすんで協力している。茂が訪ねた海水茶屋の暖簾も菊五郎が贈ったものだ。意匠の〈キ〉と〈呂〉の組合せは、〈キクゴロ〉と読ませる判じ模様で、いわば海水浴場における尾上菊五郎の楽屋《がくや》を兼ねているともいえた。

そのため、海水浴もさることながら、人気役者に会えるというのも、大磯の売りになりつつあった。いまも、いつのまにか周囲に人だかりができており、菊五郎の付き人らが、しばしお待ちを、と愛想《あいそ》を振りまいている。

「ご母堂様には、さきほどご挨拶してきましたからね」

「お心遣い、痛み入ります」

「お元気そうで何よりでござんした。じゃ、シゲぼん、あたしゃこれで」

それを茂への別辞《べつじ》として菊五郎が歩きだすと、人だかりもくっついてゆく。

茂は、浜辺から上がり、海岸沿いに東西へ延びる道を、南下町から茶屋町《ちゃやまち》の裏通りへ入った。

(どこの誰だろう……)

キクゴロ茶屋の女中のことが、まだ気になっている。声が心地《ここち》よくて、愛嬌《あいきょう》のあるひとだった。

裏通りを抜けて一号国道へ戻ると、鴫立橋《しぎたつばし》を渡って、台町《だいまち》へ入る。

妙　昌　寺《みょうしょうじ》の前を過ぎれば、東小磯《ひがしこいそ》。

大磯宿の東の出入口といえる化粧坂《けわいざか》は松と榎《えのき》の並木の景勝で知られるが、西も東小磯から西小磯までつづく松並木が美しい。

茂は、この景色が大好きだ。何より、視線を上げれば、正面に霊峰《れいほう》富士の巨《おお》きな姿を望むことができる。

（きょうも世界一だ……）

空の碧《あお》と峰雲《みねぐも》の白を背景に、日本国の隅々《すみずみ》まで眺め下ろしているかにみえる壮麗《そうれい》な孤峰《こほう》。まだ異国の山河を見たことのない茂だが、富士こそが世界中すべての山々の美の極致と信じている。

このあたりから海側の小道《こみち》へ入れば、敷地数千坪とも一万坪超えともいわれる小淘庵《おゆるぎあん》に行き着く。山県有朋《やまがたありとも》首相の別荘だ。山県もまた松本順の勧《すす》めで、大磯停車場開設に合わせて、この地に別荘を建てたのである。

茂は、松籟邸を訪れた内務《ないむ》卿の頃の山県に挨拶をしたことがあるが、幼心《おさなごころ》にも陰気なひとという印象だったから、あまり好きではない。総理大臣に任ぜられたと聞いたときは、とても驚いた。

山県にとって首相就任《しゅうにん》後の初めての夏なので、短期間でも大磯へ静養に来るのではないかと噂《うわさ》されているが、たしかではない。

茂は、宇賀社《うがしゃ》の前を過ぎて、西小磯へ入った。国道沿いでも大磯の中心から外《はず》れているところなので、閑静《かんせい》である。賑やかになるのは、いま茂が社前を通過する八坂社《やさかしや》に行事があるときぐらいだ。

西小磯の中央を北から南へ流れる血洗川《ちあらいがわ》は、二号国道を横切ってから、西へ蛇行《だこう》して海へ注ぐ。別名を切通川《きりとおしがわ》という。

茂は、血洗川に架かる切通橋を渡って、海側へ向かう小道へ入った。松籟邸の門は、後年の吉田邸のそれより東寄りの、少し奥まったところにある。

血洗川沿いの小道には木々が列《つら》なり、いまは枝葉《えだは》が鬱蒼《うっそう》と重なり合っているから、木の間から新築の隣家を垣間《かいま》見ることもできない。

そこが切り開かれて、普請《ふしん》が始まったのは昨年のことだ。川で隔《へだ》てられているとはいえ、お隣《となり》だから、茂も気になったのだが、所有者がどこの誰なのか、いまもって判然としない。洋行《ようこう》帰りの資産家らしいと噂されてはいる。

日中は何かしら音が洩れているはずなのに、きょうは静かだ。自分が藤沢で連泊中に竣工したのかもしれない、と茂は思った。

松籟邸の手前に建つ上郎《こうろう》家の別荘前にさしかかった。所有者の上郎幸八《こうはち》は、吉田健三と同じ越前出身の実業家で、茂の母の姉婿《あねむこ》にあたる。

小道の奥から褐色《かっしょく》の毛の柴犬《しばいぬ》が一散に走り寄ってきて、茂の足にまとわりついた。

「いい子だ、ポチ」

出迎えてくれた愛犬の頭を、茂は撫《な》でてやる。明治後期に飼い犬の名は日本中でポチだらけになるが、茂は早くから命名していた。

松籟邸の門前へ達すると、こんどは、そこに立つ人間の出迎えをうける。

「若様。恙《つつが》ないご帰邸、祝着《しゅうちゃく》に存じ上げ奉《たてまつ》る」

言葉遣いだけでなく、装《よそお》いも、この暑いのに羽織《はおり》を着て折目高《おりめだか》な老爺《ろうや》で、胸に茂の鞄を抱《かか》えている。どんじりが届けてくれたのだろう。

「北条《ほうじょう》。こんな日は無用って言ったろ。暑気中《しょきあた》りになるぞ」

執事《しつじ》の北条邦男《くにお》は、茂が出かけるさいは門前まで見送り、帰ってきたときも門前で出迎える。

「木陰《こかげ》ゆえ、暑気中りの懸念《けねん》はご無用。若様が身共《みども》を老いぼれと思《おぼ》し召《め》されるのは心外にござる」

吉田健三が福井で暮らした幼少期、その従僕《じゅうぼく》だったのが北条である。のちに健三が横浜で事業を興すさいに招《よ》ばれて仕《つか》え、そのまま吉田家の執事となった。見送りも出迎えも、茂が横浜の小学校に通っていた頃からの習慣なのだ。

「老人は衆の観望《かんぼう》して矜式《きょうしょく》する所なり」

朗々《ろうろう》と茂は北条に告げた。老人とは多くの人が仰ぎ見て謹《つつし》んで手本とする存在であるという意味だ。

「だから、北条にはいつまでも健《すこ》やかでいてほしいんだ」

「うう……若様……」

途端に北条が喉を詰まらせる。込み上げてきた感激の嗚咽《おえつ》を呑《の》み込んだのだ。

茂は、おもてを逸らして、ぺろりと舌《した》を出してから、

「ところで、お隣は落成したのか」

あらためて夏木立《なつこだち》で遮《さえぎ》られている隣家を見やった。

「さように思われまするが、住人の出入りはまだないようにござる。それ以前に、普請前にも普請中にも、ご当家に誰も挨拶にみえませなんだのは怪《け》しからぬこと。身共は日本国の礼儀を知らぬ異人ではないかと疑《うたご》うておりまする。異人であれば、攘《うちはら》わねばなりませぬ」

幕末の志士みたいな憤《いきどお》りをみせる北条をおかしく思いながら、茂は否定する。

「攘夷《じょうい》の必要はないよ。外国人の居留地《きょりゅうち》以外での内地雑居《ざつきょ》は禁じられているんだから」

外国側は日本政府に内地開放を強く求めているが、居留地以外の土地でも治外法権を認めるや否やの大問題があって、いまだ実現しない。日本国内の旅行にしても、外国人に許可されるのは原則として居留地の十里《り》四方までなのだ。

「お隣にも何か事情があるのさ」

「若様。私《わたくし》のいかなる事情があろうと、公《おおやけ》の礼儀を欠かさず、他者を思いやるのがまっとうな日本人と申すもの。なればこそ、奥方様もいま、民権家の方々にお手を差し伸べておられるのでござる」

北条の言う奥方様とは、茂の母の士子《ことこ》をさす。

「なんのことだ」

茂は、邸内へ踏み入ろうとした足をとめる。

「若様のお留守《るす》中に、生前の旦那《だんな》様とご交誼《こうぎ》がおありだったという民権家がお三方《さんかた》、訪ねてまいられた」

「その三人、北条の知った者らか」

「初めて見るお人たちにござる」

自由民権運動の熱心な擁護者《ようごしゃ》だった吉田健三は、その先頭に立つ自由党総裁の板垣退助《いたがきたいすけ》には資金援助をし、自由論や政府批判を展開した『東京日日《にちにち》新聞』にも出資している。横浜の本宅や東京の別宅に関係者が出入りすることもめずらしくなかったから、吉田家の執事の北条が見知らぬ者らというのは、茂には解《げ》せない。それに、健三の死後にいきなり別荘を訪ねてくるのも無礼なことだ。

茂も、年少の身ながら、自由民権運動については、知るところが多い。というのも、父が擁護者だったというだけでなく、茂自身の通学する耕餘塾もまた民権家を数多く輩出《はいしゅつ》しているので、学風にその色が濃いからだ。茂を横浜の小学校から耕餘塾へ転校させるよう健三に強く勧めたのも、元神奈川県令《けんれい》で、自由党副総理もつとめた中島信行《なかじまのぶゆき》なのである。

「どなたも尾羽《おはう》打ち枯《か》らしたお姿にござったゆえ、奥方様はお憐《あわ》れみになられて」

士子は出自《しゅつじ》が良い。実は祖父が佐藤一斎なのだ。一斎門下の小笠原東陽が開いた耕餘塾で、茂が些《いささ》か特別待遇《たいぐう》を享《う》けている理由のひとつでもある。一斎自身も、ともに大名家である美濃岩村藩《みのいわむら》と下総関宿藩《しもうさせきやど》、その両家老家《かろう》の婚姻により生まれている。

官学の泰山北斗《たいざんほくと》と鑽仰《さんぎょう》された祖父一斎が没したとき、士子は幼くとも血筋《ちすじ》たる身を誇《ほこ》りに思い、以後、自己を律して生きた。そのせいか、自身に対しても他者に対しても仮借《かしゃく》がない。一方で裕福でもあったので、鷹揚《おうよう》で情け深いという気質も同居するひとなのだ。

(母上らしいことだけれど……)

困窮《こんきゅう》して頼ってきた者らを、あるいは胡散臭《うさんくさ》いと思ったとしても、士子が無下《むげ》に追い払わなかったのは仕方のないことだが、尾羽打ち枯らした、という北条の一言に、茂はいやな感じを抱《いだ》いている。

(きっと壮士《そうし》どもだ)

自由民権運動は近年、当初の理念を忘れて、過激化の一途を辿《たど》り、相次いで暴動事件を起こしたために、政府に徹底的に弾圧された。また、運動の象徴たる板垣退助は手を引き、自由党が解体されて、大隈重信《おおくましげのぶ》の立憲改進党も地方の結社も活動を停止したことで、もはや終焉《しゅうえん》を迎えたと言わねばならない。その結果、運動の発展期に出現した壮士たちは行き場を失った。

壮士とは、簡単に言えば、政党や政治家の用心棒みたいなものだ。初めは純粋に思想や信条のために働く者が多かったが、やがて金次第で民権派にも政府側にも雇われ、前衛部隊として暴力をふるったり、犯罪も厭《いと》わない輩《やから》が増えた。内務卿時代から民権運動を弾圧してきた山県有朋が首相になったので、いまや官憲《かんけん》から逃げ回るだけのならず者も少なくない。

（そういう胡乱《うろん》な連中なら、北条の言《げん》を藉《か》りれば、攘《うちはら》わねばならない）

松籟邸の庭は、あまり手を加えず、ほぼ大磯丘陵の自然のままが健三の好みだったが、その没後に士子が茂とともに横浜より移り住むようになってから、少しずつ花木《かぼく》を植栽《しょくさい》しており、彩《いろど》りが点在しつつある。茂も、病弱な母の保養には、華やかな庭のほうがよいと思っている。

「若様。お帰りなされませ」

草刈り中の手をとめ、直立してから深く辞儀をしたのは下男《げなん》の好助《よしすけ》だ。茂は軽く手を挙《あ》げてこたえる。

松籟邸の建物は、二階建て一棟《とう》、平屋《ひらや》一棟、物置一棟である。健三の死後、茂は士子のために二階家も平屋も広げた。普段、二階家は当主の茂が使用し、士子は奉公人らとともに平屋に寝泊まりする。

二階家の玄関土間《どま》に踏み入った茂を、式台《しきだい》に正座《せいざ》して迎えたのは女性ばかりで、母の士子に、専属の看護婦二人、女中二人である。

士子は、美しく結いあげた毛巻《けまき》に、すっきりと青竹色《あおだけいろ》の小紋縮緬《こもんちりめん》姿で、寸分の乱れもない。丸髷《まるまげ》の中でも、髻《もとどり》の元結《もとゆい》の上に髪の毛を巻きつけて元結を隠すのが毛巻と称ばれ、かつての江戸では未亡人の髷型だった。

「母上。ただいま戻りました」

茂は学生帽を脱いだ。

「お帰りなされませ」

まずは士子が発声し、つづけて他の四人が唱和《しょうわ》する。

茂は、屋外の近いところに人の気配《けはい》を察した。が、その人は姿を現そうとしない。

ポチがそちらへ走り出しかけたので、茂は素早く抱き上げた。

北条の話では、逗留者には平屋の一室をあてがったというから、当主の帰邸を知って、こっそりようすを窺《うかが》いにきたのだろう。後ろ暗いところがなければ、そんなことをする必要はない。

「母上。いま北条より、父上の知り人《びと》の方々がご逗留中と聞きました」

「民権家の方々です」

「では、のちほどご挨拶いたしましょう」

そうだ、と何か思い出したように、茂は声を張った。

「帰路に、樺山《かばやま》子《し》爵《しゃく》家のご用人《ようにん》に声をかけられました。明日、子爵は大磯へご静養にみえるそうで、ついてはおんみずから母上へご挨拶に伺《うかが》いたい、とのことです」

海軍中将《ちゅうじょう》・樺山資紀《すけのり》の別荘は茶屋町に竣工したばかりなのだが、生前の健三が、大磯に不動産を多く所有する上郎幸八とともに、その土地選定に尽力《じんりょく》している。

「子爵にわざわざご足労いただくなど、畏《おそ》れ多いことです」

「母上にお会いになりたいのでしょう」

士子は、琴を奏している姿を健三に一目惚《ひとめぼ》れされたほどの美形でもあるのだ。茂にとっても自慢の才色兼備の母である。

「茂さん。滅多なことを申すものではありませぬ」

士子のおもても口調もきつくなる。

「軽はずみでした」

茂は、士子に謝《あやま》りながら、屋外の気配が消えるのを感じた。

その後、茂は、着替えてから、吉田家の当主として、逗留者たちを客間に迎えて対面した。伊《い》尾木庄吉《おきしょうきち》、土居知馬《どいかずま》と名乗るふたりで、もうひとりの安藤一喜《あんどういっき》なる者は所用で外出中だという。かれらは旧士族を称した。

士子が新しい着物を与えたので、装《なり》はこぎれいだが、人相《にんそう》はよろしくない。とくに、土佐弁《とさべん》のきつい伊尾木は目がぎらついていた。

(言を察して色を観《み》れば、賢不肖《けんふしょう》、人廋《ひとかく》す能《あた》わず)

人の心は言葉と顔色によって外に現れ、それで利巧《りこう》か馬鹿か判《わか》るもので、決して隠すことはできないのだ。短い対面中、土居のほうは終始落ち着かないようすでもあった。追い払わねばならない者ら、と茂は判断した。

「明日はぼくが大磯の名所など案内しましょう」

その言辞をもって、茂は対面を了《お》えた。

三人も増えて平屋は手狭《てぜま》だろうから、と茂は士子に二階家で起居《ききょ》するよう勧めた。むろん、看護婦たちも付き添わせる。

翌朝、民権家たちにあてがった部屋は蛻《もぬけ》の殻《から》になっていた。無礼にも、夜具《やぐ》を畳《たた》まず、部屋も汚《よご》したままで。

「とっ捕《つか》まえて、打ち据《す》えてやらねば気が済み申さぬ」

という北条の憤慨《ふんがい》をよそに、ひとり茂だけは、してやったりの思いだった。

（樺山子爵の名が効《き》いたんだ）

薩摩《さつま》出身の樺山資紀は、西南《せいなん》戦争において、谷干城《たにたてき》を補佐して熊本鎮台参謀長《ちんだいさんぼうちょう》をつとめ、西郷隆盛《さいごうたかもり》の反政府軍の猛攻を浴びながらも熊本城を死守した剛毅《ごうき》の武人《ぶじん》で、新政府では警視総監として自由民権運動抑圧に容赦《ようしゃ》のなかった時期がある。伊尾木らが官憲の目を恐れる壮士どもなら、絶対に鉢合《はちあ》わせしたくない人物のはず。

だから、茂は玄関でわざと大声で告げたのである、樺山子爵が士子を訪問する、と。

実際には樺山家の用人に声をかけられてもいないし、子爵本人が本日大磯に来るというのも茂の作り話だったが、事は思惑《おもわく》通りに運んで、三人は松籟邸から失《う》せてくれたのだ。

「母上。お話があります」

士子の居間を訪ねた茂は、叱《しか》られるのを覚悟で、すべてを包み隠さず明かした。

「いかような罰も謹んで頂戴《ちょうだい》いたします」

告白の最後に、茂は神妙に頭を下げた。理由はどうあれ、親をたばかるなど不忠者でしかない。

「茂さんが吉田家のご当主としてなされたことでありましょう。ならば、わたくしも含め、吉田家の者は皆、従うのが当然のこと」

表情を変えずに辞儀を返した士子だが、頸《くび》を立てたときには、目許《めもと》と口許をかすかに綻ばせており、自身もさらりと告白する。

「あの方々は仕込杖《しこみづえ》を持っておりました」

「えっ……」

にわかに鳥肌《とりはだ》の立った茂である。外見は杖にしか見えないが、中に細身の刃《やいば》を隠してあるのが仕込杖だ。

陸軍卿当時の山県有朋が、華士族の帯刀《たいとう》は頑陋《がんろう》であって国政上の妨碍《ぼうがい》が生まれると上申したことで帯刀禁止令が布告され、その後の士族叛乱《はんらん》続発の要因のひとつにもなった。しかし、杖ならば、歩行の補助をする道具なので、帯刀ではないという解釈が成り立つ。杖は外出に必須とばかりに、足の障害を偽《いつわ》る者も少なくなかった。壮士がよく用いた武器なのである。

「女たちに危害が及んではなりませぬゆえ、お帰りを待ったのです。ご当主ならば必ず何か策を用いて下さると信じておりました」

「母上、お買い被《かぶ》りにもほどがあります。ぼくはようやく満十二歳になるところです」

仕込杖のことを知っていたら、伊尾木らとの対面には二の足を踏んだだろう。

「源《みなもとのよりとも》　頼朝公の初陣《ういじん》は数え十三歳でした。いまの満十二歳です」

「七百年も前の武門の棟梁《とうりょう》とお較《くら》べになるのは、いかがなものかと思います」

「下野《しもつけ》の宇都宮国綱《うつのみやくにつな》が、病弱の父親に成り代わり、元服前の初陣で城攻めをしたのは、十一歳のときですよ」

「誰ですか、それ」

徳川将軍家へも進講《しんこう》した祖父の所蔵する書物を多く読んだ士子だから、武家の歴史にも詳《くわ》しいのだ。宇都宮国綱なんて知らない茂のほうは、ちょっと顔をしかめた。

「茂さんは子ども扱いをしてもらいたいのですね。それならそれで、わたくしもあなたへの接し方を一変いたさねばなりませぬな」

母の顔から微笑《ほほえ》みが失せ、息子は怖気《おぞけ》をふるった。

一変とは、すっかり変えてしまうことだ。茂にすれば、あまりに恐ろしい。もっと幼かった頃、士子の躾《しつけ》の厳しさに、どれだけ泣いたことか。思いがけない健三の早すぎる死により、弱年でも当主になったからこそ、立場として士子から重んじられている。

「ぼくは子どもではありませぬ。吉田家の当主です」

茂は、ことさらに胸を張ってみせた。

「たのもしい。泉下《せんか》のお父上もさぞお喜びにあられましょう」

士子に微笑みが戻った。が、まだ目は怖《こわ》い。結局、いまなお躾《しつ》けられているようなものだ。茂は、早々に母の前を辞した。

翌日、朝からちょっと熱っぽかったので、茂は終日出かけず、昼寝などして、ゆったりと過ごした。母とのやりとりが思い起こされ、乳児でもないのに、知恵熱《ちえぼとり》かと疑った。よく睡眠をとったせいだろう、次の日は未明に目覚《めざ》めた。熱もすっかり下がって、気分がよい。

平屋に戻った士子も奉公人らもまだ寝ている。主人の起き出した気配を察して馳せ寄ってきたポチを供《とも》に、海側の庭の斜面を駆け上がった。松林の中だ。

松籟邸の敷地は少し高台になっていて、裾《すそ》に石垣《いしがき》をめぐらせてある。その海側に付けられた石段を下りれば、血洗川の岸へ出る。

この川は、戦国時代には二号国道の北側に在《あ》った城の外濠《そとぼり》として利用されていたらしいが、松籟邸の脇の流れは狭いので、丸木《まるき》を幾本か束《たば》にして渡しただけの短い橋を、生前の健三が大工に架けさせた。なかなかに頑丈《がんじょう》で、茂は重宝《ちょうほう》している。海風の強い日は川に転落しかねないものの、それはそれで男の子にとっては面白い。

いまは風は吹いておらず、波音も小さい。夏の朝凪《あさなぎ》の頃合いだ。丸木橋を対岸へ渡り、袖ヶ浦《そでがうら》の浜へ踏み入ると、草履《ぞうり》を脱いだ。夜が日中の暑熱《しょねつ》を奪ってくれたおかげで、砂はひんやりしていて心地よい。

東の空が薄明《はくめい》を帯《お》び始める。

茂は、汀《みぎわ》を袖ヶ浦から小淘綾浦《こゆるぎうら》のほうへ向かって歩きながら、木切れを拾って、放り投げた。すぐに応じたポチが、砂を蹴《け》って走り出し、木切れを銜《くわ》えて戻ってくる。

「距離を延ばすぞ」

二度目は、最初より遠くへ投げた。元気いっぱいのポチは、木切れが空中にあるうちに追い始めている。

曙《あけぼの》の光に、遠くは神奈川県東南端の三浦半島、近くは江《え》の島《しま》が、姿を少しずつ浮かび上がらせてゆく。南の海上の大島《おおしま》も輪郭《りんかく》をみせはじめた。

愛犬と戯《たわむ》れながら、えもいわれぬ絶景と大磯の白砂青松《はくさせいしょう》を独《ひと》り占めして歩くのは、なんと清々《すがすが》しいことか。

横浜の本宅暮らしも悪くはないのだが、茂はどこよりも大磯が好きだ。父との楽しい思い出の地でもある。横浜では事業に多忙で、茂の相手をする暇《ひま》のなかった健三も、保養が目的の大磯ではよく笑い、よく遊んでくれた。

士子の療養を兼ね、自分も藤沢の耕餘塾を卒業するまではここで暮らしつづけたいのだが、そうもいかない。夏休みが終われば、横浜の本宅より耕餘塾へ通うよう、茂は士子から言いつかっている。

西洋に伍《ご》する文明国をめざす指導者となるには、日本最大の貿易港で、国際色豊かな文化都市でもある横浜に住み、日頃より最新の人知に触れていることが必須、というのが士子の考えだった。十四歳から耕餘塾の寄宿生活を経験させるという、生前の健三の望みも叶《かな》えねばならないので、士子にすれば、夏休み以外はできるだけ茂に横浜暮らしをさせておきたいのだ。

諸々を納得済みの茂ではあるが、学生時代の夏休みはもちろんのこと、おとなになっても休暇は必ず大磯で、と期している。

「それっ」

木切れを幾度投げても、疲れを知らないポチはすぐに銜えて戻ってくる。が、突然、木切れの落下点まで行って、初めて動きを停めると、そこで低い唸《うな》り声を洩らしはじめた。何か警戒している。

「どうした、ポチ」

茂は駆け寄った。

近くの松林の中で、何かがきらめき、木を叩くような音もした。

松林から男がひとり走り出てきた。着流《きなが》しの裾を両手で持ち上げ、振り返り、振り返りしている。体つきと走り方がキリギリスみたいだ。

ポチが吠《ほ》えた。

驚いた男は、片方の草履が脱げてしまい、のめって顔から砂地へ突っ込んだ。

松林から、もうひとり躍《おど》り出てきた。右手に細身の長い刀を引っ提《さ》げている。

夜明けの光に浮かび上がったその顔を、茂は一昨日《おととい》、間近《まぢか》で見たばかりだ。

（伊尾木庄吉）

転倒している男へ、伊尾木は迫った。

すると、ポチが果敢《かかん》にも、伊尾木の足許まで寄って、吠え立てる。足を停めた伊尾木はポチに向かって剣を振り下ろした。

「ポチっ」

足が竦《すく》んで動けない茂は、愛犬の名を呼ぶのが精一杯だ。間一髪《かんいっぱつ》で、ポチは鋒《きつさき》を飛び躱《かわ》した。

この間に、松林から出てきた三人目が、

「ちぇすとおおおっ」

薩摩隼人《はやと》特有の裂帛《れっぱく》の気合いを発しながら、伊尾木に斬《き》りつけた。巡査《じゅんさ》の制服姿で、武器はサーベルだ。警察官は皆、この西洋風の刀を帯びている。

伊尾木は、振り向きざまに、仕込刀でサーベルを撥《は》ね上げた。

松林からは、なおも、わらわらと人が湧《わ》き出てくる。

どこか傷を負っているのか、よろめき出てきたのは土居知馬だ。別の巡査が、土居の喉首へサーベルを突き刺した。

その巡査の脳天へ斬りつけたのは、茂が停車場近くの線路沿いに見た男ではないか。

る。

（きっと安藤一喜というやつだ）

さらにまた別の巡査が、その安藤へ這《は》い寄って、しがみついた。こちらはすでに血まみれである。

安藤が上から仕込刀を突き下ろすのと、その巡査が最後の力を振り絞《しぼ》って下からサーベルを突き上げるのが、同時だった。両人は相討《あいう》ちで、ともに断末魔《だんまつま》の呻《うめ》きを洩らす。

凄惨《せいさん》な混乱の中で、着流しの男がようやく立ち上がり、海に向かって走り出している。もう片方の草履もみずから脱ぎ捨て、跣《はだし》だ。凪の海だから、泳いで逃げようというのか。

伊尾木が斬り結んでいた巡査のサーベルを仕込刀で巻き落とし、対手《あいて》を蹴倒《けたお》すやいなや、着流しの男を追った。伊尾木は相当の遣《つか》い手とみえる。

茂は、硬直《こうちょく》したままで、なにひとつできない。その袴の裾にポチが咬《か》みついて、さかんに引っ張っている。主人を危地から遠ざけようとしているのだ。

着流しの男に追いついた伊尾木が、後ろからその腰を蹴って、体を汀に転がさせた。

寄せてきた白い波頭《なみがしら》が、着流しの男を濡《ぬ》らす。

「おーの、手こずらせてくれよったの、山県有朋」

伊尾木のその声は、はっきりと茂の耳に届いた。

（山県首相だったんだ）

自分がもっと幼い頃にちょっと挨拶をしただけなので、暗かったという印象以外、山県有朋の容貌《ようぼう》の記憶はない。

だが、松林から走り出てきたときの山県を、茂がキリギリスみたいと思ったのは、見当違いとは言えまい。今上《きんじょう》天皇が山県につけた綽名がキリギリスである。

昨夕におしのびで東京から大磯へ来た山県は、夜明けの相模湾の景色《けしき》を浜辺より眺めたくて、別荘の小淘庵から警護《けいご》の巡査三名を従えて出てきたところなのだ。むろん、茂が知る由《よし》もない。

伊尾木は、仕込刀の柄《つか》を逆手《さかて》に持ち替えて振り上げ、鋒を、尻餅《しりもち》をついている山県へ向けた。

「天誅《てんちゅう》じゃきい、往生《おうじょう》しいや」

と引導《いんどう》を渡す最後の一言を発した暴漢を、山県は睨《にら》み上げた。若き日、狂介《きょうすけ》と改名して高杉《たかすぎ》晋作《しんさく》の奇兵隊《きへいたい》に参加し、武力で藩論を一変させ、みずからも命懸けで戦った男だけに、もはや逃《のが》れられないとなれば、うろたえない。

「つばえんな、きしゃな土佐者《とさもん》が」

ふざけるな、汚い土佐者が、と山県は罵《ののし》った。長州《ちょうしゅう》弁だ。こういうときは、お国ことばが出てしまう。

潮《しお》の香《か》の中に、何やら甘やかな匂《にお》いが混じった、と茂が感じた瞬間、右方で声がした。

「耳をふさぎなさい」

手を伸ばせば届きそうな近さに、白い人が立っていた。横浜出身の茂でも初めて見る形の西洋帽子も、ゆったりしたシャツも、すっきりと長いズボンも真っ白なのだ。

その男は、足を開き、左手を左腰にあてて、肩の高さまで上げた右腕を山県と伊尾木のほうへ伸ばしている。少し風が出て、やわらかそうな後《おく》れ毛《げ》をふわりと靡《なび》かせた。

「耳をふさぎなさい」

男が繰り返した。こんどは語調がきつい。

茂は、言われた通りにした上、その場にしゃがみ込んだ。

男の右手に構えられたピストルが乾《かわ》いた音を発するや、伊尾木の首が急激に右から左へ振られた。側頭部に命中したのだ。

伊尾木の体が波打ち際へ横倒しに頽《くずお》れるさまは、茂の目にはひどくゆっくりと映った。

茂は、男を見上げた。

剣法でいうところの残心《ざんしん》の構えのまま、男は唇を動かした。何を言ったのか、茂には聞こえない。それで、自分がまだ耳を強くふさいでいることに気づき、両手を離した。

「ピースメイカー」

と男が言った。

（仲裁人《ちゆうさいにん》……）

茂は訝《いぶか》る。

耕餘塾では「本塾ハ専《もっぱ》ラ英漢学ヲ修《おさ》ムルモノトス」と英学にも力を入れているので、茂はすでに、ある程度の英語を解する。ピースメイカーは仲裁人とか調停人の意なのだ。

（それとも、この人の名だろうか）

六尺《しやく》を超えていそうな長身で、彫りの深い端正《たんせい》な顔立ちではある。が、それでも、茂には日本人に見える。

「閣下《かつか》。お怪我《けが》はございもはんか」

伊尾木に蹴倒された巡査が、ようやく山県のもとへ馳せつけている。

「大事ない」

と言う山県を見て安堵《あんど》した巡査は、茂たちのほうへ向き直り、サーベルを八双《はつそう》に構えた。

「そんがきは民権派の吉田健三の倅《せがれ》に相違なかじゃろ。こん壮士どもば匿《かくも》うちょったんは先刻承知じゃ」

恐怖で、茂の総身の肌が粟立《あわだ》つ。反駁《はんばく》の声も出せない。

「命の恩人への言いぐさではありませんね」

返辞をしたのは仲裁人だ。穏《おだ》やかな声である。

「おまん、誰か」

「松籟邸の隣人」

「えっ……」

驚く茂を、仲裁人はちらりと見やる。

「彼に頼まれて、その三人の行方《ゆくえ》を追っていました。胡乱な連中で、誰かに危害を加えるかもしれないから、と。これでもアメリカで探偵社につとめた経験があるのです」

「でたらめば吐《ぬ》かすな」

「殺すつもりなら、とうにやっています」

そう告げるなり、仲裁人は左手でおのが耳をふさぐ仕種をしてみせた。茂に示したのだ。

茂がまた両手で耳をふさいだ直後、仲裁人の指は引鉄《ひきがね》を絞った。

轟発音《ごうはつおん》が空気を裂《さ》き、巡査の足許の濡れた砂の中へ銃弾はめり込んだ。

「コルト四十五口径《こうけい》ピースメイカー。殺傷力《さつしょうりょく》が高く、有効射程距離百ヤード。といっても日本はまだ尺貫法《しゃっかんほう》で、お分かりにならないか」

茂は、こんどはすぐに耳を開放したので、男のことばを聞き逃さない。ピースメイカーとは、男の名ではなく、右手に持つピストルの名称だったのだ。

「あの……」

おそるおそる口を挟《はさ》んだ茂である。

「言いたいことがあれば、遠慮無用」

「日本はいま尺貫法とメートル法の併用《へいよう》です」

「そうでしたか。何メートルか、ポリスどのに教えてあげなさい」

「百ヤードは九十一メートル余りです」

男と巡査の間は十メートルほどしかない。

「あと四発。二人殺すには充分ですが、どうします、ポリスどの」

「おのれは……」

全身に殺気を漲《みなぎ》らせた巡査は、踏み出そうとする。

「やめんか、馬鹿者。サーベルを引け」

山県が、巡査を怒鳴《どな》りつけると、前に立つその体を横へ押し退《の》け、みずから茂たちのほうへ歩み寄った。

「どこの誰か知らんが、大儀じゃったの。総理大臣が恩知らずでは民《たみ》に示しがつかん。大磯でも東京でも、いつでも訪ねてまいれ」

「では、いずれ」

男が山県にゆったりと返辞をしてから、君もな、と並び立つ少年へ視線を向けた。

「ぼくは何も……」

していませんと茂が言いきる前に、山県が一言付け加えた。

「ただし、他言無用」

「何も起こらなかった」

そう男が察するや、山県は一瞬、眼に警戒の色を過《よぎ》らせた。

「打てば響く。鋭《するど》い才気じゃな」

しかし、男の表情はあくまで穏やかだ。

そそくさとその場を離れた山県は、松林のほうへ駆け出した。まだ他にも刺客《しかく》が潜《ひそ》んでいるやもしれぬと警戒し、一散《いっさん》に小淘庵へ逃げ帰るつもりなのだろう。

走りながら、山県は怒鳴りつけるように巡査へ命じている。

「町の者らが起き出す前に死体を片づけさせよ。やっせんぼが」

最後の一言はわざと薩摩弁で、役立たずがと言ったのだ。

「ははっ」

気の毒なほど恐懼《きょうく》の態《てい》で、巡査は急いで山県に寄り添う。

男が茂の肩に手を置き、少し力を入れた。

「怖かったですか」

いま、事が終わって緊張が解けるやいなや、体の震《ふる》えだしていた茂なのだ。しかし、茂は強く頭《かぶり》を振った。

「日本男児というわけだ」

男はちょっと嘆息《たんそく》する。

「怖いものは怖い。悲しいものは悲しい。嬉《うれ》しいものは嬉しい。正直であることが生きやすい世になればよろしいのですが」

男が茂の肩から手を放す。

不思議なことに震えがおさまって、茂はひとつ息を吐いてから、深々と頭を下げた。

「お助けいただき、感謝申し上げます」

首相暗殺の片棒を担いだときめつけられても仕方のないところだったのだ。これほどの大罪となれば、士子と奉公人たちも処罰されたに違いない。

「ネイバリネス」

当たり前のように、男は言った。ｎｅｉｇｈｂｏｒｌｉｎｅｓｓだろう。

「ご近所付き合いということでしょうか」

「君は英語が分かるようだね」

「まだ少しだけです」

「なるほど、近所付き合いですか。その訳語はしっくりくる」

ふたりの間にはポチがちょこんと座っており、小首《こくび》を傾《かし》げて、両人を交互に仰ぎ見ていた。近所付き合いの仲間入りである。

「申し遅れましたが、ぼくは吉田茂と申します。お差し支《つか》えなければ、ご尊名をお聞かせ下さい」

男は、その場にしゃがみ、波打ち際の砂地に、ピースメイカーの銃身で文字を書いた。

〝天人シンプソン〟

「てんにんシンプソン……」

茂はそう読んだ。

容姿艶麗《ようしえんれい》で、白い羽衣《はごろも》姿で飛行しながら楽《がく》を奏《そう》し、天華《てんげ》を散らし、天香《てんこう》を薫《くん》じ、瑞雲《ずいうん》とともにに下界《げかい》に下るのが天人《てんにん》である。白い洋装の美男で、芳香《ほうこう》とともにどこからともなく現れ、総理大臣に対しても対等の如《ごと》く接したこのひとに相応《ふさわ》しい名だ、と茂は思った。

あるいは、てんにんは姓のほうなのか。それをたしかめようとすると、

「名は、あまと」

男がそう言った。

てんにんではなく、あまという名なのだ。それはそれで、日本人のようでもあり、異国人のようでもある。

「シンプソンさんは」

茂がそこまで言ったところで、天人《あまと》に遮られる。

「天人です」

姓ではなく名を呼べ、ということらしい。

「では、天人さん」

「さんは要《い》らない」

「でも……」

茂は、維新後の生まれだから、相手への呼びかけに関しては前時代よりも緩《ゆる》いが、さすがに年長者の名に敬称をつけないのは無礼すぎると思う。

「君のことは茂と呼ぶ。君も天人と呼びなさい」

天人が譲ってくれそうにないと感じ、茂は従うことにした。

「天人は日本人なのですか。それとも米国人か英国人」

政府お雇いの外国人ならば、特例で居留地以外に住む許可を得たと考えられよう。

「茂」

「はい」

「何人《なにじん》かなんて、気にしないことです。人は人なのだから」

〝天人シンプソン〟の文字を、寄せ波が被い、引き波が消し去った。

天人は腰を上げる。

朝の光に、蒼茫《そうぼう》たる相模の海が瑠璃《るり》のようにきらめき、浜辺に立つその人は、白い上下ゆえだろうか、みずから発光している。茂は見とれた。

「いいところですね、大磯は」

本当に天から降りてきたのかもしれないその人は、西小磯のほうへ歩きだす。

茂より先に、ポチが天人を慕《した》ってゆく。

吉田茂が生涯で誰よりも心を惹《ひ》かれた男、天人シンプソン。出会いは、明治二十三年、夏のことだった。

第二話　虎御石《とらごいし》に降る雨

夏の白光《びやつこう》を背負い、濤声《とうせい》に心地よく聴き入っているかのように、高みを悠然と帆翔《はんしよう》していた鳶《とび》が、にわかに急降下を始める。好物の小動物の死体でも発見したのだろうか。

鳶は、しかし、地上へ達する前に、何かに驚いて大きく翼《つばさ》をばたつかせ、空中で急停止し、後退した。下から勢いよく飛んできた板を避《よ》けたのだ。

板は、くるくる回転して、しぶきを撒《ま》き散らしながら波間《なみま》へ落ちた。

直後に海中から浮上したシマウマの海水浴着の人間の顔は、吉田茂少年のものだ。

ぷはっ、と口から海水を吐き出し、板へ手を伸ばすが、波に翻弄《ほんろう》されて、届かない。降ってきた白波《しらなみ》に頭を叩かれ、身を沈められてしまう。

かなづちなのではない。板に乗って海面を滑走《かつそう》するなど初めての経験だから、転落するたびに泡を食う。

じたばたと水を掻いて、再び浮き上がると、今度は全身が海中から飛び出した。自力ではない。掬《すく》い上げられたのだ。

救助者の天人《あまと》シンプソンは、茂の体を背負ったまま、自身の足許の板と一体感を保《たも》ち、あざやかに波のスロープを滑《すべ》り降りてゆく。

サーフ・ライディング。波乗りだ。

舶来のきわめて冒険的な遊びであって、知っている者などほとんどいない。当時は「板子《いたご》乗り」と称《よ》ばれた。

板子とは、和船の船作業をする胴《どう》の間《ま》に並べられる床板《ゆかいた》のことで、踏立板《ふたていた》ともいう。濡れても反《そ》らない杉の柾目《まさめ》を部材とするので、波乗りに挑《いど》む者らがサーフ・ボードの代用にした。ただ、外国の本物に比して小振《こぶ》りで、縦《たて》九十センチ、横三十六センチぐらいしかなく、腹這《はらば》いになってパドリングするだけでも容易ではない。立ち上がるのはさらに難しいのだ。

板子を波に乗せて滑走する天人の動きは、人を背負っているのが嘘《うそ》のような絶妙の均衡《きんこう》で、芸術的とすらいえる。濡れて膚《はだ》にぴたりと貼《は》りついた海水浴着の下の肉体も、強靱《きょうじん》なのにしなやかさを併《あわ》せ持つという印象で、まるで名工に鍛《きた》えられた業物《わざもの》の大太刀《おおだち》を彷彿《ほうふつ》させて、美しさが際《きわ》立《だ》つ。

天人は、白く泡立つ波の前へ出て、ゆったりと岸辺に行き着くと、板子から降りた。海水の深さは膝下《ひざした》あたりまでだ。

「ありがとう」

体を下ろしてもらった茂は、長身の天人を仰ぎ見て礼を言う。

天人が濡れた髪を両手で掻き上げながら、頭を反らすと、弾《はじ》かれたしぶきが銀色にきらめいた。

「楽しかったですか」

「楽しかった。でも、すごく怖かった」

板子を小脇に抱えた天人に訊かれて、茂は正直にこたえた。

「できるようになれば、楽しさが怖さを上回ります。けれど、相手は人間なんて簡単に殺せる海です。怖さを忘れないように」

「板子一枚、その、下は、地獄と名に呼ぶ、暗闇《くらやみ》も……」

声を低め、節《ふし》をつけて、茂はこたえた。歌舞伎の『青砥稿《あおとぞうし》花紅彩画《はなのにしきえ》』の台詞だ。もっとも、体が冷えきって歯の根も合わないから、まともに言えていない。

「一度も立てなかったのに、早くも楽しさが上回っているようですね。楽天的なのはいいことです」

「ペシミストよりオプティミスト」

厭世家《えんせいか》より楽天家、と茂は言ったのだ。

「よくできました」

こういうときに、助けてもらった茂がふざけても、天人は少しも怒らない。

いまや茂にとって、天人は気のおけない友人であり、やさしい教師でもある。

天人がこの小淘綾《こゆるぎ》海岸で山県有朋首相を壮士の凶刃《きょうじん》から救ったのは、先月のことだ。まだ大磯の町の人々が起き出す前の朝ぼらけの出来事だった。

(他言無用)

あのとき、山県から釘《くぎ》を刺された。

意味を解《かい》しかねた茂へ、別れ際に天人が説いてくれた。

御一新《ごいっしん》から二十年以上を経《へ》ても、土台が不安定で、諸外国との不平等条約を改正できないにもかかわらず、急速に西欧化を進める明治政府を、非難する人々は世に多い。徳川時代を懐《なつ》かしむ者らもいまだ根強く残っている。首相が暗殺されかけたことが公《おおやけ》になれば、そうした勢力に、連帯意識を芽生《めば》えさせたり、一斉《いっせい》に行動を起こさせたりするきっかけになりかねない。煽動《せんどう》の巧《たく》みな者なら、山県暗殺に失敗して死んだ伊尾木庄吉ら三名を英雄視して、政府要人暗殺の連鎖《れんさ》を引き起こすこともできよう。山県にすれば、なんとしても避《さ》けたいところだ。

「おおよそ、そんなところでしょう」

なんとなく理解した茂だが、黙《もく》して語らないことに対して罪悪感を拭《ぬぐ》えなかった。いちどでもことばを交《か》わした者らが目の前で死んだからだ。

「茂。きみが何の責めも負わされるものでないことは明白です。すべて忘れなさい、死者を悼《いた》む気持ちのほかは」

天人にそう言われて、楽になった。

だから、海岸から松籟邸へ戻ったとき、茂は、浜で天人シンプソンと名乗る隣人に初めて会ったという以外、奉公人らへはもちろん、母の士子《ことこ》にも事件のことは一切《いっさい》洩らさなかった。

その後も、大磯の夏は平穏《へいおん》の日々である。あのとき山県が警護の巡査に指示した通り、町の人々の目に触れる前に死体は片づけられ、争いの痕跡《こんせき》も消し去られたに違いない。

事件の翌日、天人は隣人として松籟邸へ挨拶に訪れている。

「わたしは、少しばかり財産をもつ道楽者《どうらくもの》ですが、違法の居住者ではありません。親しくお付き合いを賜《たまわ》ればハッピーです」

と告げる天人の美男ぶりと物腰のやわらかさに、吉田家の女中らも士子付きの看護婦たちも皆、たちまち魅了されてしまった。幸せ、嬉しいという意のハッピーということばも、女たちのお気に入りとなった。

天人が庭の大きな石を動かすのを手伝い、目を瞠《みは》らせる膂力《りょりょく》をみせて、ただの優男《やさおとこ》でないことも示したので、執事の北条と下男の好助も大いに好感を抱いた。

士子だけが最初、天人に接するのにちょっと戸惑《とまど》った。というのも、百八十センチを超える長身など日本人には稀《まれ》で、亡夫の健三も矮軀《わいく》だったから、屋内での距離感が摑《つか》めなかったのだ。小柄《こがら》な日本女性にとって、大男はそれだけでも些《いささ》か恐ろしい。ところが、天人が動きの中でも、留《とど》まるときでも、近くから女を見下ろすような位置を決してとらないことに気づき、そういうさりげない心配りの所作《しょさ》に、士子も深く感じ入ったようだ、と茂の目には映った。ただ、士子が天人の出自《しゅつじ》も職業も、私的なことを一切訊ねなかったのが、意外ではあった。

挨拶を終えて辞するさい、天人は告げた。

「まだ先のことですが、わたしのファミリーが来日して、家の内を調《ととの》えましたら、皆さんを晩餐《ばんさん》に招待します」

このとき、茂は違和感を抱いた。生活感みたいなものを欠片《かけら》も纏《まと》っていないようにみえる天人に、親兄弟はともかく、妻子がいるとは到底信じられなかったのだ。

実は、家族がやってくることに落胆《らくたん》した、というのが茂の本音《ほんね》ではあった。天人が独り身で、年齢《とし》は離れていても、いつでも遊んでくれる友達でいてほしいと望んだからだ。

「良き隣人を得たようです」

玄関先まで見送ったあと、士子が微笑んだ。

天人に対して何か強く惹かれるところがあって、素生《すじょう》などは一切問うまい、と思いきめた。

士子の表情はそう語っているようにみえた茂だが、自分も同じ思いだった。

砂浜にコルト・ピースメイカーの銃身《じゅうしん》で書いたおのれの名が寄せ波、引き波に消されるとき、天人はこう洩らした。

（何人《なにじん》かなんて、気にしないことです。人は人なのだから）

そのことばと飄々乎《ひょうひょうこ》とした姿が、茂の心に深く刻《きざ》まれていたのだ。

それに、洋行帰りの謎《なぞ》の資産家というのは、何やら波瀾《はらん》に満ちた物語の主人公みたいで、かえって想像をかきたてられ、〝ミステリアス〟な感じが伝わって、ちょっと刺激的でもあった。

あれ以来、茂は幾度も天人に遊んでもらっており、士子もふたりが共に過ごすことを喜んでいる。

茂にとっては、大磯での健三との思い出が蘇《よみがえ》るというより、それ以上の楽しさ、面白さにわくわくのとまらない夏になった。いつしか、天人ファミリー来日のことも忘れてしまった。

海から砂浜へ上がると、茂は大の字に寝ころんだ。近くに、衣類をひっかけた枝を突き立ててある。

炎暑にさらされた砂浜は、熱砂の絨毯《じゅうたん》と化しており、冷えた体を急速に温めてくれる。

「ああ、気持ちいい」

紫色に変わっている唇から、茂の愉悦《ゆえつ》の声が洩れた。

傍《かたわ》らに天人も腰を下ろす。

「おーい、欠けちゃったぞ」

地引網《じびきあみ》をする人たちを避けて、呼ばわりながら、浜辺をこちらへ駆けてくるのは、茂の親友の田辺広志だ。板子を一枚抱えており、たしかにその一部が欠けている。

茂が転落を繰り返すので、あるじを失った板子が浜へ流れ着くたびに、それを拾うのが広志の役目だった。

「新しいのを貰《もら》いにいってくる」

立ち上がった茂は、足半《あしなか》を履《は》き、衣類を手にとると、

「板子乗りは、また明日に」

という天人の声を背にしても、広志のほうへ駆けてゆく。明日は明日で朝早くから板子乗りをしたいので、きょうのうちに新しいそれを手に入れておきたいのだ。

「ありがとう、田辺くん。きみもやる気になったかい」

茂は広志が抱えている板子を軽くぽんっと叩く。

「これ見て、やる気になるわけないだろ」

板子の欠けた部分から縦に長く亀裂《きれつ》が入っており、強く叩けば割れそうだった。

「存外、臆病《おくびょう》だなあ」

「吉田くんに言われたくないね」

ふたりが通う耕餘塾《こうよじゅく》では、もっぱら茂が頭を使い、広志が体を張る、という構図である。乱暴な上級生の拳《こぶし》から、広志が茂を守ってやることもしばしばなのだが、諍《いさか》いの原因はたいてい茂の生意気《なまいき》な言動による。

「まあ、吉田くんが敬服してしまうひとが大磯に来てくれてよかったよ」

「それ、乾かして風呂焚《ふろた》きにでも使ってよ」

言い置いて、茂は走り去った。

「またこれだ。本当に勝手なやつだなあ」

その愚痴《ぐち》への共感を得たくて、広志は天人に声をかけようとした。が、天人もすでに背を向けて、歩き去ってゆくところだった。

「似た者同士なんだ、きっと」

溜め息をつく広志である。

茂は、足半で小淘綾海岸の砂を蹴立てて、東へ向かう。

足半というのは、踵《かかと》部分のない短小な草履《ぞうり》で、軽くて走るのに便利なため、農漁村の作業で用いられたり、かつては武士も好んで使った。跣《はだし》で長時間踏みつづけるには熱すぎる夏の砂浜を、軽《かろ》やかに往来するのにちょうど良い。健三が夏の大磯でよく履いたので、茂も倣《なら》ったのだ。足半の使い勝手の良さは天人も知っていた。

鴫立川《しぎたつがわ》に達すると、川口付近に橋はないから、砂浜より上がって川岸沿いの雑木林《ぞうきばやし》の中へ入る。さして幅のない川で、たとえ満潮《みちしお》でもちょっと泳げば対岸へ渡れるのだが、川と海の交《まじ》わるところは、どんなに狭くても、また引潮《ひきしお》であっても、流れが複雑で思わぬ事故が起こりやすい、という健三の教えを茂は忘れていないのだ。

雑木林から、鴫立庵《あん》と西行堂《さいぎょうどう》の建つ敷地の傍らへ出た。

鴫立庵は、江戸時代初期、小田原の外郎《ういろう》一族だったという崇雪《そうせつ》がこの地に閑居《かんきょ》したのが始まりとされる。

平安の歌人・西行の詠《よ》んだ一首が名称の由来である。

心なき身にもあはれは知られけり
　　鴫立つ沢の秋の夕暮れ

西行が畔《ほとり》に佇《たたず》んだ鴫立沢は、実はもっと川上なのだが、崇雪は海岸寄りのここに「鴫立沢」の標石を立て、「著盡湘南清絶地」の七文字も刻んだ。「湘南《しょうなん》は清絶《せいぜつ》を尽きつくすの地」と読む。

大磯が「湘南」発祥《はっしょう》の地ともいわれる所以《ゆえん》だ。

漂泊《ひょうはく》の歌人・西行を崇敬《すうけい》してやまず、自身も俳諧《はいかい》修行で諸国を経巡《へめぐ》ってきた大淀三千風《おおよどみちかぜ》が、崇雪のあと鴫立庵に入庵するや、庵《いおり》を整備して俳諧道場を興した。以後、多くの俳人たちが集《つど》い、庵主《あんしゅ》も代を重ねて十三世を数える。

いまの庵主は間宮宇山《まみやうざん》という老人で、庵規《あんき》で定められた麻木綿《あさもめん》を着て散歩する姿を見たことはあるが、江戸の旗本《はたもと》家の出身であるらしいことぐらいしか、茂は知らない。

悲鳴が聞こえてきた。近くだ。

茂は立ち止まった。すると、鴫立庵からだろう、十メートルばかり先に女が走り出てきたではないか。

裾は乱れ、はだけた胸元の衿《えり》を押さえている。

あっ、と茂は小さく声を上げた。

（おなつさん……）

照ヶ崎へ海水浴にきていた歌舞伎役者の尾上菊五郎に挨拶しようと、キクゴロ茶屋を覗《のぞ》いたとき、初めて会った。容姿もさることながら、鈴を転がすような美しい声が耳に残り、あれから茂は二度ばかり訪れた。といっても、何やら羞《は》ずかしいので、まともに口をきいてはいない。名も、ほかの客が呼びかけていたから知った。

大磯の人力車夫で、吉田家が贔屓《ひいき》にしているどんじりに、茂はそれとなく訊いてみた。地元のことは何かと事情通のどんじりなのだ。

それによると、おなつは東京へ行くため西国《さいごく》のどこかから出てきたのだが、途中で旅費が尽きてしまい、腹をへらして、北本町の延台寺《えんだいじ》の門前でうずくまっていたそうな。

東京までの旅費と、むこうで暮らすための少しまとまった最初の金が必要だというので、延台寺の住職の口利《くちき》きによってキクゴロ茶屋の女中をやらせてもらっているという。ただ、どんじりも、おなつの上京の目的までは知らないと言った。

「待て」

と剣呑《けんのん》な声がして、現れた男がおなつの腕を後ろから摑んだ。

(庵主だ)

間宮宇山に相違ない。

「お手をお放し下さい。妾《めかけ》になるのはいやだと申し上げたのです」

「田舎娘《いなかむすめ》を囲ってやろうというのだ。東京へも出してやる」

このやりとりで、少年の茂にもここまでのふたりの景色を想像できた。宇山はおなつの美貌《びぼう》を見初《みそ》め、金銭と引き換えに妾になるよう強要したのに違いない。女の窮状にもつけ込んだのだろう。

江戸から明治に代わっても、権力や金力をもつ男が妾を囲うのは当たり前で、そのことを怪しむ日本人はいまだ少ない。

黒岩涙香《くろいわるいこう》の創刊による『萬朝報《よろずちょうほう》』が政財界や教育界などの著名人の「蓄妾《ちくしょう》の實例《じつれい》」を連載し、妾たちの実名まで曝《さら》して、かれらの乱れた私生活をキャンペーン的に批判するのは、八年後の明治三十一年のことである。その中には、茂が尊敬する松本順、亡父健三の贔屓役者だった尾上菊五郎、先月初めて面識を得た渋沢栄一らも名を列《つら》ねる。

間宮宇山などは若い妾を取っかえ引っかえし、辛抱《しんぼう》できずに数日で逃げ出した女まで含めると「幾十人」だったという。それでも後年、鳴立庵中興《ちゅうこう》の祖という評価を得たようなので、俳人としては秀《ひい》でていたのだろう。

茂もそういう時代感覚の中で教育されてきたものの、男が女を力ずくで屈服させようとしている光景には、しぜんと憤《いきどお》りをおぼえる。

「やめろ、くそじじい」

茂は怒鳴った。

正義感が強いと評することもできるが、こういうとき「やめろ」だけではおさまらず、「くそじじい」を付け足してしまうのは茂の性格と言わねばならない。

「なんじゃと」

振り返った宇山の皺顔《しわがお》が、怒気《どき》で赤くなった。

「わあああっ」

おめきながら、茂は宇山に向かって突進する。無我夢中だ。

おなつが、一瞬、茂を見てから、

「そん汚《きたな》か手ば放さんね」

摑まれている腕を振りほどき、宇山の胸のあたりを両手でついた。

宇山は後ろへ空足《からあし》を踏んで、ひっくり返る。

突撃の的《まと》を失った茂の手を、おなつがとって、駆け出した。

手を引かれるまま、茂も走る。

鳴立橋の架かる二号国道へ出るまでもなく、手前に茶屋町裏通りと結ぶ橋がある。ふたりは、この橋を渡った。

振り返って見ても、宇山が追ってくる気配はない。それでも、ふたりは茶屋町の隣の南下町まで駆けつづけてから、ようやく足を止めた。

茂もおなつも肩で息をしながら、顔を見合せる。両人とも笑みがこぼれた。

茂は、まだ手を繫《つな》いだままでいることに気づき、慌《あわ》てて自分の手を引っ込めた。ただでさえ速まっていた鼓動《こどう》は、さらに加速される。おのが心臓の脈搏《みやくう》つ音まで聞こえた。

「助けて下さって、ありがとうございました。松籟邸の坊《ぼっ》ちゃま」

とおなつが頭を下げる。

「えっ……ぼくのこと、知ってるの」

「キクゴロ茶屋のお得意様ですもの」

お得意様と称《よ》ばれるほどには通っていない茂だが、特別扱いされたようで心地よい。

「あの……」

名を呼ぼうとして、茂は言いよどむ。

「なつ、とお呼び下さい」

「じゃあ、おなつさん」

「はい」

「きょうは、茶屋へは行かないの」

「ありがたいことに、一日お休みをいただけたんです。きょうは、おかかさんだけで」

おかめというのは、キクゴロ茶屋が設けられたときからの女中で、茂も顔見知りだ。

「でも、坊ちゃまがいまから照ヶ崎で海水浴をなさるのなら、お世話いたします」

「ううん、いいんだ」

ぱたぱた手を振る茂である。

「さようですか」

「大事……ないかな」

茶屋町のほうを返り見ながら、茂は呟《つぶや》くように言った。おなつが宇山に仕返しをされるのでは、と不安をおぼえたのだ。

「坊ちゃまは、おやさしいのですね。ご案じいただき、嬉しゅう存じます」

「ぼくは、べつに……」

茂は頭を掻く。照れ隠しだ。すっかり乾いてしまった髪は、海塩《かいえん》が残って、ねちねち、べたべたしているが、おなつの褒《ほ》めことばにどぎまぎし、それに気づかない。

「心配はご無用です。おかめさんの話では、あのおひとは手当たり次第だそうなので、すぐにまた別の女を物色《ぶっしょく》されることでしょう」

そう言ってしまってから、おなつは、あっ、とおのが口を指でふさいだ。

「いけませんね、坊ちゃまにこんな不潔な話をしては。お赦《ゆる》し下さいまし」

「ぼくだって、少しは分かるから……」

「軽んじられたとご気分を害されたのなら、お詫《わ》び申し上げます」

「そんなふうには思ってないよ。謝らなくていいんだ」

「本当におやさしい」

また褒められて、茂は一層強く、頭を掻いた。

「では、わたくしはこれで」

とおなつが去りかけたので、離れがたい茂は思わず呼び止めてしまう。

「おなつさんの声は……」

「えっ……、わたくしの声が何か」

振り向いて、おなつが訊き返す。

「きれいだ」

「まあ……」

満面を笑み崩すおなつである。

「何より嬉しいご褒詞《ほうし》にございます。わたくしは、東京で電話交換手になりたいのです」

「電話交換手……」

あまりに意外なおなつの望みに、茂にはおうむ返ししかできない。

「またキクゴロ茶屋にいらして下さいまし。夏が終わらないうちに」

言い置いて、おなつは足早に去っていった。

電信はすでに北海道から長崎まで開通している。機械を通じて遠方の相手と直《じか》に通話できる電話については、東京中央電信局と熱海《あたみ》の浴場・噏瀛館《きゆうきかん》を繋ぐ公衆用市外電話機が試験的に設置されたにすぎず、しかも、通話相手を電話局員が呼びに行かなければならない。ゆくゆくは多くの会社や個人が電話機を持つよう推進したい逓信省《ていしんしよう》は、かかってきた電話を通話相手の回線へ接続することを業務とする電話交換手の育成を計画しているらしい、というのが茂の知識だった。だから、まだ職業として成立してもいないはずで、成立したとしても、女の就職はありえないだろう。

（きっと何も知らないんだ、おなつさんは）

何も知らないから、上京すれば電話交換手になれると思ったのではないか。宇山に向かって放

った国訛《くになま》りからして、

（はるばる九州から出てきたに違いないのに、かわいそうだ）

茂の胸は痛んだ。だからといって、自分がおなつにしてやれることなど何もない。

もやもやした思いを抱いたまま、茂は、禱龍館《とうりゅうかん》の前を通って、悪臭の漂《ただよ》う南下町の町並みへ入った。

この町は、堤防が低くて高潮《たかしお》の被害もしばしばの狭隘《きょうあい》な地に、漁業を生業《なりわい》とする小さな家々が隙間《すきま》なく密集し、各戸の家族も多いため、常に不衛生で、昔から悪疫《あくえき》流行の元凶《げんきょう》ともいわれる。海水浴場と停車場の開設以後は、避暑や避寒の客で旅館が混み合い、別荘建設も盛んになって、下水を流れる大量の汚水《おすい》も最下流の南下町では大きな問題だった。ようやく下水溝《げすいこう》の改造、修繕工事が始められたのだが、そのせいで、いまは漁臭だけでない異臭に被《おお》われている。

「おう、若」

めざす家の軒先で、黒い男に出くわし、先に声をかけられた。

昨年逝《い》った吉田健三は、松本順が海水浴場を開くのに合わせて大磯に松籟邸を建て、幼い茂を伴《ともな》って夏も冬も訪れたので、停車場設置後の別荘族よりも地元との繋がりが深かった。その縁から、大磯では茂のことを親しみをこめて〈松籟邸の若〉とか〈西小磯の坊《ぼ》ん〉などと呼ぶ者が少なくない。

「やあ、スミジイ」

茂は手を挙げて応《こた》える。

漁師のスミジイは、陽灼《ひや》けの度が過ぎて顔も体も炭《すみ》のように真っ黒で、照ヶ崎海水浴場のジイヤとしても働いていることから、その綽名《あだな》を健三につけられた。本当の名を、茂は知らない。

スミジイはいまも被《かぶ》り手拭、法被《はっぴ》に、赤褌《あかふんどし》という海水浴場のジイヤお馴染《なじ》みの恰好《かっこう》をしている。小腹がすいたので、握り飯を食いに戻り、これからまた浜へ出るところだという。

「また板子が欲しいんだ」

「おかしな遊びをするもんだなあ、あのなんやらソンいうおひとは」

天人シンプソンのことだ。

「楽しいよ。スミジイもやってみなよ」

「漁に出たら、命懸け。それだけで充分でさあ」

スミジイはすぐに、家屋の裏手へ回り、板子を一枚、持ってきてくれた。

「あっ、こんなの書いてくれたんだ」

板子の片面に〈松籟邸〉とペンキで大書してある。

「金釘流《かなくぎりゅう》ですがね」

たしかに下手《へた》くそな字だが、読めないほどではない。これなら、広志が見つけられなくとも、落とし主が分かるから届けてもらえるだろう。

「ありがとう、スミジイ」

「礼を言われるほどのことじゃ。ここんとこ不漁で、ひまなもんでね。それより、あとで鱚《きす》をお届け申しますよ」

「不漁なんだろ」

「鱚の五匹や十匹くらい、どうってことはねえですよ」

「母が喜ぶ。いつもありがとう」

夏の鱚は味が佳《よ》い。

「まったく、若のありがとうは気分がいい。じゃあ」

とスミジイは、海岸のほうへ走りだす。

ひとに何かしてもらったら、それがどんな些細《ささい》なことでも、「ありがとう」を返すのが吉田茂の終生の美点だった。首《こうべ》を垂《た》れて仕事をする商人として成功した健三の影響もあろうが、茂自身は当たり前すぎて意識したことはない。

波乗り用の新しい板子を抱えて、もと来た道を禱龍館のあたりまで戻ると、橋本綱常《はしもとつなつね》に出くわした。

「茂くんはきょうも板子乗りか」

「はい。大層面白いので」

「わたしには無理だな」

越前福井藩奥外科医・橋本家の出身の綱常は、明宮《はるのみや》（のちの大正天皇）の主治医のひとりでもある俊秀《しゅんしゅう》だ。その兄は、藩主・松平慶永《まつだいらよしなが》に重用《ちょうよう》されて開国政策に奔走《ほんそう》したが、安政《あんせい》の大獄《たいごく》によって、二十六歳の若さで刑死した橋本左内《さない》である。

綱常は松本順の愛弟子《まなでし》で、松籟邸の近所に建てた別荘へ静養にくると、吉田家とも交流するので、茂は顔馴染みなのだ。

（そうだ、橋本先生に訊いてみよう）

電話交換手のことだ。政府とも関《かか》わりのあるひとだから、それくらいのことは知っているだろう。

「先生。つかぬことをお訊ねしますが、電話交換手というのをご存じですか」

「テレフォン・オペレイターのことだね。外国では女が多い」

「女がそんな仕事に就《つ》けるのですか」

茂は心底より驚いた。

「わが国でも電話が普及すれば、そうなるのではないかな。募集を始めるとも聞いておるし」

電話交換手に女を採用する。その発表が逓信省よりなされたばかり、と綱常は言った。

（それで、おなつさんは東京へ）

ほかにも腑《ふ》に落ちたことがある。宇山の手を振り切るときは国訛りが出てしまったおなつだが、あの一瞬以外は、誰にでも伝わるだろう丁寧《ていねい》なことばを発していた。電話で話す人と人を繋ぐ役目だから、それは何より必要なことなのではないか。きっといつか東京へ出るために、電話交換手の夢を抱く以前から、訛らない話し方を懸命《けんめい》に学んでいたと察せられる。

（おなつさんのきれいな声なら、必ず採用される）

東京・横浜両市内と両市間の電話交換開業予定の十二月十六日に向け、東京電話局要員の正式な募集要項が公表されるのは、秋になってからのことだが、女子交換手の募集はわずか六名にすぎないのに、最終的な応募者数は千八百四十七名を数えることになる。のちに職業婦人のさきがけとも言われただけに、条件も厳しいものだった。小学校高等科卒業、独身で家事に関係しない、品行方正、視力聴力善良にして言語明瞭《めいりょう》、筆算に優秀。まことに狭き門と言わねばなるまい。

それらのことをまだ知らない茂は、おなつのために悦《よろこ》び、自身もちょっとうきうきした。

「橋本先生。ご教授を賜り、ありがとうございました」

いま禱龍館の前にいる茂の知るところではないが、このとき天人は袖ヶ浦の松林の中にあって、男と対峙《たいじ》している。

「あなたのことばはよく分からない。気の毒な目に遭《あ》われたということかな、やっ、せっ、ぼっさんが」

「やっせんぼじゃと。ぬしゃあ、おいば愚弄《ぐろう》すっとか」

「ぐろすっとか、とは」

天人は問い返す。

「やっせんぼは、おいの名じゃなか」

苛立《いらだ》ち、地団駄《じだんだ》を踏む男である。

「お名ではない……。これは失礼した」

「おいは、阿久根八郎《あくねはちろう》ったい」

憤怒《ふんぬ》も露《あら》わなこの男は、小淘綾海岸での山県首相暗殺未遂《みすい》事件のさい、首相警護をつとめていた巡査三名の中で生き残った者だ。天人は、あのとき山県が巡査に対して、やっせんぼが、と言ったと記憶していたので、名前だと思ったのだ。

どうやら阿久根は、事件が隠密裡《おんみつり》に処理されたあと、首相警護の任を解かれ、どこかへ左遷《させん》されることになったので、その前に仕返しにきたと語ったようなのだが、それは天人がおそらくそういうことではないかと推量したにすぎない。阿久根の発する訛りは確《しか》と意味を解しかねるからだ。

「おとろしかろが、ピストルば持っちょらんけん。半殺しにしちゃる」

あのときと違いピストルを持っていないから、恐ろしいだろうと威《おど》して、阿久根は両腕を高く掲《かか》げるや、じりじりと間合いを詰め始める。きょうは巡査の制服姿ではなく、武器のサーベルも提《さ》げていない。組み打ちによる私闘を挑んでいるのだ。

対する天人は、抱えていた板子を手近の松の幹に立てかけると、阿久根から見れば奇妙な構えをとった。わけても、顔の前まで上げた両拳を握ったままなのが不可解だ。

それでも、阿久根とて命知らずの薩摩隼人《はやと》である。勢いよく踏み込み、天人の右上腕と左の首根に手をかけようとした。

「しゅっ」

自身の閉じた唇の間から天人が短い音を発したときには、その左拳が阿久根の右顎《あご》を捉《とら》えている。瞬息《しゅんそく》のことだ。

天人は、相手が両膝から崩れ落ちる前に、抱きとめ、その衿首を左手で摑んで、無理やり阿久根を立たせ、おのが右拳を肩口まで引いた。半眼《はんがん》で朦朧《もうろう》とする無防備な相手に、とどめの一撃《いちげき》を食らわせようという構えだ。

しかし、それきり動きをとめてしまう天人だった。他者の視線を感じたからだ。

「殺すのですか」

日本人ではあろうが、パラソルをさした洋装の婦人が、松林の海側の外れから、木の間越しにこちらを凝視している。恐れているようすもなく、毅然《きぜん》たる佇まいだ。

天人は、婦人に向かって、頭《かぶり》を振ってみせてから、阿久根の閉じかけている両の瞼《まぶた》を指で押し上げ、囁《ささや》いた。

「あのレディーに感謝することです」

天人は、指を離し、ようやく阿久根を気絶させてやってから、その体を肩に担ぎ上げ、松林から砂浜へ出る。

「お名乗りになる必要はありませぬが、その者をどうなさるのです」

と婦人に訊かれた。

「波打ち際より少しこちらへ寝かせます。潮が満ちてくれば、波を浴びて目覚めるでしょう」

「大磯は存外、物騒《ぶっそう》なところのようです。考え直すことにしました」

「何か分かりませんが、わたしのせいでしょうか」

「あなたのおかげで、昔の自分の血が騒ぎ、ひとりでも、もう一度戦ってみようと思い至ったのです」

「何事であれ、男たちが優位に立つのは当たり前と思われている社会で、敢然《かんぜん》と立ち向かう女性を、わたしはリスペクトします」

「尊敬すると仰《おっしゃ》ったのですか」

婦人のおもてに驚きの色が広がる。

「やはり、英語を解する御方《おかた》だったのですね」

「少しだけです」

ちょっと頬《ほお》を赧《あか》めた婦人は、羞《は》ずかしさを打ち消すように、あえて左手で拳をつくってみせ、

「ストロング・パンチ」

と天人の一撃を褒めた。

「サンキュー、ミス」

この「ミス」は、お嬢さんというほどの意だ。

「グッド・ラック」

が婦人の別辞だった。

足首が見える丈《たけ》の短いスカートを海風に煽《あお》られながら去ってゆく、その婦人が誰であるのか、天人には察しがついている。

「ユー・トゥー、八重《やえ》さん」

と小声で応援した。

少年時代の天人は、アメリカで新島襄《にいじまじょう》に会ったことがある。

キリスト教に深く傾倒するあまり、アメリカへ渡って神学校に進み、同時に欧米の学校教育の自由さにも感銘をうけ、宣教師補の牧師として帰国すると、伝道と教育に一身を捧《ささ》げたが、同志《どうし》社《しゃ》大学の設立運動で奔走中、病《やまい》に倒れ、大磯の百足屋《むかでや》旅館で客死《かくし》した。それが新島襄である。

襄が帰国後に娶《めと》った八重というのは、会津《あいづ》藩の砲術指南役の山本家の出身で、幕末の会津戦争では、みずから七連発銃を用い、官軍の兵を多数、射殺した烈女《れつじょ》である。結婚後は夫を支えて、ともに病院や看護婦学校の開設などに力を尽くしている。英語も襄に習った。

新島八重が大磯の神明前《しんめいまえ》に三百坪の土地を購入した、とつい最近耳にした天人は、その心情を思いやった。同志でもあったかけがえのないひとの死によって、気力を奪われた八重は、襄の終焉の地で菩提《ぼだい》を弔《とむら》う余生を送ると決心したのではないか、と。

ところが、八重はいま偶然、男と男の決闘《けっとう》を目にし、しかも一方がボクシングのファイティング・ポーズからパンチを繰り出して勝った。きっと新島襄は暴力を嫌うひとだったに違いないが、アメリカで見たボクシングというものの型を、男勝《おとこまさ》りの八重に冗談《じょうだん》でやってみせるぐらいのことはしたのではないか。それを思い出した八重は、亡夫の菩提を弔うなど似合わない、わが遺志を継いで戦いつづけてくれ、と天国の襄から託された気がして奮《ふる》い立った。激しい戦闘を経験し、人を殺したこともある女性だから、そんなふうに心が動いたとしても不思議ではない。そう天人は想像した。

現実に、新島八重は土地を購入したにもかかわらず、その後、大磯に家を建てることはなく、居住した形跡もないので、天人の想像も的外れではあるまい。

天人は、気絶している阿久根の体を、汀《みぎわ》に近い砂浜へ下ろしてから、その胸に掌《てのひら》を押し当てた。

「半殺しはかえって無惨《むざん》。だから、二度とわたしの前に現れないように」

相手の心へ刻みつけるように言うと、天人は敗者を置き去りにした。

阿久根が再び天人の前に姿をみせることもなく、茂の夏休みも終わりを迎えようという八月下旬、大磯は災害に見舞われた。火災が発生したのだ。

「北条。母上を頼んだ」

松籟邸にも板木《ばんぎ》を打ち鳴らす音が聞こえてきたので、茂は、執事の北条と看護婦、女中らに避難の準備をするよう言い置いて、下男の好助を伴って、二号国道へ出た。

外はまだ明るく、周辺に火も煙も見えないのは幸いだったが、三々五々、道へ出てくる近所の人たちは皆、不安そうだ。

当時の消火活動というのは、海外から輸入の最新の蒸気ポンプを出動させられる東京や横浜などの都会は別として、地方のそれはいまだ江戸時代とさして変わらず、消防組にしても各市町村の義勇団《ぎゆうだん》的組織にすぎない。それだけに、住民の火事への恐怖心は大きい。

「南下町だ。出火元は南下町だ」

東小磯のほうから駆けてくる者が、そう叫んでいる。

近所の人たちのおもてに、安堵の色がひろがった。南下町なら随分《ずいぶん》と離れているし、南風《はえ》の時季でもあるから、こちらへ延焼してくる惧《おそ》れもない。万一、風向きが変わって西へ火の手が延びたとしても、鴫立川のところで止まるだろう。

「禱龍館はどうだ」

急報してきた者へ、誰かが訊いた。

「分からないが、火元は例によって魚町《うおまち》のようだから、とりあえずは大事なかろう」

同じ南下町の内でも、漁戸《ぎょこ》が隙間もなく密集する一帯は、他の町の人々から魚町とか漁師町とか俗称されており、小火《ぼや》騒ぎも含めれば、火事はめずらしくなかった。禱龍館はその一帯とは道で隔《へだ》てられ、最も南側の海岸寄りに建つ。

「好助。母上にご懸念無用と伝えてくれ。ぼくはちょっと見にいってくる」

魚町に住むスミジイのことも心配だが、茂が誰より気になったのは、おなつである。大火ならば、おなつが身を寄せる延台寺も、飛び火を免《まぬか》れないかもしれない。風下の北本町に建つ寺なのだ。

茂は、二号国道を、東に向かって、ひた走った。

西小磯から東小磯、台町を過ぎ、鴫立橋を渡って茶屋町へ入る。

南本町まで達すると、往還《おうかん》に大勢の人々が出て、あたりは騒然としていた。表通りの片側の家々が、凄《すさ》まじい黒煙を背負っている。裏手が南下町なのだ。大火である。

破壊音が聞こえる。前時代と同じく、飛び火による延焼を防ぐのが消火活動なので、まだ燃えていなくとも、火の手が最も近くに迫る風下の家屋を壊《こわ》しているのだ。

竜吐水《りゅうどすい》から噴き上げられる水も見える。江戸の天明《てんめい》年間にオランダより輸入された水揚《みずあ》げ用手押しポンプのことで、農業用の灌漑《かんがい》や銅山の水抜き、火事のときの消火などに盛んに使われた。ただ、これも周辺の家々の屋根に水をかけて、少しでも延焼を防ぐという程度のものでしかない。

「あっ、天人」

末広亭の横筋《よこすじ》から二号国道へ現れた天人は、小さな子供を、背中にひとり背負い、左右の脇にもひとりずつ抱えている。火事場から助け出してきたに違いない。

家族とおぼしい者たちが、たちまち寄っていき、子供らを抱きしめ、天人に幾度も頭を下げる。

天人は、笑顔で応じるのもそこそこに、ふたたび横筋へ駆け込んでいった。できるだけ多くの人を助けたいのだろう。

（天人はすごい）

茂は、胴震《どうぶる》いするほどの感動をおぼえ、気分が一挙《いっきょ》に昂揚《こうよう》した。自分もおなつさんを助けるんだ、と。

茂は、南本町の隣の北本町へと走り、延台寺の門前へ達した。

源頼朝が行った大規模な富士の巻狩《まきがり》の野営地において、曾我《そが》十郎《じゅうろう》・五郎《ごろう》兄弟は、亡父の敵《かたき》・工藤祐経《くどうすけつね》を見事に討ち果たすも、兄はその場で討ち取られ、頼朝の寝所《しんじょ》へ迫った弟も捕縛《ほばく》、梟首《きょうしゅ》された。『曾我物語』で知られる日本三大仇討《あだうち》のひとつだ。大磯の山下長者《やましたちょうじゃ》のむすめで、舞《まい》の名手として知られ、十郎と恋仲だった虎《とら》は、兄弟の菩提を弔うべく、剃髪《ていはつ》して草庵《そうあん》を結ぶ。それからおよそ四百年の時を経て、日蓮宗《にちれんしゅう》の身延山《みのぶさん》久遠寺《くおんじ》法主《ほっす》・日道上人《にちどうしょうにん》が、冬の旅の途中、荒れ果てていたこの草庵で寒さを凌《しの》いだことを奇貨《きか》とし、身延山の末流と定めて、延台寺と名付けたのが寺の起源である。

門前の一角に、円《まる》くて平たい大きな石が置かれている。虎御石《とらごいし》、という。

子宝に恵まれなかった山下長者が、信仰する虎池弁財天《とらがいけべんざいてん》のお告げによって小さな石を賜り、安置して祈願したところ、寅《とら》の日、寅の刻《こく》に、宝珠《ほうしゅ》のような女子を授《さず》かり、虎と命名した。石は虎の成長とともに大きくなり、富士の巻狩以前、工藤の放った刺客《しかく》から曾我兄弟の命を救ったことで、身代《みが》わり石《いし》とも称《よ》ばれる。

まだ北本町まで火の手は延びていないが、寺の者らは避難準備で慌《あわ》ただしく動き回っている。境内《けいだい》へ駆け入った茂は、運よく住職の姿を見つけた。

名乗ってから、おなつがどこにいるのか訊ねると、住職からは思いがけないこたえが返ってきた。

「いましがた停車場へ」

「陸蒸気《おかじょうき》に乗りにいったということですか」

「父御《ててご》が迎えにまいられて、故郷《くに》へ帰るそうじゃ」

「どうして、故郷へ……」

東京で電話交換手になりたいのではなかったのか。

「どうしてと言われてもな、折しも火事が起こって、ゆっくり話す時間もなかったからの」

「ご多忙のところ、ありがとうございました」

茂は、身を翻《ひるがえ》して延台寺を飛び出すや、二号国道と大磯停車場を繋ぐ県道へ向かった。

「通して下さい。通して下さい」

避難する人々や、消火活動をする者らや、野次馬《やじうま》などを掻き分けて進み、茂は県道へ走り込む。停車場まで三百メートルぐらいだ。

坂を夢中で駆け上がる茂の脳裡《のうり》には、おなつの笑顔が浮かんでいる。

胸が苦しい。

その苦しさは、走りつづけているからだけではないが、十一歳の茂にはそこまで分からない。

振鈴《しんれい》の音が小さく聞こえてきた。

（発車する）

茂は焦《あせ》った。

明治末期にはボタンひとつで作動する発車報知機が用いられ始めるが、この当時は、振鈴と称ばれる鐘《かね》を、駅員みずから発車定刻の五分前に待合室や駅舎前で、二分前に乗車場で鳴らした。

五分前の振鈴であってほしいと茂は祈り、力を振り絞って足送りを速めた。途端に、石に躓《つまず》いて転倒し、汗を飛び散らせながら、坂道を数メートルも転がり落ちた。

どこを打ったものか、息が詰まり、すぐには起き上がれない。すると、汽笛一声《いっせい》、機関車が徐々に動き出す音が伝わってきた。

茂は、立った。

望みは消えていない。西へ向かうのなら、下り列車に乗る。動き出したのが上り列車なら、おなつはまだ待合室にいるはずだ。

しかし、坂を上りきる前に、前方の上空に見える煙の流れで、下り列車と知れた。

茂は、坂を上りきるや、駅舎の前を横切って、まだ速度の上がらない列車を、線路沿いに追いかけた。

「おなつさん。おなつさん」

大声で呼ばわるが、機関車の動力音や鉄路を軋《きし》ませる車輪音に消されてしまう。

それでも、茂は呼びつづける。喉も裂けよとばかりに。

下等車《かとうしゃ》の窓から覗いた顔がある。

走りながら、茂は腕を振った。

おなつのおもてが歪《ゆが》む。悲しそうだ。

悲しそうなのに笑おうとしているのも、茂には分かった。

おなつが、両手を拡声器代わりにして、叫んだ。もともと明瞭な声だから、茂の耳にたしかに届いた。

おなつは、しかし、まだ茂が見えているはずなのに、奥へ隠れてしまう。茂の目には、誰かの手が伸ばされ、おなつの衿首を摑んで引っ張り込んだように見えた。

茂は、どんどん列車に引き離されてゆく。

もう追えない。足が止まった。前屈《まえかが》みになって、両膝に手をついた。

速度を上げて遠ざかる陸蒸気が、何か邪悪《じゃあく》な意志を持っておなつを攫《さら》ってゆく怪物のように思えてしまう。

「いつまでも、あの日のままで」

それが、おなつの別れのことばだった。耳に残って、離れない。あの日のおなつの手の感触も、いまなお茂の手に残っているのだ。

視界がぐにゃぐにゃになった。涙が溢れてきた。

嗚咽《おえつ》の止まらぬ茂は、拳と袖で乱暴に涙を拭う。列車も煙もまったく見えなくなっても突っ立ったまま、そうしていた。

夏空の鉄鈷雲《かなとこぐも》が大きく流れて、雷鳴《らいめい》を轟《とどろ》かせた。夕立《ゆうだち》の前触れだろうか。

ようやく西へ背を向けた茂は、とぼとぼと歩きだす。

県道を二号国道まで下ると、一帯はまだ火事騒ぎのさなかだった。南下町は燃えつづけている。それでも、北下町《きたしたまち》は危《あや》ういが、北本町への延焼は食い止められるだろう、という声も聞こえた。

茂は、延台寺の住職にお礼を言わなかったような気がした。避難準備に忙しい中、呼び止めて、おなつのことを話してもらったのに、それでは失礼にあたる。

実際には「ありがとう」を言ったのだが、気が動転していた茂自身に記憶がないのだ。

茂が再び延台寺を訪れ、あらためて住職に謝辞を述べてから、山門を出たところで、雨が降ってきた。火事場には恵みの雨だ。

茂は、虎御石の前で、足を止めた。

「よき男のあぐればあがり、あしき男の持つにはあがらず」

曾我十郎と虎の恋の伝説に思いを馳《は》せて、虎御石を持ち上げん、と江戸時代には数多《あまた》の男たちが挑んだ。

持ち上げられるはずもないから、これまで触《さわ》ったことすらなかった茂だが、衝動に駆られた。石の下部に両手を差し込み、渾身《こんしん》の力をこめる。

この雨がそうさせたのかもしれない。曾我兄弟の討たれた陰暦五月二十八日に降る雨は、虎の涙であるとの言い伝えから、虎ヶ雨《とらがあめ》と称ばれる。いまは時節外れでも、茂にとっては切なく、悲しい虎ヶ雨なのだ。

「むううう っ」

虎御石はびくともしない。

驟雨《しゅうう》は容赦なく茂の全身を叩く。

それでも、幾度も試《ため》してみた。

(ぼくは悪《あ》しき男なんかじゃない)

こんどは涙を拭わなかった。誰かに見られたところで、雨の中だから、泣いているとは気づかれまい。

雨が上がった。あっけない夕立だった。

茂は、虎御石を持ち上げるのを諦め、二号国道へ戻ってゆく。南下町の火災は収まりつつあったが、国道はまだ人々でごった返している。初恋に破れたばかりの少年には他人事《ひとごと》だった。

一ヶ月余りのち、延台寺の住職宛てに長崎《ながさき》から手紙が届く。おなつのことが記されていた。

貧乏な家で、父親の借金を返せず、身売りさせられることになったおなつは、ひそかに長崎を出奔《しゅっぽん》する。その足どりを辿って追いかけた女衒《ぜげん》が、ついに大磯延台寺で見つけると、住職には父親だと偽っておいて、おなつを脅迫《きょうはく》した。お前が拒《こば》むのなら、妹に代わりになってもらう、と。いちばん年上の妹でもまだ十二歳。拒むことはできなかった。ところが、帰郷するやいなや、おなつはコレラに罹《かか》って、幾日も経《た》たずに世を去ってしまったのだ。

この年、コレラの死者は全国で三万五千人を超え、わけても猖獗《しょうけつ》を極《きわ》めたのが大阪以西の土地で、長崎市もそのひとつに挙げられる。

手紙の差出人はおなつの兄であり、隔離《かくり》される直前の妹から延台寺にはひとかたならぬ世話になったと聞かされたので、経緯を正直に伝えるべきと思い、拙文《せつぶん》をしたためたのだという。

また、手紙にそこまでは書かれていなかったが、住職が察するに、結局はおなつの十二歳の妹が犠牲を強《し》いられたことは、想像に難《かた》くない。遊女屋と女の親元との仲介で稼《かせ》ぐだけでなく、女の誘拐《ゆうかい》や売り飛ばしも辞さない女衒に、慈悲心など爪《つめ》の先ほどもないからだ。政府の新しい公《こう》娼《しょう》制度の下、大磯でも貸座敷《かしざしき》と名称を改めた娼家《しょうか》は十軒余り存続しており、女衒という悪徳業者の暗躍《あんやく》も排除しきれていない。いまだ、そういう時代なのだ。

住職は、茂には何も伝えなかった。子どもに聞かせてよい話ではない。

おかげで、茂は生涯、初恋のひとの悲惨な物語を知らずに済んだのである。

南下町の大火は、町戸《まちど》の七割を焼失させてから、熄《や》んだ。スミジイも禱龍館も無事だった。

大火から数日後の八月晦日《みそか》、松籟邸では見知らぬ老爺《ろうや》の訪問をうけ、茂と士子と執事の北条が玄関で応対した。

「マイクと申します。隣のシンプソン家のスチュワードにございます」

装《よそお》いも名前も西洋のそれだが、どう見ても日本人だ。

ただ、英語が些かできる茂は、老爺が自身をバトラーではなく、スチュワードと称したところに、誇《ほこ》りのようなものを感じた。ともに執事の意ではあっても、前者は召使頭《めしつかいがしら》という響きだが、後者はより重要な主家の家務を総括する家令《かれい》の立場と受け取れる。イングランドの国務大官の最高位をロード・ハイ・スチュワードと称し、イングランド大家令と訳される。

「シンプソンさんの奥方やお子らが来日されたのですね」

士子が嬉しそうに言った。天人の妻子に会えるのを楽しみにしていたのだ。

「天人さまに妻子はおられません」

とマイクは小さく頭《かぶり》を振った。

「でも、ファミリーが来日するって」

天人自身がそう明かしたと茂はマイクに告げる。

「われわれのことにございます」

「えっ……」

「天人さまは、われわれ使用人をファミリーと称《よ》んで下さるのです」

茂は、声を失った。

封建時代の日本における家族は、家長制と身分制の中で厳然《げんぜん》たる上下関係に縛《しば》られる一族郎党《ろうどう》をさす。明治の世になっても、実態はあまり変わっていない。だが、英語のファミリーとは、夫や妻や子ども、親兄弟など近しい血縁者や婚姻者という、いわば平等な深い愛情で結ばれた共同体のことだから、〝家族〟と邦訳されてはいても、使用人は決して含まれないはず。

（でも、それが天人なんだ）

思い直して納得する茂だった。

「他の者らも明日、挨拶にまいります。では、これにて」

と辞そうとしたマイクを、茂は呼び止める。

「きょうは夏休み最後の日だから、山へ遊びに行きたい。そう天人に伝えて下さい」

秋の気配が漂いはじめて、水母《くらげ》に刺されやすくなったので、海の遊びは控えている。

「天人さまは旅行に出かけられました」

茂にはとっては、まったく予期していなかったシンプソン家の家令の返辞である。

「どちらへ旅行に」

「存じません。行き先を告げずに、ふらりとお出《で》になる。そういう御方ですから」

「では、いつお戻りに」

「それも存じません。明日お戻りなのか、あるいは一年後なのか」

「一年後……」

　また絶句してしまう茂である。

「あるじが永《なが》の不在の場合、奉公人、ではなくてファミリーの皆さまは、どうなされる」

　と訊いたのは、吉田家の執事の北条だ。

「お戻りまで、天人さまの家を守りつづけます」

　戸惑いのようすは微塵《みじん》もみられないマイクの返答だった。当然のことなのだろう。

「いよいよ謎めいたおひとにあられる、シンプソンどのは。何かお国の秘密のお役目でも担っておられるのやも……」

　マイクが辞去するや、そんな疑いを洩らした北条を、士子が叱る。

「憶測でさようなことを口にするものではありませぬ」

「身共《みども》が軽はずみにございました」

　深々と頭を下げる北条である。

　茂は、北条を叱る気にはなれない。似たような想像を幾度もしたからだ。

（本当に何者なんだろう、天人は）

といって、たしかめるのは勇気がいる。天人が自身のことを明かさないのは、明かしたくないからではないのか。問いただした瞬間に、天人との関係が終わるような気もして、茂はちょっと怖い。

しかし、天人が自分の味方であることだけは疑いない。はるか年下の少年と遊ぶのに心より楽しんでいることも、茂には分かるのだ。それだけで充分だった。

ただ、会えないのは辛《つら》いし、面白くない。

「雨が降ってまいりました」

庭で作業中の下男の好助が、声を張った。

女中たちは、急いで洗濯物を取り込み始める。

茂の心に、おなつの俤《おもかげ》が過《よぎ》った。虎御石を叩く雨を思い出したからだ。

玄関の軒下まで出た。

(あんな別れは、いやだ)

天人には早く帰ってきてほしい。明るい空から降る白雨《はくう》に、茂は願った。

第三話　鬼退治始末

草いきれの立つ夏野に、汽笛が響き渡る。

突き刺すような光が容赦なく降り注《そそ》ぐ藤沢の停車場へ、陸蒸気《おかじょうき》が入ってきた。

額《ひたい》の汗を拭って学生帽を被《かぶ》り直した吉田茂は、鞄持《かばんも》ちをさせている田辺広志とともに、上等車へ乗り込んだ。

席に腰かけようとしたところで、しかし、いきなり頭から学生帽をとりあげられた。

「お前ら、耕餘塾《こうよじゆく》だな」

がっしりした体つきの男で、髭《ひげ》も立派だ。

「無礼でしょう」

茂は、憤然と男を仰ぎ見た。

「やめとけ」

茂の袖を、広志が後ろから引っ張る。相手は大柄でいかにも強そうなのだ。

「いまの耕餘塾にも少しは骨のある小僧《こぞう》がいるようだ」

と男は茂に破顔《はがん》してみせる。思いの外《ほか》に愛嬌のある表情だ。

「おれは後藤猛太郎《たけたろう》。お前らの先輩だ」

その名だけは、藤沢の耕餘塾に関わりある人間なら誰でも知っている。

「ならず者っ」

反射的に発してしまった茂のその口を、慌てて広志がふさぐ。

「くそ爺《じじ》いにそう教えられたか」

「くそ爺いって、どなたのことですか」

広志の手を退《ど》かして、茂は応じる。

「東陽だ」

小笠原東陽は耕餘塾の創始者である。

「ご存じないのですか、東陽先生はとうに逝去《せいきょ》されました」

茂の入塾時には、東陽の女婿《むすめむこ》が二代目塾長におさまっていた。

「くたばった知らせはこなかったな。もっとも、おれは卒業生じゃないから当然か」

がはは、と猛太郎は笑った。

総理大臣が山県有朋から松方正義《まつかたまさよし》に代わっても、引き続き逓信《ていしん》大臣をつとめる後藤象二郎の嫡《ちゃく》男《なん》が、この猛太郎だ。

実母を喪《うしな》った八歳から横浜の異人の家に預けられて育ち、早くより英・独・仏三ヶ国語を操《あやつ》って、おとなたちを顔色《がんしょく》なからしめ、十四、五歳の頃には酒も煙草《タバコ》も博奕《ばくち》も女もおぼえた放蕩児《ほうとうじ》である。豪放磊落《らいらく》を謳《うた》われた象二郎でも手を焼き、息子の性根《しょうね》を叩き直すべく、耕餘塾に託したのだが、東陽も猛太郎を矯正《きょうせい》できなかった。学業を放棄し、気に食わない相手は教師であってもぶん殴《なぐ》り、一年足らずで耕餘塾を飛び出すと、留学という名目《めいもく》でオランダへ渡って、海外でも遊び呆《ほう》けた。それで借金まみれとなり、とうとう象二郎から勘当《かんどう》されてしまう。帰国後は博徒《ばくと》の親分と意気投合して居候《いそうろう》暮らしを満喫《まんきつ》するが、象二郎の親友で当時の外務卿《がいむきょう》の井上馨《いのうえかおる》が、これを見かねて、二十歳《はたち》の猛太郎を外務省の御用掛《ごようがかり》に取り立てた。

役所勤めなどはもともと性《しょう》に合わない猛太郎は、ある事件に勇躍《ゆうやく》して、途方もないことをしでかす。横浜に寄港したイギリスの捕鯨船《ほげいせん》エーダ号の船長から、南太平洋のマーシャル群島で、日本人漁師六人が積荷を強奪《ごうだつ》のうえ殺害されたという通報を受けるや、井上に命ぜられて、同僚の鈴木経勲《つねのり》とともにエーダ号に同乗させてもらい、はるか二千五百浬《かいり》も離れた現地へ乗り込んで、原住民たちの毒矢攻撃をものともせず、群島の大酋長《だいしゅうちょう》に直談判して殺害犯らを捕縛《ほばく》し、日本に連れ帰った。これだけなら英雄的行為と称賛されるべきだが、猛太郎はやりすぎた。日本が群島の保護国となって発展させてやると大酋長に約束し、その家の屋根に日章旗《にっしょうき》を掲げてから帰国したのだ。独断とはいえ、外務省の役人の行った属領宣言だから、井上は仰天《ぎょうてん》する。西南戦争による経済的、人的損失からまだ立ち直れていない明治政府に、南洋の島々と保護協約を結ぶ余裕などまったくないし、欧米列強の反応も恐ろしい。井上はただちに、鈴木にマーシャル群島への再度の渡航を命じて、大酋長の家から日章旗を撤去《てっきょ》させるなど、大汗をかく羽目《はめ》に陥《おちい》る。

張本人の猛太郎はどこ吹く風で、世話になっている井上のことを、胆《きも》が小さい、と嗤《わら》った。

そういう男である。耕餘塾でも、後藤猛太郎はならず者として語り継がれていた。

「お前ら、どこで降りる」

猛太郎に訊かれて、大磯です、と茂はこたえた。

「なら、二扇庵《にせんあん》を知ってるな」

「存じあげています」

唐《もろこし》ヶ原《がはら》に建つ後藤象二郎の別荘を、二扇庵という。

「おれは飽《あ》きるまではいるから、いつでも遊びにこい」

日本人漁師殺害犯捕縛の手柄は手柄として象二郎から褒められ、そのとき勘当を解かれた猛太郎なのだ。

「酒と女を教えてやる」

茂の頭へ学生帽を返すと、猛太郎は自分の席へ戻ってゆき、どう見ても堅気《かたぎ》ではない女たちと大声で喋《しゃべ》りはじめた。

「よかったなあ、あんなひとと同期じゃなくて」

と広志が吐息交じりで声をひそめた。

「政府の元勲《げんくん》たちも皆、若い頃はきっとあんなだったような気がするな」

茂は、そうこたえたそばから、猛太郎とは似ても似つかないひとのことを、いつものように自然と思い出す。

（どこで何をしているんだろう……）

天人《あまと》シンプソンが旅に出たのは昨夏の終わり頃だから、ほどなく一年になる。

母の士子《ことこ》から、夏休み後は横浜の南太田の本宅より耕餘塾へ通うよう言いつけられ、それを守ったので、大磯の松籟邸には滅多に顔を出していない。

隣家のシンプソン家では、家令のマイクら使用人たちが毎日、庭の手入れをしたり、屋内を整えたりしているらしい。らしい、というのは、松籟邸の者がシンプソン家の屋敷内へ入ったことはないからだ。マイクらは、天人から「ファミリー」と信頼されていても、分を弁《わきま》えており、主人不在の屋敷に、誰であれ、他人を招き入れるつもりはないようだった。士子に仕《つか》える執事の北条などは、それこそ奉公人の正しい行い、と共感している。

といって、ささやかな交流はある。隣人だから、屋敷外では互いに顔を合わせる機会が多いのだ。礼儀正しく、いつも微笑を絶やさないマイクらに、士子は好感を抱いている。

年齢《とし》は離れていても、いちばんの遊び友達だと信じていた天人が行方《ゆくえ》も告げずにいなくなった当初、茂は寂しくもあり、つまらなくもあり、腹立たしくもあり、何やら胸を掻きむしられるような思いに苛《さいな》まれた。そのまま大磯に暮らしていれば、気持ちが晴れるまで月日が必要だったかもしれない。

だが、昨年の夏休み後、横浜の本宅へ戻り、そこから耕餘塾へ通う生活となった。悲しみを長く引きずらないのが子どもの心でもあり、環境の変化はそれに拍車《はくしゃ》をかけてくれたといえる。親友の広志とは耕餘塾で会えるし、広志が横浜の吉田家に泊まることもしばしばなので、思いの外に早く、楽しい日々を取り戻せたのだ。

それでも、天人のことはよく思い出す。一緒に遊びたいという思いも変わらない。大磯に屋敷があって、留守を守るひとたちも存在するからには、必ず戻ってくると信じてもいる。

天人が大磯に颯爽《さっそう》と出現したのは、去年、茂の夏休みが始まったばかりのときだった。今年もいま同じときを迎えている。ひょっとしたら、同じことが起こるのかもしれない。そんな期待も抱く茂だった。

藤沢から大磯まで、江戸時代の東海道の道程は四里九丁《ちょう》。十六キロメートル余りだ。健脚《けんきゃく》だったといわれるその当時の男なら、四時間をゆうに切っただろうが、もとより陸蒸気とは比較にならない。途中、平塚での停車を挟んで、所要時間は三十分足らずである。あっという間、という感覚だ。

大磯の停車場に到着すると、茂は広志とともに下車してから、すぐに駅舎へ向かわず、女同伴で降りてきた猛太郎へ寄ってゆく。

「そちらの名だけ聞いて、こちらが名乗らないのは礼を欠くので、申し上げます。ぼくは吉田茂、かれは田辺広志といいます」

「律儀《りちぎ》な小僧だ」

と猛太郎は笑う。

「小僧ではありません。吉田茂です」

「憶《おぼ》えたよ、小僧。そういえば、横浜に吉田醤油屋《しょうゆや》があったな」

「もしや太田屋《おおたや》のことなら、わたしの父・吉田健三と父の義弟の鈴木善兵衛《ぜんべえ》が創《はじ》めた店ですが」

「なんだ、お前、吉田健三の倅《せがれ》か」

「父をご存じなのですか」

「おれも土佐《とさ》っぽだからな」

土佐出身の男への愛称である。

「父は越前福井の出身です」

「竹内《たけうち》のほうだったか、土佐は」

「竹内というのは……」

姓なのか地名なのか、茂には分からない。

「お前は鍛えがいがありそうだ。鬼退治《おにたいじ》にも連れてってやろう」

「鬼退治って何ですか」

「まあ、とにかく遊びにこい」

猛太郎は、並んで立つ茂と広志の学生帽のつばを摑んで、ぐいっと押し下げてから、女たちと歩き去ってゆく。

「吉田くん。なんでおれの名前まで言うんだよ」

と広志がおもてを顰《しか》めた。ならず者に名前を憶えられたくはないのだ。

「あのひと、悪い人間には見えないけどな」

茂はなんとなくそう感じた。

「出た出た、若様の鷹揚《おうよう》さが」

皮肉っぽく言う広志である。

茂も、後藤猛太郎は粗野《そや》でいいかげんであるとは思う。間違った記憶や思い込みでも、深く考えもせずにすぐに口にしてしまうのが日常なのだろう。ただ、土佐出身とか、竹内がどうとか、健三に関する事柄は、でたらめであったとしても、ちょっと心にひっかかった。むろん、それ以上に気になったのは鬼退治である。

「田辺くん。あのひとが言ってた鬼退治って、何のことか分かる」

「ああ。鬼になった曾我兄弟がこのへんの山のどこかでうろついてるっていうやつさ」

広志は、線路の北側に列《つら》なる山々のほうへ腕を振ってみせた。最高峰でも鷹取山《たかとりやま》の二百十九メートルにすぎず、なだらかな丘陵地帯である。曾我十郎・五郎ゆかりの地の大磯では、兄弟にまつわる伝説が幾つもあって、七百年を経たいまでも与太話《よたばなし》が出ることはめずらしくないのだ。

「そんなこと信じてるとしたら、あの後藤猛太郎ってひと、よほどおめでたいな」

と広志は鼻で嗤った。

「そうだね」

うなずいたものの、そういうおめでたさは悪くない、と茂は思う。南洋への冒険行が示す通り、猛太郎は夢や空想を心より楽しむ純粋なひとなのかもしれない。

茂と広志が改札を通って、駅舎を出ると、喧騒《けんそう》が押し寄せてくる。

停車場前に聳《そび》える愛宕山《あたごやま》の全体で、宅地造成の大規模な土木工事のさなかなのだ。

といって、分譲ではない。建設されるのは、岩崎弥之助《いわさきやのすけ》の別荘だけである。それも、弥之助が、自身のためではなく、母親への贈物にするらしい。あわせて、大磯町のために、トンネルを掘り、停車場と二号国道を繋《つな》ぐ新道《しんみち》も拓《ひら》くというので、さすが三菱《みつびし》財閥の総帥《そうすい》は桁外《けたはず》れ、と鍬始《くわはじ》めの前から話題になっていた。

（そういえば、岩崎家も土佐の出だ）

猛太郎の話がまだ気になっているせいか、大磯に別荘を持つ土佐出身の著名人が少なくないことに、茂はあらためて気づいた。

後藤象二郎、岩崎弥之助のほかに、新政府初代の農商務卿で、現・松方正義内閣でも内務大臣をつとめる河野敏鎌《こうのとがま》。きわめつけは、旧土佐藩主・山内《やまうち》家の当主、山内豊景侯爵《とよかげこうしゃく》だ。河野邸は茶屋町に、山内家の別荘は東小磯にある。豊景邸が建てられたことで、大磯に土地を探しはじめた旧土佐藩士が幾人もいるらしい。

猛太郎と女たちは、個々に人力車へ乗り込んでいる。

吉田家馴染《なじ》みの車夫のどんじりが、茂に向かって、申し訳ないというふうに、両掌《りょうて》拝《おが》みをしてみせた。どんじりの乗客が猛太郎だ。

茂は、ひらひらと手を振り返す。下男の好助が迎えにきているはずだから、はなから人力車を使うつもりはなかった。

「若様。お帰りなされませ」

その好助が茂へ寄ってきた。

「学業ご専念、まことにご立派にあられます」

とつづけた好助へ、広志が茂の鞄を渡す。

「塾では秀才だよ、吉田くんは。口が達者《たっしゃ》すぎるのは困ったものだけどね」

「これからの時代は、黙して語らぬ男より、弁の立つ男が人の上に立つと存じます」

「何でも褒めるなあ、若様のことは」

広志がおどけたように言ったので、茂はその腹を拳《こぶし》で軽く叩いてから　好助にたしかめる。

「母上はお変わりないか」

「お健《すこ》やかにあられます。若様の夏休みが近づくにつれ、次第にお顔にも艶《つや》が出てまいられたようで、松本先生も喜んでおられました」

大磯の停車場誘致、海水浴場開設、医院と旅館を兼ねる禱龍館《とうりゅうかん》開業などに尽力した松本順は、士子の主治医である。

茂、広志、好助は、停車場前から坂を下って、旧東海道の一号国道へ出た。松本順が人気歌舞伎役者などを使って、大いに喧伝《けんでん》しつづけていることもあって、東京や横浜からの海水浴客が年々増えており、大磯は今夏も人出が多い。

ただ、近頃は、表通りをそぞろ歩くことが、些《いささ》か難儀になっている。日除《ひよ》けになる長い庇《ひさし》を、取り除く家が増えてきたからだ。

表通りでは各家の庇を公道へ長く突き出すことが、明治以前はむしろ奨励《しようれい》されていた。商家ならば商売の利便を得られるし、雨季には雨除《あまよ》け、暑熱の厳しい頃には日除けになって、諸人も犬猫も通行しやすい。いわば、江戸時代の人々の知恵と思いやりでもある。ところが、明治政府は、庇下を、その家の土地とみなして、税金をかけることにしたのだ。

茂も、雨除け、日除けもさることながら、軒の深い家々が並ぶ表通りの風情《ふぜい》が好きだったから、ちょっと残念に思っている。

南本町を過ぎ、茶屋町まで進むと、ひときわ人だかりの多いところが目に入った。

「こないだ話した菓子屋だよ」

と広志が言った。

「新杵《しんきね》だね」

にわかに嬉しくなる茂である。

大磯のことはいつも広志が話してくれるのだが、開業したばかりの新杵も、その話題のひとつだった。虎子《とらこ》饅頭《まんじゆう》、西行饅頭など、大磯らしい名を冠した菓子を売り出して、早くも人気らしい。

しかし、茂の興味は饅頭よりも店の看板文字にあった。

「松本先生が仰《おつしや》るには、一三《いちさん》だったか、一六《いちろく》だったか、そんな名のひとが書いたらしいよ」

広志からそんなふうに聞いたからだ。

明治政府の官吏《かんり》として詔勅《しょうちょく》や制令の浄書《じょうしょ》を執筆し、一六流を創始した当代屈指の名書家の巌谷《いわや》一六に違いない。近江水口《おうみみなくち》藩の藩医家を出自とするので、将軍家の奥医師をつとめた松本順と交流があってもおかしくないし、あるいは順が大磯発展の一助として、新規開業の新杵のため、一六に看板文字を依頼したとも考えられよう。

書の上手《じょうず》になりたいと常々思っている茂だから、名筆を見られるとなれば、心が躍るのだ。

茂が少し足を速めたとき、悲鳴が聞こえた。かと思う間に、新杵の店先の人だかりが割れて、路上へ人が転がり出てくる。次々と三人だ。埃《ほこり》が舞い立った。

「近頃よく見かけるごろつきにございます」

茂に告げる好助の声は、小さい。

鉄道のおかげで町が発展すれば、遠方から様々な人間が出入りし、風紀が乱れるのもやむをえない。

「さっき話した鬼の手下どもだって言われてるよ」

と広志が付け加えた。むろん、信じてはいない口調だ。

「列の後方《しりえ》はあちらです」

そう言いながら、人だかりの中よりゆっくりと路上へ現れ、行列のいちばん後ろのほうへ腕を差し伸べた長身の人物に、茂は声を上げた。

「天人っ」

　初めて出会ったときと同じ白い帽子に、白の上下の洋装は、夏の光を浴びて、眩《まぶ》しいばかりだ。その帽子がパナマ帽と称《よ》ばれることを、いまでは茂は知っている。

　エクアドルの高地でしか栽培されないトキヤ草の柔らかい部分のみを原料とするトキージャ・ハットが、パナマ・ハットの名称で知られるようになったのには諸説ある。昔からパナマでの売買が盛んだったとか、パナマ運河《うんが》建設に携《たずさ》わる人々が好んだ、など。フランスの民間会社によるパナマ運河の最初の建設計画は、のちに中止となるものの、一八八一年（明治十四）に始まっている。アメリカが単独工事に乗り出したあと、セオドア・ルーズベルト大統領が一九〇六年（明治三十九）、視察に訪れたさい被《かぶ》っていた写真で一挙に世界中に広まったともいう。いずれにせよ、均等の素材ではないトキヤ草は熟練工でなければ編むことができず、一個を仕上げるだけでも数ヶ月を要するため、パナマ帽は大変な高級品なのだ。

「代価も忘れずに」

　と天人はつづけた。

　列に並ばず、代価も踏み倒そうとしたごろつきどもを、天人が店外へ叩き出したのだと茂らは察する。

　ごろつきどもが立ち上がり、ひとりが吼《ほ》えた。

「われらは武士である。徳川の世ならば、汝《うぬ》なんぞ、斬捨御免《きりすてごめん》だ」

三人はいずれも、ザンギリ頭に、着流し下駄履《げたば》きで、腰には木刀《ぼくとう》を差している。

武士は自分に対して不届きなことをした庶民を斬り捨ててもお咎《とが》めなし。江戸時代にはそういう斬捨御免の制があった、と伝わっている。

「茂。このひとたちに正しい説明をしてあげなさい」

天人は茂の姿にとうに気づいていた。

「町人百姓からよほど武士の面目《めんぼく》を損《そこ》なう無礼をうければ、いわゆる無礼討ちは行われましたが、それとて、子細《しさい》によっては武士も改易《かいえき》の憂《う》き目《め》をみるので、結局は愚行《ぐこう》でしかありませんでした。その三人が怪《け》しからぬ行為に及んだのを、多くの人が見ていますから、徳川の世ならば、お裁《さば》きの上、三人には遠島刑《えんとうけい》が科されることとでしょう」

立て板に水のごとく、少年の茂が陳《の》べたので、成り行きを見戍《みまも》る人々は喝采《かっさい》の声を上げた。だが、ごろつきどもから睨み返されると、野次馬《やじうま》の輪は後退する。

「この西洋かぶれがっ」

天人の服装も気に入らぬのだろう、ごろつきの中のあごに疵《きず》を持つ男が、下駄を脱ぎ捨てるや、ついに木刀を抜いて上段に構え、踏み込んだ。

天人は、手もなく木刀を奪い取って、相手の喉首《のどくび》へ鋒《きっさき》を向けた。寸止《すんど》めである。

左手を腰に、右足だけを踏み込ませて、右手のみで柄《つか》を握った木刀を目一杯伸ばした恰好は、腰の線が美しい。日本の剣術にはない型だ。

（あれはきっと西洋剣術のフェンシングだ）

天人には会うたびに驚かされる茂だった。

「まだやりますか。わたしの忍耐はここまでですが」

天人の言い方は穏やかだが、相手は恐怖のあまり、腰を抜かし、尻餅をついてしまう。

その足許へ、天人が木刀をごろりと放る。

ごろつきの残るふたりは、慌てて、あご疵男《きずおとこ》の木刀と下駄の片一方を拾った。が、片足《かたし》を見つけられず、やむなく、あご疵男を両脇から支えながら、あたふたと逃げていく。

野次馬たちの嘲笑《ちようしよう》が浴びせられた。

それでも、あご疵男だけは、前からきた三人連れの娘たちとすれ違うさい、中のひとりに目が釘付けになり、遠ざかっても、首《こうべ》を回して見つづけていた。日傘《ひがさ》をさした洋装のその娘は、東京か横浜から大磯へ遊びにきたのだろう、ひときわ目立って垢抜《あかぬ》けている。

新杵の亭主が出てきて、天人に礼を言った。

「あなたさまがいなければ、あの者らに乱暴されて、店を壊されているところでした。感謝の申し上げようもございません」

亭主は風呂敷包みを差し出す。中身は各種饅頭の詰め合わせだ。

「かようなものが御礼代わりになるとは到底思うておりませぬが、どうかご笑納《しようのう》下さりませ」

「お気遣《きづか》い無用です」

と受け取らない天人のもとへ、こんどは、いずれも小さな子らを連れた女がふたり、足早に寄ってくる。

「南下町の大火の折、この子らの命を救っていただき、本当に、本当にありがとうございました」

母親ふたりは早くも涙ぐんでいる。

昨年の八月末、漁戸《ぎょこ》の密集する南下町一帯が燃えたさい、恐れげもなく火事場へ飛び込んだ天人は、逃げ後《おく》れた子どもたちを多数、救出したのだ。

「せんた、やす、しょう、あこ、きいち。みんな、元気そうだね」

満面に笑みを湛《たた》えながら、天人はひとりひとりに呼びかけた。

「まあ、この子たちの名を……」

「なんとご奇特《きとく》な」

母親ふたりは、天人が子らの名を憶えていたことに、心底《しんそこ》驚き、自然と掌《て》を合わせてしまう。

子らはといえば、天人の長い足にまとわりついている。

「みんな、饅頭は好きですか」

天人が訊くと、一斉に好き、好きの歓声が湧く。

「気遣い無用は撤回して、ありがたく頂戴《ちょうだい》します」

亭主の手から風呂敷包みを受け取った天人は、それを披《ひら》いて、子らに饅頭を配り、余った分は、ひたすら恐縮する母親ふたりへ渡した。

「隣近所の子らにも配ってあげて下さい」

勿体《もったい》ない、勿体ない、と涙の止まらない母親たちだった。

野次馬たちの天人に対する視線が敬意に溢れているのを感じて、茂は我がことのように嬉しくなる。

その中で、天人と視線が合ったのだろう、日傘をさしている洋装の娘が、軽く会釈《えしゃく》をした。

天人も、パナマ帽のつばを摘《つま》んで、辞儀を返す。

「茂。帰りましょう」

天人が茂に向かって、カモンというように手で示した。これが日常で、およそ一年の空白などまったくなかったかのごとく、である。

そんな天人に、茂は見とれた。昨夏の出会いのときと同じだ。

「吉田くん。あれ、見たかったんだろ」

広志が軒庇《のきびさし》の上の看板を指さした。

大書された〈新杵〉は、堅勁《けんけい》だが、どこか洒脱《しゃだつ》な、たしかに一六流だ。金文字なので、誇らしげな輝きを放ってもいる。

だが、茂には、天人のほうがもっと輝いているように見えた。

(やっぱり天人は天人だ。何も変わらない)

弾む足取りで、年齢《とし》の離れた友の横に並ぶと、茂は訊いた。

「天人はどこへ行ってたの」

昨夏は、謎《なぞ》めいた天人には私的なことを質問しないようにしていたのだが、いまはなぜか躊躇《ためら》いがない。

「日本中を旅していました」

天人もすんなりこたえてくれた。

こたえそのものは、茂には意外だった。永《なが》の不在だったから、日本を離れたと想像していたのだ。

それでも、日本中というだけで、茂にとっては未知の世界である。いずれ外国で見聞を広めたいと期しているものの、神奈川と東京の外へさえ、まだ出たことがない。

「土産話《みやげばなし》を聞きたい」

茂はせがんだ。

「追々《おいおい》、話しましょう。それより、あの母子《おやこ》たちは家を建て直せたのですか」

「心配いらないよ。新しくできた長者町《ちょうじゃまち》にちゃんと住まいを与えられたから」

南下町の大火のあと、大磯ゆかりの人々から多額の救助金が届けられたこともあり、初代大磯町長の中川良知《りょうち》はただちに自身所有の土地を寄附し、転居を希望する人々のために七十棟《むね》余りを建設して、そこに住まわせることにしたのだ。新しい町は、唐ヶ原に接する長者林《ちょうじゃばやし》に沿っているので、長者町と名付けられた。これによって、南下町のほうも火事と不衛生の原因だった家々の密集が解消されている。

「ターン・ア・ミスフォーチュン・イントゥ・ア・ブレシング」

「禍《わざわい》を転じて幸《さいわい》となす」

鴫立橋《しぎたつばし》を渡りながら、天人が流暢《りゅうちょう》に英語を発し、茂もすかさず邦訳した。

「また上達したようですね」

天人に褒められ、茂は誇らしい気分になった。

「ところで、わたしのファミリーには会いましたか」

「マイクたちのことだよね」

「この夏は晩餐《ばんさん》の約束を果たせます」

ファミリーが来日したら、隣人として、松籟邸の人々を晩餐に招待する、と天人は昨夏に約束している。

「茂は食べ物は何が好きですか」

「サニーサイド・アップ」

即座に茂はこたえた。目玉焼のことだ。横浜育ちだけに、西洋料理には早くから親しんでいる。ただ、本格的なものは、まだ経験がない。

「士子さんと皆さんの好みも知っておきたいので、近々、うちの料理人を訪ねさせましょう」

「みんな一年前から楽しみにしてたから、大喜びだよ、きっと」

明るく広やかな夏空を背負う雄大な富士山を正面に眺めながら、台町、東小磯を過ぎ、八坂社《やさかしゃ》の前へ来たあたりで、茂はにわかに思いついたことを口にする。

「天人。明日は山へ登ろう」

と北の丘陵のほうを指さした。

「板子乗《いたごの》りでなくてよいのですか」

海の遊びとして後世に知られるサーフィンは、当時、板子乗りと称《よ》ばれた。昨夏の茂は、天人の手ほどきをうけたものの、板子の上に立てるまでには到らなかった。

「うん。明日は山がいい」

「海風の吹く夏山もまた心地よいものです」

「じゃ、決まりだね」

それから、茂は広志を振り返る。

「行くだろ、田辺くんも」

「遠慮《えんりょ》する」

「どうして」

「お見通しだよ」

広志は、両拳を両耳の上のあたりにつけると、どちらも人差指を立てて、歯を剝いてみせる。

「なんだ、分かってるんなら、行こうよ」

「分かってるから行かないに決まってるだろ」

鬼なんているわけはない、と広志は思うのだ。

「若様は明日はお出かけになれません」

好助が口を挟んだ。

「ぼくが出かけられないって、何を言ってるんだ、好助」

「お忘れですか。奥方様と、ご問対《もんたい》が」

奥方様とは士子をさす。

「あっ……そうだった」

思わず、学生帽ごと自分の頭を叩く茂である。

「茂。ごもんたいとは」

と天人が訊く。

「ぼくがこの一年、耕餘塾でどのようなことを学んだのか、一日かけて母に質問されるんだ。しっかり学んでないと、答えられないことばかりね」

要は、問答形式による私的な試験なのだ。

「そういえば、士子さんは学問に精通しておられるのでしたね」

幕末の大儒者・佐藤一斎の孫娘として、多くの書物に親しんだので、洋学はともかく、和学・

漢学の素養は尋常でない士子なのだ。

問対というのは、ただ問われることに答えるというだけではない。自分の意見を述べることも含まれる。

「天人。山登りは明後日《あさって》に」

「決めなくてもよいのですよ」

微笑む天人である。

「経書《けいしょ》を読む心得《こころえ》を述べなさい」

翌《あく》る早朝からの問対は、士子のそんな詭計《きけい》ともいえる問いから始まった。

茂は、緊張を強《し》いられながら、様々な質問に答えて、早々に汗だくとなり、解放されたのは夜遅くなってからで、疲労困憊《こんぱい》のまま二階の寝間《ねま》の入口で倒れ込み、寝具の端《はし》に手をかけたところで睡魔《すいま》に引きずりこまれた。

次の日に目覚めたときには、体は夜具に包まれていた。執事の北条がそうしてくれたのだろう。

すっかり陽《ひ》は高く、昼に近い時刻だった。

(山は無理だな)

一階へ下りると、当主の起床を待っていた北条が、きれいに折り畳んだズボンを捧げ持つ。

「お穿《は》きになられまするか」

「いいよ、きょうは」

亡父・健三は冬は大磯の山々で狩猟《しゅりょう》をするのが好きで、幼い茂をよく伴った。そのさいズボンを穿かせられた茂は、いまも山登りには必ず着用する。

茂の洗顔と歯磨《はみが》きと着替えの介添えをしながら、朝早くから騒ぎが起こっている、と北条が告げた。

「東京よりまいられた娘さんが、照ヶ崎海岸で行方知れずになったそうにござる」

禱龍館に逗留中のその娘は、湘南の日の出を見物しようと、未明にひとりで抜け出した。お付きの女中たちを出し抜くのを面白がるお転婆《てんば》だという。

ところが、きょうの朝のうちは沖合《おきあい》まで白波が立つほど風が強かった。それでなくとも照ヶ崎海岸の波は穏やかではないから、海難事故防止につとめるジイヤらの指導と監視がなければ、危険を伴うのだ。

きっと娘は、岩場に立って足を滑らせたとか、何かの拍子《ひょうし》で波にさらわれたに違いない。そこで、いま、大磯の漁師らが多数の船を漕《こ》ぎ出し、海岸線や沖合を捜索中なのだという。

「お付きの女中衆がいるということは、よほど上流の娘さんだね」

茂がそう見当をつけると、北条も深くうなずく。

「晨子《あきこ》というお名で、徳川義禮《とくがわよしあきら》侯爵のご息女らしゅうござる」

「御三家《ごさんけ》じゃないか」

さすがに茂も驚く。

かつての徳川御三家のひとつ、旧尾張《おわり》徳川家の第十八代当主が義禮である。

「そんな名家の姫君も海水浴をするんだ」

「ご息女は、東京のお屋敷が何かと騒がしいので、しばらく離れたくて、選んだ旅先がたまたま大磯だった、と」

「何かあったの、侯爵家に」

「ご当主の素行不良《そこうふりょう》が原因のようにござる」

義禮というのは、尾張徳川家にとっては最後の藩主・十七代慶勝《よしかつ》の養子で、出身は讃岐高松《さぬきたかまつ》藩松平《まつだいら》家である。ところが、家督《かとく》を嗣《つ》いでから芸妓《げいぎ》に現《うつつ》を抜かしてばかりなので、神君家康《しんくんいえやす》の息《そく》・義直《よしなお》より始まる名家の当主に相応《ふさわ》しくない、と旧尾張藩士たちが養子縁組破棄《はき》を申し立てたことで、徳川一門全体を巻き込む大騒動に発展したのだ。

「もう徳川の時代じゃないのに、まだそんなことやってるんだね」

「若様は御一新《ごいっしん》のお生まれゆえ、士族の様々な思いはお分かりにならぬと存ずる」

「北条は分かるの」

「些かは察せられまする。むろん、士族も、もはや変わらねばなりませぬが」

茂は、一昨日《おととい》のひと悶着《もんちゃく》を思い出した。あの三人のごろつきも武士であると称したが、いまだ前時代にしがみついているのかもしれない。

そこへ好助がやってきて、シンプソンどのがおみえになられました、と告げた。

「えっ……」

茂は訝《いぶか》った。天人は山登りをするつもりなのだろうか。日取りは決めなくてよいと言っていたのに。

茂が玄関へ出てみると、天人の足許には、茂の愛犬のポチが尻尾《しっぽ》を振ってまとわりついている。

「ぼく、寝坊したから、きょうは山へ行かなくていいよ」

茂はすまなそうに言った。天人の装いがイギリスの風俗画で見たことのある山登りや狩猟用の恰好なので、余計に申し訳なく思う。さすがに猟銃《りょうじゅう》は持っていないが。

「ポチを貸してくれますか。この持ち主のところへ導いてもらいたいので」

手に持っている下駄の片足《かたし》を、天人は胸のあたりまで上げてみせた。薄汚れた下駄だ。

「それって……」

茂は気づいた。新杵前の路上で天人に木刀で襲いかかったごろつきが忘れていったものではないか。

「ちょっとあのひとたちに用があるのです」

天人は、松籟邸へ来る前に茶屋町へ行って、下駄を手に入れてきた。新杵の奉公人が拾って、店内に置いてあったのだ。

「ちゃんと懲《こ》らしめに行くんだね」

そう思い込んだ茂が、早くも昂《たかぶ》り始める。

「場合によっては」

と天人は微《かす》かにうなずく。

「ぼくも行く」

「危険かもしれません」

「天人がいるから大丈夫だよ。それに、ポチがいちばん言うことをきくのは、ぼくだからね」

「わかりました。では、茂はわたしの言うことをきくように」

「はい」

茂はおのが両耳をふさいでみせる。

「若様。シンプソンどのにご無礼ですぞ。はいと仰《おお》せられながら、耳をふさいでしまわれるなど」

「天人は分かってるから、いいんだ」

昨夏の小淘綾《こゆるぎ》海岸で天人がピストルを撃《う》つとき、茂に向かって言い放った一言が、耳をふさぎなさい、だった。ふたりとポチしか知らない秘密だ。

「それより、シンプソンどの。危険かもしれぬとは」

「それもいいんだ、北条」

「なれど、若様……」

「とにかく、出かけるから、ズボンの用意を」

あのごろつきどもが山の鬼の手下なら、山へ入ることになるかもしれない、と茂は思い到ったのだ。

北条は、ズボンを持ってきて茂を着替えさせながら、好助に命じる。

「お供をせよ。何か知らぬが、必ず若様をお守りいたせ」

「命に代えて、お守り申し上げます」

好助は決死の顔つきだ。これこそ江戸時代の武家におけるやりとりみたいで、茂は、ありがたいものの、ちょっと呆《あき》れもする。

「無沙汰《ぶさた》をしておりました」

いつのまにか別棟の平屋から出てきて、玄関前に立っていた士子に気づき、天人が深々と頭を下げた。

「何か面白きことのようですね。あなたさまと共に経験する危険なら、茂にとってかけがえのない財産になるでしょう。存分に楽しませてやって下さい」

何の心配もしていないようすの士子である。

「茂も好助さんもポチも無事にお返しします」

士子に約束する天人から、茂は下駄を受け取った。

ポチは、鼻へ近寄せられた下駄の臭気《しゅうき》を嗅《か》ぎはじめる。

「さあ、ポチ。ぼくたちを連れてってくれ」

天人と茂と好助は、ポチに導かれるまま、西小磯から、二号国道をひたすら東へ向かう。

東小磯、台町、茶屋町、南本町、北本町、さらに神明町《しんめいちょう》を過ぎ、三沢川《みさわがわ》に架かる橋を渡って、山王町《さんのうちょう》から化粧坂《けわいざか》へと入った。ここより南に、新しくできた長者町や、後藤象二郎の二扇庵の建つ唐ヶ原が広がる。

鎌倉時代には遊女屋が軒を列ねて賑わい、大磯の中心地だった化粧坂から、ポチは北へ外れて、鉄道線路を越え、山へ入った。

高麗山《こまやま》、という。

線路の北側を東西に列なる大磯丘陵の東端にあって、天神《てんじん》、山神、風神《ふうじん》など多くの神々が祀《まつ》られている。大昔、このあたりに高麗人《こうらいじん》が居住したことから、その名を付けられたそうな。

松の美林でもあった。徳川時代の初期から植栽《しょくさい》された松が育ち、頂上には幹回《みきまわ》りが四、五メートルもあるような大木が林立する。維新後は御料林《ごりょうりん》となった。

ポチが、何かに気づいて、樹上《じゅじょう》に向かって吠え立てる。

木から木へ跳躍《ちょうやく》して逃げてゆく猿《さる》が、茂らの視界に入った。後世とは違い、山には猿も狐《きつね》も狸《たぬき》もいるのだ。

しかし、ポチはまた別の方向に身を転じて、さらに強く吠えた。

太い樹幹《じゅかん》の向こうからのっそりと現れた影を、茂も好助も熊《くま》だと思い、恐怖して、天人の背に隠れる。

「お前ら、狩りの時季でもなかろうに」

と話しかけてきたのは、むろん熊ではない。

「あっ、ならず者」

茂が、後藤猛太郎と見定めた。

「おお、吉田の小僧。律儀に鬼退治の供をしにきたか」

「鬼を見つけたのですか」

「まあな」

にやりとしながら、猛太郎は右手に提《さ》げていた小銃を肩に担いだ。

「その洒落者《しゃれもの》は誰だ」

天人を凝視しながら、猛太郎は茂に訊いた。

「天人シンプソン」

茂から紹介される前に、天人がみずから名乗る。

「おれは後藤猛太郎だ」

「憶えておきます」

ふん、と猛太郎は鼻を鳴らす。

「あんた、匂うな」

「それは申し訳のないことです。匂いには気をつけているつもりですが」

天人のほうは穏やかだ。

「いいさ、おれの好きな匂いだ」

「血が匂う、と」

「ほう。おれの心を読んだのか」

「ゲスワークです」

「あてずっぽう、か。おれが英語を解するのまで分かったようだな」

それで、と猛太郎は話題を変えた。

「そっちは、この山へ何しにきた」

「かどわかされた娘さんを助けに」

と天人がこたえたので、茂は驚く。

「どういうことなの、天人」

「だったら、たぶん、めざすところはおれと同じだ」

天人が茂にこたえるより先に、猛太郎が言った。

天人と猛太郎はそのまま話をつづける。

「無頼《ぶらい》の者らの塒《ねぐら》をご存じのようですね」

「道々、話してやる。ついてこい」

猛太郎が、先に立って、山を登りはじめる。

天人がつづいた。茂もわけの分からぬまま、ポチを抱き上げ、好助と共についてゆく。

「ねえ、天人。かどわかされた娘さんて、もしや徳川侯爵の息女のことなの」

「そうです」

「海に消えたんじゃなかったんだ。でも、天人はどうしてそれが……」

「勘ですね。無頼たちが新杵から去るとき、中のひとりが美しい娘さんに目をつけたところを、目撃したものですから」

頭上から烏《からす》の鳴き声が降ってきて、茂はちょっと首を竦《すく》める。明るいところなら何でもないのだが、薄暗い樹林の中では恐ろしい。

「そいつらが、さるご大家《たいけ》の別荘を塒にしてるのさ」

と猛太郎が割って入る。

「ご大家というのは」

茂が問い返す。

「稲葉正邦《いなばまさくに》家だ」

「あの幕府最後の老中《ろうじゅう》でしょうか」

「小僧のくせによく知ってるな」

旧淀《よど》藩十万二千石の稲葉正邦は、徳川慶喜将軍の下で老中として時局の収拾を任されながら、鳥羽《とば》・伏見《ふしみ》の戦いが起こるや官軍に寝返り、淀城の城門を鎖《とざ》して幕府軍に大打撃を与え、その功によって、維新後は明治政府より爵位《しゃくい》を与えられている。ただ、淀藩の寝返りは、正邦が江戸在府中のことで、国元の家臣団と官軍との密約だったともいう。真偽はどうあれ、最後まで命懸けで幕府に尽くした武士からみれば、憎んでも余りある奸賊《かんぞく》である。

それゆえ、あまり目立たないように暮らしているようだが、思いがけず、昨年、大磯に別荘を所持するのでは、という疑いを持たれることとなった。というのも、南下町の大火後、大磯に救助金を送った人々の名簿中に、「旧幕府老中稲葉正邦婦隆《たか》」とあったからだ。おそらく本人ならば匿名《とくめい》にしたのではないか。名義は正邦夫人・隆となっているので、深く考えもせずに、夫人もしくは周囲の者がやってしまったのかもしれない。

そのことが、稲葉を恨《うら》む元幕臣や、官軍に最後まで抵抗して敗れた諸藩の武士の一部に知れた。

「で、ついに稲葉の別荘を捜《さが》し当てた輩《やから》が、金品の無心《むしん》をしはじめたというわけだ」

「元《もと》老中は、幕末の自分の行動が後ろめたいから、そいつらを追い払えないということですか」

「そうだ。だから、稲葉はとうに別荘を捨てた。そこに輩が住みついたのさ」

「じゃあ、後藤さんが退治する相手は、ぼくたちと同じなのですね」

「ちょっと違うな」

「違うって、どういうことでしょう」

「もういいだろう。こっちは話せば長くなる」

猛太郎と茂らの一行は、高麗山の西峰の八俵山《はっぴょうやま》を登っている。頂《いただき》から眼下を望むと、小さな山並みが八俵の俵《たわら》を転がしたように見えるというので、その名が付いたそうだが、異説もある。曾我十郎の愛人だった虎が庵《いおり》を結んで、十郎の冥福《めいふく》を祈ったという伝説も知られる。

「ここだ」

頂上より少し下がったところで、猛太郎が足を止めた。

そこは拓かれた平坦地《へいたんち》で、木造板葺《いたぶき》の二階家が建っている。

「これが元老中の別荘……」

啞然《あぜん》とする茂だった。思いの外に小さくて簡素ではないか。夏にひっそり過ごすつもりなら、その意には適《かな》っていたのかもしれないが。

「村田《むらた》連発銃は気をつけたほうがいい」

天人が猛太郎に忠告する。

「なんだと」

たしかに、猛太郎が携えてきた小銃は村田連発銃である。陸軍少将・村田経芳《つねよし》の設計によるわが国最初の国産制式銃だ。村田少将も大磯に別荘を所有している。

そのとき、女の悲鳴が上がった。二階からのようだ。

「故障が多い」

天人は、猛太郎にそう言い残すと、家屋《かおく》の近くに生《は》えている木に向かって走り、猿《ましら》のごとく駆け登る。そのまま枝先まで身を移してから、一階の屋根へ軽々と飛び移った。

夏の日中のことで、窓は開け放たれている。天人は中へ飛び込んだ。

「面白すぎて、いやなやつだ」

独語してから、猛太郎もゆっくり家屋へ向かってゆく。

「うあっ」

二階から放り出された者が、屋根に体をぶつけてから、弾んで、地へ叩きつけられた。痛みで立ち上がれない。

二人目は、屋根板へ頭から突っ込み、逆立《さかだ》ちの状態となった。

天人に窓際まで追い詰められた三人目は、あのあご疵男である。

天人は、相手の腹に左拳を、あごに右拳を瞬時に叩き込んだ。

失神したあご疵男は、仰《あお》のけに屋根上に頽《くずお》れ、ずるずると滑り落ちた。

一階でも大きな破壊音が起こっている。

玄関から、ひとり、飛び出してきて、もがくような動きで、前のめりに倒れた。

「鬼だ……」

茂は一瞬、本気でそう思った。

いや、鬼というより、幽鬼《ゆうき》だろう。骨と皮ばかりで、濁《にご》った目玉はこぼれ落ちそうであり、歯も一、二本しかなく、右足の膝から下もない。

「待て。思い違いするな。あんたを殺すつもりはない」

猛太郎も玄関口まで出てくる。そこへ、背後から、ふたりの男に襲いかかられたが、猛太郎は小銃を逆手に持ってぶん回し、いずれも叩き飛ばした。

幽鬼は、ふらふらと立ち上がり、汚れた細帯《ほそおび》から短刀を抜く。

「本当に殺すつもりはないのだ。ほら、この通り」

と猛太郎は、小銃を足許へ投げ捨てた。

途端に暴発し、銃弾が幽鬼の耳許を掠《かす》めた。

「くそっ、いま出るか」

悪態《あくたい》を吐《つ》く猛太郎である。幽鬼以外の無頼どもは撃ち殺すつもりだったのだが、天人から指摘されたように、村田連発銃は弾詰《たまづ》まりを起こしたのだ。

幽鬼は、短刀の刃《やいば》をおのが首にあて、躊躇《ためら》わずに頸動脈《けいどうみゃく》を切った。血が迸《ほとばし》り、幽鬼の顔を赤く染める。

二階から見下ろしていた天人の胸へ、若い女がしがみついて、惨劇から目をそむけた。徳川侯爵の息女の晨子に違いない。

「すまん、中島さん」

溜め息交じりに、猛太郎は洩らした。


幽鬼の人間としての名を、村山謙吉《むらやまけんきち》という。元新選組《しんせんぐみ》隊士だ。

幕末に密偵《みってい》として、中岡慎太郎《なかおかしんたろう》の土佐陸援隊《りくえんたい》に潜入し、中岡とその盟友・坂本龍馬《さかもとりょうま》の動向を窺《うかが》って、新選組に報告しつづけた。そのため、中岡と坂本が京都近江屋《おうみや》で暗殺されると、容疑者のひとりとして捕縛され、苛烈《かれつ》な取調べを受けた。

だが、村山は牢《ろう》を脱し、その後は一切、消息を知られず、永い歳月《さいげつ》が経った。

それでも、なんとしても村山に罪を償《つぐな》わせたいと諦めない男がいた。土佐出身で、坂本龍馬の海援隊《かいえんたい》に参加し、その厚い信頼を得た中島信行だ。維新後は、政府の官職を歴任し、神奈川県令などもつとめて、何より自由民権運動の指導者として名を知られている。茂の父・吉田健三に、茂の耕餘塾入りを強く勧めたひとでもある。

昨秋、暮らしに困った旧幕臣《ばくしん》が、東京の勝海舟伯爵《かつかいしゅうはくしゃく》のもとを訪ね、金の無心をした。維新後、そういう者らが勝に助けを求めるのはよくあることなので、勝もできるだけ応じている。そのとき、旧幕臣から村山謙吉は生きているという話が出た。村山はいまも中島信行が恐ろしくて潜伏《せんぷく》しつづけている、と。

それを、勝ではなく、誰かが中島に伝えたのだ。そこで中島は、後藤猛太郎を呼んで、大磯行きを依頼したという次第である。

「こいつはおれの失策さ」

村山が自害した直後、猛太郎は天人と茂に神妙にそう語っている。

「中島さんは、もう恨んでないし、罪にも問わないから、これからは堂々と生きてほしい。そう村山に伝えてくれとおれに頼んだのだ。しかし、まあ、ならず者に頼んだほうも悪い」

結局は、悪びれず、立ち直りの早い猛太郎ではあった。用が済んだので、東京へ帰るのも早かった。

事件の処理は大磯警察署が行ったのだが、中島と後藤象二郎が素早く手を回したので、大事《おおごと》にならずに済んだ。

「江戸時代って、まだ終わってないんだ」

茂は、しみじみと北条に向かって洩らした。

「二百六十有余年もつづいたのでござるゆえ」

その松籟邸へ、朝早くから天人がやってきた。このところ連日だ。

「また押しかけてきてるの、あのひと」

「すまないね、茂」

「ぼくはちっともかまわないよ」

笑いを堪《こら》えられない茂である。

早朝からシンプソン家を訪ねるのが、このところの徳川晨子の日課なのだ。

「二百六十有余年の歴史ある家の姫君だからね。そう簡単には諦めてくれないと思うな」

第四話

夕凪《ゆうなぎ》の晩餐《ばんさん》

「お迎えにあがりました」

松籟邸の玄関土間に立つシンプソン家の家令のマイクが、深々と頭を下げた。

身支度《みじたく》を整えて待っていた人々も、一斉に辞儀を返す。

茂と士子《ことこ》は常と変わらぬ。が、奉公人たちは、早くも緊張のせいで、顔を強張《こわば》らせている。

「マイクどの。身共《みども》を含め、われら奉公人は、なにぶん西洋の晩餐を食すなど初めてのこと。と申して、不作法《ぶさほう》をお恕《ゆる》しいただこうとは露《つゆ》ほども思うておりません。誰が粗相《そそう》いたすにせよ、責めはすべてこの北条が負うということだけ、ご承知おき下されたい」

決死の顔つきでそう告げたのは、吉田家執事の北条である。

「なんか、いくさに出陣するみたいだぞ、北条さん」

田辺広志が小声で茂に言った。晩餐の招待客のひとりなので、一緒にシンプソン邸を訪れよう、と茂に誘われて松籟邸へ来ている。

「それくらいの覚悟らしいよ」

茂も北条に呆れてしまう。

「シンプソン家の食事の作法は、ただひとつ。楽しく語らいながら食べる。それだけにございます。いかなるお気遣いもご無用に」

マイクが微笑んだ。

当初は、シンプソン、吉田両家の主人、奉公人がともに主屋《おもや》のダイニングで晩餐を、というのが天人《あまと》の望みだったが、これに対し、奉公人の同席は分《ぶん》をこえる、と北条が一週間前になって辞退を申し出た。主従はあくまで主従、というのが北条の生きてきた世界であり、いくら時代が変わってもそれはそれ、というのが信念でもある。下男の好助や女中、士子付きの看護婦らも皆で悩んだ末の決断だった。

　同じ立場として北条の信念を理解できるマイクが、それならば献立《こんだて》は同じで、両家の奉公人同士はシンプソン邸の使用人住居にあたる西棟《にしとう》の食堂で親睦《しんぼく》を深めてはどうかと提案し、これを天人が受け容《い》れたので、北条らも招待に応じることになったという次第である。

「では、母上。まいりましょう」

　茂が式台より腰を上げると、士子と広志がつづき、それを見てから、北条ら奉公人も立ち上がった。

　玄関前の庭へ出た。

　西日が眩《まぶ》しい。夏のことで、陽《ひ》が落ちきるまで、まだ時がある。

　北条が玄関戸に施錠《せじよう》しようとするので、茂はおもてを顰《しか》めた。

「いいよ、戸締りなんか。お隣に行くだけなんだから」

「世情物騒《せじようぶつそう》にござる」

　この儀は主人に服さない北条である。

「大磯は別天地だよ」

「若様は高麗山《こまやま》の無頼《ぶらい》どもをお忘れか」

「あの連中は天人と後藤さんが退治してくれただろ」

「保安条例発動のことも忘れてはなり申さぬ」

高麗山の鬼退治はともかくとして、この明治二十四年は年頭から不穏《ふおん》といえる。

昨年七月の第一回衆議院議員選挙を経て、同十一月二十五日に第一回帝国議会が召集されると、予算審議をめぐって政府と民党《みんとう》議員は早くも対立し、自由民権運動の活動家たちが院外より政府に圧力をかけた。これに対して、暴法《ぼうほう》と非難されても廃止が見送られ続けている保安条例を、警視総監が会期中の今年一月十三日に発動し、活動家に退去を命じた。拒めば禁錮《きんこけい》刑だ。ところが、その数日後には、東京内幸町《うちさいわいちょう》に竣工したばかりの帝国議会議事堂が火事で全焼してしまう。原因は漏電《ろうでん》とみられたが、確証はない。

大磯でも、保安条例発動のわずか二日前、自由民権運動の象徴《しょうちょう》というべき板垣退助を、立憲自由党員が禱龍館《とうりゅうかん》に招いて気焔《きえん》を揚《あ》げている。

「三年前にはひと騒ぎござったゆえ」

そう北条が語を継いだ三年前のひと騒ぎというのも、保安条例絡《がら》みの一件だ。

東京より退去を命ぜられた民権運動の書生《しょせい》十人ばかりが、それぞれの国元へ護送される途次、藤沢駅で下車すると、護衛の巡査たちを振り切って逃げた。西への逃走者の中に、大磯で警察に発見されて、町中で大立ち回りをした者がいるのだ。

「茂さん。主家を守りたいという北条の忠義を無下《むげ》にしてはいけません」

士子が口を挟んだ。

「それに、事無《ことな》き時、此《こ》の心の活潑《かっぱつ》なるは、易《やす》きに似て難《かた》し、です」

平穏無事のとき、心を活発に動かすのは簡単なようで実は難しい、という意である。なぜなら、危《あや》うきにさらされていないので、心の働きがだらけてしまっているから。

「安穏《あんのん》なときこそ、事有《ことあ》る時を想像し、備えをいたすのが、国を背負える人間です」

「ぼくが未熟でした」

士子の視線が怖くて、茂は頭を下げる。

それとみて、広志が茂の肩に手を添えて告げた。

「ご母堂様。吉田くんは、大津《おおつ》事件のことも、余所事《よそごと》とは思わず、ちゃんと考えています。ああいうことが起こる前に、どう備えるべきか、など」

「さようでしたか。それは感心」

つい先頃の五月、日本政府に国賓《こくひん》として迎えられたロシア皇太子ニコライが、滋賀《しが》県大津において、あろうことか沿道警備の巡査・津田三蔵《つださんぞう》に斬りつけられ、命に別状はなかったものの、頭部に傷を負うという大事件が起こった。津田は、天皇への謁見《えっけん》前から国内各地を遊覧するニコライの目的が、不敬にも皇国《こうこく》の地勢を探ること、つまりスパイ行為にあると思い込んだらしい。さらに、津田の処断をめぐって、ロシアの対日感情を憂慮《ゆうりょ》する政府は大審院《だいしんいん》に極刑を要求したが、公正さで知られる大審院長・児島惟謙《こじまいけん》が刑法に照らして無期徒刑と決する。児島は長崎で坂本龍馬や五代友厚《ごだいともあつ》など国際感覚を持つ者らと交わった若い頃の経験から、藩閥《はんばつ》政治に左右されない司法権の確立をめざしているひとでもあった。政府は急ぎ、ニコライの京都の旅宿へ天皇みずからの見舞いを実現させ、外相、内相、法相らの引責辞任や、有栖川宮《ありすがわのみや》を正使とする謝罪使節の派遣も御前《ごぜん》会議で決定した。使節派遣については、のちにロシア側からの申し出により中止となるものの、世界最強ともいわれる軍事力を持つ大国に対して、政府はひたすら平身低頭を貫《つらぬ》いたのだ。

また、この事件によりロシアとの国交が悪化すると悲観した畠山勇子《はたけやまゆうこ》という女性が、日本政府とロシアの大臣宛《あ》ての二通の書面を差し出してから、京都府庁前で剃刀《かみそり》自殺をしている。

「では、茂さん。湖南《こなん》事件について、どのような見識をお持ちなのか、明日、母にお聞かせ下され」

凶行現場《きょうこう》の大津が琵琶湖《びわこ》の南端に位置するので、湖南事件とも称《よ》ばれるのである。こういうことまで知っている士子だから、茂も明日はよくよく考え抜いてこたえねばなるまい。

「はい、喜んで」

返辞をしてから、茂は士子に背を向け、広志と向き合うや、怒りの形相《ぎょうそう》で、右の握り拳《こぶし》を胸の前で震わせた。

広志は広志で、おどけたように舟の艪《ろ》を漕ぐ真似《まね》をしてみせる。助け舟のつもりだった、という釈明《しゃくめい》だ。

松籟邸とシンプソン邸は、血洗川《ちあらいがわ》で隔てられている。川幅は狭いものの、戦国時代に城濠《しろぼり》にもされた名残《なごり》で、土手から水面《みなも》まで些《いささ》か深いため、両邸の往来には、北側の二号国道へ出て切通橋《きりとおしばし》を渡るか、南側の袖ケ浦へ下りて吉田健三が架けさせた簡易な木橋を用いるかして、いずれかより回り込まなければならない。

松籟邸の庭の海側の松林を上り下りして浜へ出て、さらにシンプソン邸の防風林の中も上下する南側の往来は士子には難儀だから、と一行は二号国道へ足を運んだ。好助と女中のひとりは、帰路の夜道に備えて、畳んだ小田原提灯《おだわらちょうちん》を幾張《いくはり》か携えている。

もうひとりの女中の手には風呂敷包み。中身は、京橋《きょうばし》〈塩瀬《しおせ》〉の打菓子《うちがし》である。東京で人気の名菓だ。シンプソン家への手土産《てみやげ》にと士子が選び、北条に購《あがな》わせてきた。

一行は、切通橋で血洗川を跨《また》いでから、川沿いに生えている喬木《きょうぼく》が右側に迫る小道へ入り、海岸のほうへ向かった。

小道の左側は、高さ二メートルぐらいに刈り揃えられた灌木《かんぼく》の列《つら》なりだ。シンプソン邸の垣《かき》である。

正面の緩やかな上りの斜面に、防風の役目をする松林が見えるが、小道はその手前で左へ折れている。

マイクの先導で道なりに進むと、灌木の列なりは切れて、目の前がにわかに開け、女中と看護婦らが小さく歓声を上げた。夕刻でも、まだ青さの残る夏空の下、白と緑のコントラストの鮮《あざ》やかな美しい邸宅に、皆が目と心を奪われたのだ。

広々とした緑の芝生《しばふ》の北寄りに、木々を背負って建つ白壁《しらかべ》の建物は、さながら白鳥がゆったりと翼《つばさ》を広げているかのようではないか。中央の主屋が二階建ての上に展望台まで付いているので、白鳥の胴体と頭に見える。主屋の東西に繋《つな》がる平屋が両翼《りようよく》だ。周囲の自然とも調和しているのは、家屋《かおく》が木造だからだろう。

（素敵だなあ……）

横浜で多くの洋館を見知っている茂でも、目が離せず、立ち尽くしてしまった。

「吉田くん。あの天守閣《てんしゆかく》、上がらせてもらおうよ」

展望台を指さして、広志が昂奮気味《こうふんぎみ》に言った。茂にも否やはない。

「ぼくもいまそう思っていたところさ」

天守閣という広志の表現は大げさで、屋根のない小さな物見台《ものみだい》のような造りだが、上がってみれば、防風林越しに相模の海を一望できるに違いない。

西棟から西の、やや離れたところには小屋が建っている。厩《うまや》だ、と茂は見当をつけた。ファミリーはわたしの愛馬もつれてきます、と天人が昨夏に話してくれたのだ。

松籟邸でも茂の乗馬《じようめ》をつなぐ厩を庭の一隅《いちぐう》に建ててあるが、シンプソン邸のそれのほうがはるかに立派だ。

（馬もみせてもらおう）

茂は心を弾ませる。

「ここより敷石路《しきいしみち》にございます」

マイクに手で示されて、茂たちは足許を見た。

「照ヶ崎の細石《さざれいし》ですわ」

「五色《ごしき》の小石ね」

「きれいだこと」

看護婦と女中らがまた声を上げた。

小さな石や、粒《つぶ》の細かい石のことを細石というが、大磯のおもに照ヶ崎海岸でとれるそれは、幾つもの色合いの縞模様《しまもよう》で知られ、江戸時代から五色の小石と称されてきた。防風林の裾に沿って、門前まで達する小路《こみち》に敷きつめられている。

一行は、敷石を踏んで進んだ。

門といっても、屋根も扉《とびら》も塀《へい》もあるわけではない。高さ二・五メートルほどの門柱を二本立てただけの簡易なものだ。

ただ、その柱は煉瓦《れんが》造りで、頂《いただき》には球状のガラスが据えられている。石油ランプだ。まだ火は入れられていない。

両柱の上部の空間には、銅製の唐草《からくさ》模様のような飾りがアーチ状に渡してある。

「なんと奇態《きたい》な冠木門《かぶきもん》にござろう」

北条の知識では、武家屋敷における門柱に横木を渡すだけの簡素なそれしか思い描けない。

茂はすぐに、模様の中の英文字の意匠《いしょう》に気づいて、声に出した。

「Villa Five-colored Pebbles」

ヴィラ・ファイヴカラード・ペブルズ。

「茂さん。どういう意味です」

邦訳を求めたのは士子だ。

「五色の小石荘《こいしそう》」

いわば大磯の名産ともいえるその石を敷き詰めた小路は、門内の芝生の中まで付けられている。五色の小石荘という命名は相応《ふさわ》しい。

木々の間を抜けてくる穏やかな海風に少し背中を押されながら、建物へ近づいてゆくと、一階の家屋は随分と庇《ひさし》が長く、広やかな柱廊《ちゅうろう》を張りめぐらせていると分かる。ベランダというものだ。

（アメリカのコロニアル・スタイル）

茂はそう見定めた。

しかし、白い外壁は、よく見ると、掌《てのひら》ぐらいの大きさのスレートの薄板が無数に貼られ、その形は梅鉢懸魚《うめばちげぎょ》に似ている。日本の木造建築の屋根に飾られる数種の懸魚は、発祥の中国のそれのようにはっきりした魚形ではないのだが、火を忌《い》むという意から、水に関係の深い「魚」の字の付く名称が好まれたのだ。

（天人らしいなあ……）

人の国籍など気にしない天人は、こういう建物の造りにおいても、どこの国の文化だろうと、自分がよいと思ったものを取り入れているのだろう、と茂は察した。

玄関前の芝生に下りて、客を迎えたのは、主人の天人からファミリーと称《よ》ばれる使用人たちだ。小さな女の子を含めて五人いる。

「前々から気になっていたのですが、もしや皆さまはまことのファミリーではありませぬか」

士子がたしかめるように訊いた。全員がマイクと同じく日本人に見える上に、どの顔も何やら似ているからだ。

「仰《おつしや》る通りにございます」

マイクが少し頭を下げると、使用人たちも一斉に倣《なら》う。

「ゲストの皆様に、わかりやすく挨拶を」

とマイクが促《うなが》す。ゲストとは招待客とか賓客《ひんきやく》という意であることを、すでに皆が知っている。

「息子のジャック。先般、申し上げました通り、賄役《まかないやく》にございます」

体格のよい中年のジャックは、吉田家の人々の食物の好き嫌いを知るため、前《さき》に松籟邸を訪問したさい、かれらとことばを交わしている。賄役とは、料理人ということだ。

「孫のサイラス。庭師と馬丁《ばてい》をしています」

ジャックの息子のサイラスは、二十歳《はたち》前後に見える屈強の若者だ。

「マイクの妻、ジェーン。むすめのケイシーとともに、女中をしております」

五十代くらいのジェーンは、そう言って、横に立つ三十歳には達していないだろう中年増《ちゅうどしま》を見やった。

そのケイシーの後ろに羞《は》ずかしそうに隠れていた幼女が、顔だけ覗《のぞ》かせて、なぜか茂をまじまじと見つめる。

「茂さん。あの娘《こ》に気に入られたようです。こたえておあげなさい」

士子に言われて、茂は戸惑いを隠せぬまま、やあ、と手を挙げてみせたが、幼女はすぐに顔を引っ込めてしまう。

「孫のローダにございます」

とマイクが、温かい笑みを湛《たた》えた。

ケイシーのむすめであるローダは、ひとりだけ容貌に西洋の風情が漂う。混血児なのだろうか、と茂は思った。

マイクの一家がこれで全員であるとすれば、単純に考えて、ジャックの妻とケイシーの夫が足りない。どちらも先立ったのかもしれないが、何やらわけありとも疑われる。それ以前に、姓名が日本人のそれでないのはなぜなのか。

「わたしどもに対して、いろいろとご疑念はおありと存じますが……」

マイクがそこまで言ったところで、声を張って遮った者がいる。

「よき隣人同士」

士子である。

「それだけでよいではありませぬか」

江戸幕府崩壊《ほうかい》から明治維新へという激動期に、人生が大きく変わり、語るのも辛い悲劇に見舞われた日本人は少なくないのだ。士子の一言にはそういう気遣いがある、と少年の茂にも察せられた。

マイクらは、幼いローダを除いて、皆が士子に向かって深く首《こうべ》を垂《た》れた。感謝の意である。

マイクの合図で、シンプソン家の使用人一家は、低い三段の階段を踏んで、ポーチの広縁《ひろえん》に上がると、左右に分かれて整列した。

「皆様、どうぞ」

マイクに促され、茂たちも広縁に上がる。

マイクとジャックが、大きな両開きの玄関扉の把手《とって》に、左右から手をかけた。上部にステンドグラスの嵌《は》め込まれた扉だ。

青の濃淡《のうたん》を組み合わせただけという意匠のステンドグラスだが、海の微妙な変化を表現しているようにみえ、大磯の邸宅に似つかわしい、と茂は感じた。

マイクとジャック父子《おやこ》が、先端が巻き貝の形の把手を押して、扉を開ける。訪問者を家の中へ招き入れる内開きだ。

「ようこそ」

玄関ホールに立つ出迎えのひとは、むろん天人である。両腕を背後に回している。

「うわあ……」

広志がぽかんと口を開けて、玄関ホールを眺め渡す。

茂も溜め息を洩らした。

吹き抜けの半円形の玄関ホールには、扉が三ヶ所にある。最奥《さいおう》のいちばん大きくて装飾も華麗《かれい》なそれは主屋一階への、右側の扉は東棟《ひがしとう》への、左側のそれは西棟への、それぞれ出入口なのだろう。

玄関ホールの高さ二メートル余りのところは、ぐるり、とバルコニー付きの回廊《かいろう》が巡《めぐ》らされ、その壁一面は、東西の大きな窓を除けば、飾り棚になっていて、多くの書物や置物などが整然と並べられている。一階と回廊を繋ぐのは、最奥の扉の両側に付けられた螺旋《らせん》階段だ。射し込む西日に映《は》えて、玄関ホール全体が一幅《いっぷく》の絵画のような趣《おもむき》だった。

（ほんとうに天人って、何者なんだろう）

外観も屋内も西洋色の強い五色の小石荘は、めずらしい建物と言わねばならない。大磯は日本有数の別荘地といっても、この頃は松籟邸を含めて和建築ばかりで、東京や横浜では増えてきた擬洋風《ぎようふう》建築を、まだ見ることができないのだ。

天人が、士子の前へ進み、軽く会釈《えしゃく》をしてから、右腕を差し出した。

「まあ……」

おもてを輝かせる士子である。

真っ白な洋装に長身を包んだ美男の右手に、真っ赤な一輪《りん》のバラ。

途端に、女たちは皆、胸が苦しそうなようすとなり、看護婦のひとりは腰砕《こしくだ》けにしゃがんだ。

「うたさん」

すかさず、天人が手を差し伸べて抱え起こそうとする。士子付きの看護婦の名まで憶えているところも天人らしいが、体に触れられて、名まで呼ばれたうたは、気を失ってしまう。

天人は、左手に白バラも持っていた。四輪だ。看護婦と女中らのために用意したものだ、と少年の茂でも分かる。色の違いはあれど、奉公人の女たちにも花を贈ることを思いつく男など、いまだ封建社会から抜けきれないこの国では滅多《めった》にいるものではない。それに、もし士子が権式張《けんしきば》った女なら、かえって気分を害するだろう。士子がそんな女でないことまで、きっと天人は分かっているのだ、と茂は思い到った。

「マイク」

「ただいま」

あるじと家令のそれだけの会話である。マイクは、足早に玄関ホールから消えた。

ほどなく戻ってきたマイクが手にしているのは洋酒の瓶《びん》だ。それを、クリスタル製の栓《せん》を抜いてから、天人へ手渡した。

茂が嗅いだこともない香りが漂う。

「フランスの蒸留酒、コニャックにございます」

マイクがそう言い、天人はうたの鼻へ瓶の口を近寄せた。気付薬《きつけぐすり》の代わりである。

強い香りに嗅覚《きゆうかく》を刺激され、うたは目を開けた。皆から安堵の溜め息が洩れる。

「茂さん。見習っておきなさい」

と士子が囁《ささや》くように言った。

「世の中の半分は女です。女に信頼されなければ、国は治められませぬ」

「お言葉を返すようですが、母上。婦人の政治参加は固く禁じられたばかりです」

後世に女性解放運動の先覚者と称賛されることになる岸田俊子《きしだとしこ》は、十年ぐらい前から女権伸長を訴え、日本各地で演説会を開いたり、小説や評論などでも政治啓蒙を行うことで、少しずつ賛同者を増やしてきた。ところが、昨年の集会及政社法《およびせいしやほう》の公布により、女性の政治活動参加は全面禁止となったのだ。俊子の夫は、立憲自由党改め自由党の副総理で、衆議院議長をつとめる中島信行である。茂の亡父・健三と昵懇《じつこん》だったひとだ。

「そういうことを申したのではありませぬ。女の扱《あつか》い方の話です」

舌打《したう》ちしそうな士子に、

「ごめんなさい」

茂は、びくっとして、子どもっぽい謝り方をしてしまう。

「なれど、茂さんの仰りたいことに繫げれば、あなたが総理大臣をめざす頃には、きっと婦人も参政権を獲得しているでしょう。また、そうなっていなければ、日本は下等な国です」

「総理大臣って……」

声の掠《かす》れる茂である。国を治める人間になりたいとは思っているが、頂点の総理大臣までは思い描いていない。

「何と仰いました」

士子の口調がきつくなる。

「では、吉田茂さま、吉田士子さま、田辺広志さま。ダイニングへご案内いたします」

マイクのその発声に、茂は助けられた。

「皆様は、こちらへ」

とジェーンが吉田家の奉公人たちに、使用人住居棟へ通じる西の扉を指し示す。

「天人。日が暮れる前に、ウォッチタワーへ上がってみたい」

最奥の扉へ向かいながら、茂は人差指《ひとさしゆび》を天井《てんじょう》へ向けた。展望台のことだ。

「大磯の夕景を眺めるにはちょうどよい頃合《ころあ》いです。上がりましょう」

「もはや日も西に傾き、まことに夏の夕暮れの大磯も、一入《ひとしお》一入。はて、壮麗《そうれい》な眺めじゃなあ。

絶景かな、絶景かな」

歌舞伎『楼門五三桐《さんもんごさんのきり》』の石川五右衛門《いしかわごえもん》の台詞《せりふ》の一部を思いつくままに変えて、見得《みえ》を切る茂である。

防風林越しに望む相模の海は、茜色《あかねいろ》に染まりはじめて、えもいわれぬ美しさだ。

展望台は、茂、広志、天人の三人が立って、ちょっと動けば体が触れ合う狭さだが、それがかえって少年たちには楽しい。屋根裏部屋から梯子《はしご》を伝《つた》い上がるときも、その一段一段の狭隘《きょうあい》さが秘密めかしていて、わくわくした。

風が強いから、手摺《てすり》を摑んでいなければならないが、この危うさもまた、なかば心地よいのだ。

「星降る時分には、ゆったりと眺められます」

と天人が言った。

夏は、日没後に陸地が冷えて、温度が海上とほとんど変わらなくなると、風はぴたりと止《や》むので、手摺を摑んだり、踏ん張ったりしなくてよい。

「夕凪《ゆうなぎ》のときだね」

大磯の海が好きな茂だから、天人と同じことを思っていたところだ。

「吉田くん。ほら、富士のお山」

広志は西方を眺めやっている。

「いい姿だなあ」

茂も、視線を移して、満面を笑み崩す。見る場所が変われば、違う貌《かお》をみせてくれる霊峰《れいほう》は、やはり世界一美しいと思う。

それから、茂は、近くに目を移して、新たな驚きをおぼえた。

五色の小石荘の屋根は、上から見ると、傾斜、広さ、形も様々なのに、うまく組み合わさっていて、飛び移ってみたくなるような面白さなのだ。

展望台下の屋根の傾斜などは、上部が緩く、下部は急という二重勾配《こうばい》である。

「これは腰折《こしおれ》屋根。海外ではフランスの建築家マンサールの考案とされ、マンサード屋根と称ばれています」

茂の興味を察して、天人が説明をはじめたとき、北側を眺めている広志が声を上げた。

「あっ、誰かいる」

五色の小石荘は、海に面する南側が表で、北側が裏手にあたる。裏手に広がるのは雑木林で、その向こうには二号国道が東西に延びる。林の中に屋敷と国道を繋ぐ道はないが、樹間を縫《ぬ》っていけば、どちらへも抜け出るのは容易だ。

「あのあたりに」

雑木林の西寄りのほうを、広志は指さした。

言われて、茂も凝視するが、林は鬱蒼《うっそう》として薄暗く、よく見えない。

「狐か狸じゃないの」

「そうかなあ……。たしかに人が動いたように見えたんだけど」

すると、天人が展望台の西側の手摺を跨ぎ越えた。

「たしかめてきます」

「飛び降りるの」

茂は眼《まなこ》を剝く。

「ふたりはダイニングへ行って、マイクだけに見たままを伝えて下さい」

「それはいいけど……」

茂の心に不安が過《よぎ》る。いまだ得体《えたい》の知れないところが多い天人だから、命を狙《ねら》ってくる敵でもいるのではないか、と怖い想像をしてしまったのだ。それでなくとも、北条が懸念《けねん》していた保安条例発動のこともある。

「心配、要《い》りません」

笑顔を残して、天人は屋根の上を走りだした。傾斜によろけもせず、軽《かろ》やかで、まったく危《あぶ》なげない動きだ。

広志が見とれた。

「忍者みたいだ」

天人が二階の屋根から一階の屋根へ、そして芝生へと着地するのを見届けてから、茂と広志は、梯子を伝って屋根裏部屋へ下りてゆく。

一方、天人は、真《ま》っ直《す》ぐに厩へ向かった。雑木林から厩の裏手へまわる人影を、とうに展望台より見定めていたのだ。

気配を察し、厩の板扉に耳をあてた。

（窓から中へ入ったか……）

天人は、左右の大きな板扉を差し固めてある閂《かんぬき》の横木に手をかけ、金具からゆっくりと引き抜いてゆく。

一方の板扉の金具から横木が抜かれた瞬間、その板扉は音を立てて外へ向かって勢いよく開かれた。

白馬《はくば》が飛び出すや、馬の背に鞍《くら》もつけずに跨がっている者が、熊手《くまで》を投げつけてきた。サイラスが普段、飼葉《かいば》を集めるのに用いている熊手だが、騎乗者はこれを馬上からのばして扉を突き開けるのに使ったものだろう。

袴《は》を穿いてはいても、リボンで結んだお下げ髪の尾が馬の一歩ごとに撥ね上がる騎乗者は、女だった。

天人は一瞬、徳川侯爵《こうしやく》の息女・晨子《あきこ》かと疑ったが、いかにお転婆《てんば》でも、名家のお嬢様だから、ここまで無礼なことはしない。ちらりと見えた風貌《ふうぼう》も違う。

しかも、その女は、ほんのわずかな時間で天人の愛馬を手懐《てなず》けたばかりか、手綱《たづな》も鞍も付けていない裸馬《はだかうま》なのに、振り落とされずに乗っている。よほど馬術の得手《えて》なのだろう。

「プリマス」

天人は、おのれの足で追いかけながら、呼ばわり、指笛《ゆびぶえ》を高く鳴らした。愛馬に付けた名が、プリマスだ。

めざましい速さで芝生を突っ切り、門のほうへ向かっていた白馬は、急激に速度を落とし、棹《さお》立《だ》った。

女は、鬣《たてがみ》にしがみついたが、堪《こら》えきれずに、放り出される。

それでも、頭を打ったり、手足を折ったりするような危険な落馬の仕方ではない。地へ叩きつけられる寸前で体を巧みに丸め、動きを無理に止めずに、芝生をごろごろと転がった。衝撃《しょうげき》をやわらげたのだ。柔術《じゅうじゅつ》の心得もあるのかもしれない。

さらに、女は、素早く立ち上がると、追いついてきた天人に躊躇《ためら》いなく組みつき、男の体を腰《こし》車《ぐるま》にかけて投げとばした。

「ううっ……」

背中から叩きつけられ、さすがの天人も息が詰まった。下が芝生だからよかったようなものだ。

女は、こんどは自分の脛《すね》をとばして、逃げ出す。が、こちらにも油断はあった。白馬が大きく振り出した平頸《ひらくび》を、あごのあたりにまともに浴びて、ひっくり返ってしまう。

急ぎ這い寄った天人は、柔術の寝技《ねわざ》のように女を押さえつけた。

「手荒《てあら》なことをして、申し訳ない。あなたは強すぎる」

身動きがとれずに、悔《くや》しそうに歯を剝いた女は、若い。陽に灼《や》けてはいるが、整った顔立ちでもあった。

「これから大事な晩餐なのです。お話は、そのあとで伺います」

天人は、絞《し》め技《わざ》で女を気絶《きぜつ》させた。


花や果物のレリーフで装飾された漆喰《しっくい》の天井から下げられた数台のシャンデリアには、多くの蠟燭《ろうそく》の火がゆらめいている。客船のそれに似た円形の窓や、一方の壁のマントルピースが、一層の異国情緒を醸《かも》しだす。

天人がホストをつとめるダイニングでは、ゲストの茂も士子も広志も、顔を火照《ほて》らせたまま、笑みが絶えない。

いま、かれらの目の前には、デザートが出されている。

「なんだか分からないけど、すごくおいしかった」

と広志がおなかを叩いた。

「とくに、あのカリーとか、カレーとかいう味の鶏肉《とりにく》とご飯がよかった」

「やっぱり米か。でも、カレー味の肉は、鴨《かも》だよ」

と茂が訂正する。

「同じ鳥じゃないか」

「全然、違うよ」

「吉田くんは横浜で食べ慣れてるからな」

「ぼくだって、初めてのものばかりだった。サラトガチップスは感動だよ」

「あのじゃがいもだろ。あれならいくらでも食べられるぞ」

後世のポテトチップスのことだ。じゃがいもを極薄《ごくうす》に切って油で揚げたものなど、見たことも聞いたこともない料理だった。それがまた、蒸されて、とてもやわらかい仔牛肉《こうし》の付け合わせとして、よく合っていた。

「サニーサイド・アップだって、あんな食べ方、初めてだったし」

茂の好きなサニーサイド・アップ、つまり目玉焼きは、焼牛肉《やきぎゅうにく》に添えられていて、そのソースをつけて一緒に食べたら、とんでもなく旨《うま》かった。

ほかに、洋酒で蒸した鯛《たい》やら、蒲鉾《かまぼこ》みたいな味のテリーヌやら、野菜がふんだんのサラダやら、パスタという西洋麺《めん》やら、次から次へと運ばれてきて、こんな食事は、茂も広志も初経験となったのだ。

しかしながら、茂は食事中、幾度か混乱した。食卓には箸《はし》も用意されていて、士子と広志はそれを用いたのだが、茂だけが料理ごとに異なる数多いフォークやスプーンやナイフを、正しく使うよう士子に命じられたからだ。天人がやさしく指導してくれたから助かったが、士子の目を気にして、味がよく分からないときもあった。

いずれ外国暮らしをしたり、宮城《きゅうじょう》の晩餐会に招かれたりしたとき恥をかかないためには、子どもの頃から作法に慣れておく必要がある、というのが士子の考えなのだ。士子はまた、出される西洋食器類の銘柄《めいがら》なども天人やマイクに質問して、茂に憶えさせた。

「食器は、茂さまと広志さまにはイギリスのウェッジウッド、士子さまにはイタリアのリチャード・ジノリを揃えましてございます」

マイクが前菜を給仕するさいにそう言ったので、そこから士子の息子への教育熱が沸騰《ふっとう》したのだ。ただ、ジノリは一門から君主や教皇を輩出《はいしゅつ》したフィレンツェの名門のメディチ家に愛されたとの説明には、これを供された士子は分不相応《ぶんふそうおう》と恐縮しながらも、バロック様式のデザインだというベッキオ・ホワイトの皿を気に入ったようだ、と茂には分かった。

それやこれやでデザートまで漕ぎつけたいま、茂はひとり、ほっとしている。

小食《しょうしょく》の士子もすべて平《たい》らげた。士子の皿だけは、どれも量を減らして盛るという、料理人ジャックの配慮《はいりょ》のおかげだ。少々のワインが食欲を増進させたこともあろう。

「まあ。なんて甘くて、豊かなお味でしょう。おなかがいっぱいなのに……」

おいしくても、控えめな賛辞に終始していた士子が、初めて若い娘のような嬌声《きょうせい》をあげた。

デザートに口をつけたのだ。

「パイを幾重《いくえ》にも重ねて、その間にカスタード・クリームというものを挟んであるのですね」

マイクがデザートを運んできたとき、説明してくれたことを反芻《はんすう》する。

「仰る通りです」

と天人がうなずく。

「なんという名のお菓子でしたかしら」

ほろ酔《よ》いの士子は、菓子の名は忘れた。果物の甘煮《あまに》や肉を包んだパイは横浜で幾度か食べたことがあるが、これは初めてなのだ。

「ミルフィーユといいます」

「さようでした。ジャックさんの得意なお菓子のひとつですね」

「士子さん、よく憶えておいでです。マイクもジャックも喜ぶでしょう」

こんなに華《はな》やいでいる士子は、茂の記憶にはないかもしれなかった。

(母上じゃないみたいだ……)

いつもの厳しい士子よりはいいように思えなくもないが、なんとなくいやな感じを拭えない。

天人の女の扱い方というものが、士子をもそうさせてしまうのだろうか。夏休み明けの九月にようやく満十三歳を迎える茂には、まだよく分からないことではあった。

献立では、ミルフィーユのあとにも、数種の菓子や木の実などが出される予定だったが、茂たちも満腹なので、それらは持ち帰りとして、ジェーンとケイシーが籠《かご》に入れてくれた。北条ら吉田家の奉公人たちも、すべては食べきれず、同様にしてもらった。

誰もが満足し、当初は決死の顔つきだった北条でさえ、マイクのすすめで洋酒を過ごしてしまい、辞去《じきょ》の段に至っても、えへらえへらと笑みが止まらない始末だ。

ただ、北条と好助は肉類には決して手をつけなかった、と茂は女中から聞いた。江戸時代以来の和食に慣れ親しんできた旧《ふる》い日本人には、獣《けもの》や家畜《かちく》の肉に抵抗のある者がいまだに多いのだ。食に関しては、女性のほうが冒険的といってよい。

しかし、ジャックはそのことも織り込み済みだったらしく、北条と好助のようすをみて、肉に挑戦しないと分かるや、ただちに代わりの和食を提供してくれた、と女中は感に堪《た》えないという表情で語った。

「天人。きょうは本当にありがとう。きっと、みんな、一生の思い出だよ」

玄関ホールで、茂は礼を言った。

「また招待します」

という天人の返辞からは、社交辞令ではない温かい響《ひび》きが伝わってくる。

「その前に、こんどは、わたくしどもが皆様をお招きいたしたく存じます」

士子のことばにも嘘がない。

「楽しみにしています」

五色の小石荘の人々は、すでに就寝《しゅうしん》したローダを除き、総出で、招待客たちを門のところまで送った。

高い門柱の上の石油ランプには、火が入っている。脚立《きゃたつ》を用いて、点火するのはサイラスの役目、と晩餐中に茂は聞いた。

三、四時間はつづく夕凪のときなので、風は吹いていない。ふつうなら、じめじめして堪え難い暑さなのに、なぜか涼気《りようき》を感じられるのは、月が白々《しらじら》と地面を照らし、霜《しも》をおいたように見えるせいだろうか。

互いに、おやすみなさい、と口にしたあと、天人だけが一言付け加えた。

「皆さんが良き夢を見られるよう、祈っています」

松籟邸の女たちの目がとろんとなる。涼気は天人が放っている、と茂は本気で思った。

すでに火を入れた提灯で、好助と女中らが五色の小石の敷石路を照らして先導する。

血洗川沿いの小道へ入り、ここを抜けて二号国道へ出たところで、茂ひとりが立ち止まった。

「そうだ、天人に次の約束するのを忘れた。ちょっと戻るよ」

と女中の手から提灯を一張《ひとはり》、取った。

「明日にしなされ」

士子にたしなめられたが、茂は聞こえないふりをして、広志に、じゃあここで、と告げてから踵《きびす》を返した。

実は、茂の目的は天人との遊びの約束ではない。晩餐中は何も言わなかったが、気になって仕方のないことがあるのだ。

北側の雑木林に人影を見たような気がすると広志が不審を抱き、天人は展望台から屋根を伝い下りて、そちらへたしかめにいった。その間に、茂と広志は、天人に言われた通り、主屋一階のダイニングへ下りて、マイクにあらましを告げた。

天人さまが心配ないと仰《おお》せられたのなら、本当に心配は要りません、とマイクもまったく動じなかった。しかし、マイクが調理場のほうへ向かったとき、戸外から指笛の音が、次いで馬蹄《ばてい》の響きが伝わってきたような気がしたので、茂はダイニングを出た。

隣室も抜け出たところで、サイラスに止められたが、茂の視界の片隅《かたすみ》に、小窓越しの外の景色が映った。白馬の鬣《たてがみ》を摑んで歩く天人が厩へ向かうところだったのだ。馬の背には、体を折り曲げてぐったりしたようすの人が、荷物のように乗せられていた。

一瞬のことだったので、その人が生きているのか、死んでいるのか、いずれとも分からない。山県有朋襲撃の暴漢をピストルの一弾で仕留《しと》めた天人の姿が、茂の脳裡に蘇《よみがえ》った。ただ、あれは緊急の措置《そち》だった。南下町の大火で火中より子どもらを救出したときも、食い詰めた士族から徳川晨子を助けたときも、自身の命を顧《かえり》みなかった天人だ。人助けはしても無闇《むやみ》に人を殺すようなことは決してしない、と茂は信じている。

ところが、ほどなくダイニングへ入ってきた天人は嘘をついた。雑木林にも周辺にも人はおらず、広志の見間違いだったのでは、と言ったのだ。広志はあっさりと信じた。

あるいは、余計な心配をかけないよう、あえて何事もなかったと天人は偽ったのかもしれないが、茂はまったく違う疑いを抱いた。

（知られたくないことなんだ）

天人の謎めいたところは魅力的だが、二度目の夏で、関わりがより深くなってきて、茂も変わりつつある。その謎を解《と》き明かしたい、と思うようになったのだ。

馬で運ばれた人が生者《せいじゃ》であれ、死者であれ、放置されたままということはないだろう。招待客が帰れば、天人は必ず何か行動を起こす、と茂は踏んだ。だから、戻った。

川沿いの灌木の垣が切れる手前で、茂は小田原提灯の火を吹き消し、それを畳んで腰帯から提《さ》げた。草履《ぞうり》も脱いで、懐《ふところ》へ押し入れる。

門のほうへは行かず、垣内に沿って、芝生の際《きわ》を走った。めざすは厩だ。

跣《はだし》と芝生のおかげで足音は立たないものの、自身も馬好きの茂は、人間より敏感な馬に気取《けど》られることを恐れ、厩へ近づくにつれ、慎重《しんちょう》に抜き足差し足にしてゆく。

厩には窓が幾つかあって、いずれも開け放たれていた。

人声《じんせい》が聞こえてくる。

板壁に背をつけ、自分の身長でも鼻より上ぐらいは枠内に届くだろう窓を見つけると、じわりじわりと寄っていき、厩の内を覗き込んだ。

やや薄暗くはあるが、数基の石油ランプの明かりで、おおよそは見える。

柵《さく》内の白馬はおとなしい。

閉められた板扉の近くに天人とマイクが立ち、壁際に積まれた飼葉の前で椅子《いす》に腰掛けるひとを、見下《みお》ろしているではないか。

（女学生……）

後ろ手に縛られ、椅子の背凭《せもた》れに繋がれているそのひとは、お下げ髪にリボン、袴穿《はかまば》きで、近頃の女学生によく見られる出で立《いた》ちである。

「何ひとつ白状するつもりはないようですね。お名だけでも明かしてもらえませんか」

天人が女に顔を近寄せた。

女はそっぽを向く。よほど気が強いのか、些かも怖がっていないようにみえる。

「では、あなたをビッチと呼びます。日本語とはだいぶ違いますが、響きが可愛《かわい》いでしょう」

茂は訝《いぶか》った。ビッチは可愛くなんかない。あばずれ女という意味だ。

それから天人は、マイクと話しはじめた。英語である。

ふたりとも早口なので、いまの茂の英語力では確《しか》と聞き取れない。

「そうでしたか」

突然、マイクとの会話をやめた天人が、女へ笑顔を向けて、そう言った。

「わたしがビッチと言ったとき、少し奥歯を噛《か》みしめて、怒りを怺《こら》えましたね。つまり、あなたは英語を解する。そしていま、わたしとマイクの会話に出てきた一言にも、反応した」

依然として無言の女だが、動揺しはじめたことが茂にも分かる。

「プライベート・アイ」

と天人はつづけた。

「ピンカートン探偵社の通称です」

これは茂には何のことやら分からない。しかし、女の動揺はさらに激しくなった。

「日本に支社でもつくりましたか」

「何も話さぬ」

と女が声を荒《あら》らげた。初めての発声だ。

「それは、関わりがあると白状したも同然です。ひとまず、ありがとう」

「女とみて、愚弄《ぐろう》いたすか」

この場にそぐわない天人の感謝のことばに、女はばかにされたと思ったのだ。

「むしろ感服しています。あなたの体術と馬術はマーヴェラスです」

驚くべきもの、と天人は言ったのだ。

「刀があれば、おぬしなど一太刀《ひとたち》じゃ」

「剣法まで達者なのですね。畏《おそ》れ入りました」

「ええええいっ」

甲高《かんだか》い気合い声を放った女は、椅子を背負ったまま立ち上がるや、板扉に向けて突進する。

思いがけない動きに、天人も一瞬、たじろいだ。

板扉は、閉じ合わせてはいても、閂《かんぬき》をかけていない。女の体当たりで外側へ開いた。

椅子ごと芝生に転がった女だが、痛がるより前に立ち上がると、歯を剝きながら、体を前後左右に荒々しく動かした。壊れた椅子から離れられそうなのだ。

（すごい女だ）

それでも、椅子は振り落としたものの、後ろ手の縄から逃れることができず、女が天人に取り押さえられたので、茂はひとり安堵する。

ところが、災難は唐突《とうとつ》に茂に降りかかった。後ろから何者かに口をふさがれ、横腹へ何か硬い物を突きつけられたのだ。

「騒ぐなよ、坊主《ぼうず》」

茂の肩ごしに、後ろから顔を覗かせたのは、男だ。平たい麦藁帽子を被《かぶ》っている。

一挙に総身を駆けめぐった恐怖心に、茂の息はとまる。

「ゆっくり歩け」

男が茂を押した。

そのまま前後にくっつくように重《かさ》なって、茂と男は扉の前の芝生へと進んだ。

女を捕《と》らえた天人のために、マイクが両手に石油ランプを掲げて、そのあたりを照らしていたので、かれらは闖入者《ちんにゅうしゃ》ふたりの姿にすぐに気づいた。

「茂」

「岩井《いわい》」

天人と女の驚きの声が重なった。

「どうして、あんたが……」

岩井に対する女の反応は剣呑《けんのん》だ。

「車坂《くるまざか》の先生に頼まれたんだ。あれが女だてらにおかしな仕事を始めたから、やめさせてくれって」

「ふん。異人の弟子《でし》までいるくせに、いまさら古臭いことを」

「先生との喧嘩《けんか》はあとでやってくれ。とにかく、おれはお嬢《じょう》を連れて帰るだけだ」

そういうわけで、と岩井は天人を見やる。

「おれに害意はない。その娘を返してくれれば、早々に消える」

「害意がないのなら、その少年を盾《たて》にとる必要もないはず。右手のものも不要」

と天人は応じた。岩井の持つピストルのことだ。

「そっちがどんな人間なのか分からないのでね。要心《ようじん》さ」

「こちらもあなたを知らない」

些かも焦らない天人である。

両人の視線が、しばし、交錯《こうさく》する。

「いいだろう」

岩井は、ピストルを腰のベルトに差し込んだ。思いの外に若そうなのに、度胸がある。

「いずれあなたを訪ねてもよろしいですか」

天人も、お嬢と敬称された女の縄を解いてやりながら、微笑みかけた。

「あたいのことを何も知らないのに、どうやって訪ねてくる」

「いまのおふたりのやりとりで、多くのことが知れました。辿るのは難しくない」

「あやつのせいじゃ」

岩井を睨んだ女の顔つきが、どこやら少女っぽくて、天人は笑いを怺えた。

「坊主、悪かったな。行け」

と岩井が茂を押しやる。

女は、勝手に岩井のほうへ歩きだす。

穏便《おんびん》な人質交換だった。

「天人。ごめんなさい」

茂は悄然《しょうぜん》として、謝る。

「よいのです、茂が無事でしたから。今夜のことは、後日に話しましょう」

「うん」

どこまでもやさしい天人である。

すると、岩井に何か文句《もんく》をぶつけていた女が、天人へ振り向くや、はきとした声で、みずから素生《すじょう》を告げた。

「下谷《したや》車坂の榊原鍵吉《さかきばらけんきち》道場じゃ」

「いいのか、お嬢」

慌てる岩井を無視して、女はつづける。

「あたいの名は榊原志果羽《しらは》。剣の仕合《しあい》でおぬしがあたいに勝ったら、なぜおぬしのことを探っていたか、すべて明かしてやる」

「真剣で行うのですか」

念のため、たしかめる天人である。

「竹刀《しない》、木刀《ぼくとう》で打ち合《お》うて、何が面白い。待っておるぞ」

意地の悪そうな笑みをみせてから、志果羽は背を向けた。

「あの……」

茂がおずおずと天人へ声をかける。

「言いたいことがあれば、なんでも言いなさい」

「榊原鍵吉って、剣の達人だよ。日本一かもしれない」

「そのようですね」

と天人がうなずいたので、茂には意外だった。

「知ってるの、天人も」

「名だけです。武士の時代が終わっても、この国ではいまだ武名《ぶめい》というものが人口《じんこう》に膾炙《かいしゃ》するようですから」

直心影流《じきしんかげりゅう》の奥義《おうぎ》を極めた榊原鍵吉は、幕末に幕府講武所《こうぶしょ》の剣術教授方《かた》に任ぜられ、維新後は、衰微《すいび》する一方の剣術界を復興せんと撃剣興行《げきけんこうぎょう》を始め、天覧《てんらん》の栄に浴すまでになった。弟子の中には政府御雇《おやとい》の外国人もいる。幼い頃、健三に伴われて、東京でその興行を見物した茂なのだ。いまもその強烈な印象は消えていない。

「あのしらはっていうひと、すごく強かったから、きっと榊原鍵吉のむすめか孫だよ。どうするの、天人」

仕合をするつもりなのかどうか、茂は知りたい。天人は西洋剣術に長じているようだが、日本の剣術の達者に敵《かな》うはずはない、と案じるからだ。

「仕合はしません」

「えっ……」

天人がこたえをあっさりと出したので、茂は拍子抜けする。

「逃げるひとこそ強い。そんなふうに言われませんでしたか」

「それはまあ、逃ぐるをば剛《ごう》の者《もの》、っていうのがあるけど……」

相手に勝ちを譲って逃げる。それこそ本物の強者、という意だ。

「孫子《そんし》の兵法とやらでしょうか」

「『源平盛衰記《げんぺいせいすいき》』だよ。孫子の兵法で言うなら、戦わずして人の兵を屈するは善の善なるものなり、かな」

戦わずして敵の兵を屈服させるのが最上の勝利、ということだ。

ただ、少年の茂からすると、前者は弱者に都合のよい言い訳ともとれる。後者のほうは、すぐれた外交戦略で可能かもしれない、と思う。

「どちらも、いいことばですね」

天人は少しも悪びれない。

「でも、あのひとから何か訊き出さなくていいの」

「おおよその察しはつきましたから」

「そうなんだ」

いよいよ拍子抜けの茂である。

「マイク。明日、ちょっと出かけてくる」

天人は家令に告げた。

「承知いたしました」

風が吹いてきた。夕凪のときは過ぎ去ったようだ。

ちょっと出かけてくる。天人はそう言った。そのちょっとの長さを茂が知るのは来年の夏のことである。

第五話　フォゲット・エイト

帰りなんとて家もなく
慈愛受くべき父母もなく
みなし児書生《ごしょせい》の胸中は
如何《いか》に哀《あわ》れにあるべきぞ

田辺広志は、待合室の共同椅子《ベンチ》に並んで腰掛ける吉田茂に向かって、語りかけるように歌った。芝居《しばい》がかった大げさな身振り手振りをつけて。

「もういいだろ。しつこいぞ」

茂は、広志の肩を強く押したが、失笑を禁じ得ない。

「すっかり吉田くんらしくなったな」

温かい笑みをこぼす広志である。

「ありがとう、田辺くん」

親友の心遣いに、茂は心より感謝する。

駅員が打ち水を繰り返しているので、藤沢の駅舎を吹き抜ける風は、心持ち涼しい。風鈴《ふうりん》の音《ね》も涼感《りょうかん》を添えてくれる。

広志の詠《よ》んだ詩は、耕餘塾《こうよじゅく》の塾生らの編んだ雑誌『養春《ようしゅん》』に、茂が寄稿した一篇である。

昨年の明治二十四年の夏、天人《あまと》シンプソンが二度目の風来旅に出てしまい、しばらくして、茂の夏休みも終わりを迎えようという時分のことだった。茂は母の士子《ことこ》から、ある重大事を明かされたのだ。


「あと一ヶ月ほどで満十三歳ですね」

茂の誕生日は九月二十二日だから、たしかに士子の言う通りである。

「さしたることではありませぬが、明かさねばならないときがきたので、明かします」

「はい」

茂は居住まいを正した。

「茂さん。あなたは吉田家の養子です」

「えっ……」

声を失う茂だった。

「これしきのことで動揺してどうするのです。養子に出すのも養子を取るのも、しごく自然なことではありませぬか」

医療の未発達な時代では、子宝《こだから》に恵まれなかったり、生まれても夭逝《ようせい》したりということが多い。そのため、わけても御家《おいえ》存続が大事の日本では、養子縁組は当たり前に行われてきた。だからといって、自分が養子であると知ったとき、程度の差こそあれ、衝撃を受けない者はいないだろう。

「あなたをそんなやわに育てたおぼえはないけれど、仕方ありませぬ。茂さんが気を落ち着けるまで、母は座を外しましょう」

士子は立ち上がろうとした。

「お待ち下さい、母上。平静にしかと聞き届けますので、どうぞ話をおつづけ願います」

「お声が震えておられます」

「それくらいはお恕《ゆる》し下さい」

我知らず、口調の強くなった茂である。

それで茂が覚悟したとみて、士子は、かすかにうなずいてから、座り直した。

「あらためて申し上げます。茂さんの生父《せいふ》は衆議院議員をつとめておられる竹内綱《たけうちつな》どの。生母は瀧《たき》というおひとです」

竹内の家は、土佐藩で宿毛《すくも》七千石《ごく》を領した伊賀《いが》氏の家臣である。才覚者の綱は、家勢衰微《すいび》の主《しゅ》家《け》の財政立て直しに奔走し、樟脳《しょうのう》の製造などで利益をあげた。幕府の異国船打払令《いこくせんうちはらいれい》により、海岸線を有する諸藩は砲台建設と銃・弾薬の備えを厳命されていた折も折、宿毛の海上に英国船が出現する。綱は、主家の命《めい》をうけ、わずかな銃兵を率いて漁船に乗り、沖合の英国船をめざしたが、近づくにつれ、肝《きも》を潰《つぶ》してしまう。見たこともない巨大な船体と大砲に、戦ってもまったく勝ち目はないと判断するほかなかった。すると、相手が縄梯子《なわばしご》を下ろしてきたので、単身、命懸けで乗り込み、不完全ながら邦訳された英単語本を見せる乗組員と談判に及んだ。英国船が翌日には出航すると分かって、こちらも戦うつもりはないと笑顔で伝えたところ、たちまち歓迎され、シェリー酒をふるまわれた。もともと酒に強い土佐っぽである。浜で待機する重役らのこともすっかり忘れて、しこたま飲んでから、赤ら顔で戻った。仰天《ぎょうてん》した主家の伊賀氏は、幕命に叛《そむ》いた罪に問われるのを恐れ、綱の行動はすべて独断だった、と土佐藩庁へ報告する。これをうけて、藩庁も綱に閉門蟄居《ちっきょ》、切腹を命じた。ところが、切腹の日も間近《まぢか》となった頃、くだんの英国船が土佐藩領の要衝《ようしょう》の須崎《すざき》に入港する。恐怖をおぼえた藩庁は、たくさんの産物を贈って平和裡《り》にその出港を見送るという体《てい》たらくだったのだ。綱を切腹させるのなら、藩庁の全員も自裁《じさい》しなければなるまい。一転、綱はお咎《とが》めなしとなった。

維新政府の樹立後、綱はしばらく役人勤めをする。が、幕藩時代のままなら口をきいてもらえるはずもない元土佐藩の藩政・後藤象二郎と面識を得たことをきっかけに、自由民権運動へのめりこんでゆく。

その頃、横浜のマジソン商会の番頭として、政府を相手に大きな仕事をしながら、自由民権運動の後援者としても知られていたのが吉田健三である。綱と健三は、最初からうまが合って、肝《かん》胆相照《たんあいて》らす仲となるや、ある約束を交わした。竹内家に新たに男児が誕生したら吉田家へ養子にだす、と。健三・士子夫妻が子宝に恵まれずにいたからだ。

明治十一年の四月、高島《たかしま》炭鉱の経営に携わっていた綱は、長崎で逮捕される。前年の西南戦争の折、西郷隆盛に呼応する土佐の志士たちの依頼をうけて、マジソン商会に小銃八百挺《ちょう》を発注したという罪状だった。実際には依頼に応じなかった綱なのだが、自由民権運動への取締りを強化していた政府にすれば、疑わしいだけで充分だったのだ。綱は政治犯として新潟監獄《にいがたかんごく》に収監《しゅうかん》された。

当時、長崎暮らしだった竹内一家は東京へ引き揚げることになり、その面倒をみた健三は、綱の妻・瀧については東京・深川の吉田邸に住まわせて、女中を付けた。瀧が身重《みおも》だったからである。

その年、九月二十二日、瀧は男児を産んだ。子だくさんの綱にとって、五男坊となる。

健三は、獄中の綱に吉報《きっぽう》を届け、かねての約束通り、養子縁組を結んで、この男児を貰い受け、茂と名付けた。

「何か訊《き》きたいことはおありですか」

と士子が茂を促す。

訊きたいも何も、茂は、平静を装ってはいても、内心の混乱は収まっていないから、言葉が出てこない。ようすが普段と何も変わらない士子を、遠く感じるばかりだ。

「なぜいま明かしたのか、理由を伝えます」

茂が何も訊《たず》ねないので、士子は先へ進んだ。

「お父上が眠る横浜の久保山《くぼやま》墓地に、ほどなく記念碑が完成いたします。その除幕式《じょまくしき》を十月に執《と》り行うことになりましたゆえ、吉田家の当主として、茂さんは立ち会うのです」

士子の言うお父上とは、むろん竹内綱ではなく吉田健三である。

結局、この日は、茂は放心のままで、士子の一方的な説明に終始した。

動揺が収まる頃には夏休みも終わってしまい、茂は横浜の本宅へ戻らねばならなかった。それからまた耕餘塾へ通う日々が始まったのだ。士子に訊きたいことは、あとになって山ほど思いついた。

除幕式の日が近づくにつれ、いよいよ気分は滅入《めい》った。広志と遊んでいても孤独感に苛《さいな》まれ、「帰りなんとて家もなく」で始まる恨みがましい詩まで作った。

茂の鬱々《うつうつ》とする心とは裏腹に、高い空がさわやかに澄みわたった除幕式の日、久保山墓地には大勢が集まった。健三の遺徳が偲《しの》ばれる、と感激する者も少なくない。

執事の北条と看護婦らに付き添われて、茂の横に並んだ士子は、ここでも常と変わらぬようすである。

根府川《ねぶかわ》石で製作された高さ二メートルの「吉田健三君碑」の碑文には、こう刻まれていた。

明治二十四年十月
衆議院議員竹内綱　撰
衆議院議長従四位勲二等《じゅしいくんにとう》中島信行　額
貴族院議員従四位勲三等巌谷《いわや》修《おさむ》　書

巌谷修というのは、当代一の書家のひとり、巌谷一六《いちろく》である。修が本名なのだ。大磯の菓子舗《かしほ》〈新杵《しんきね》〉の看板文字も書いている。

また、碑文の文中には、竹内家と茂との関係も明記されていた。

配佐藤氏碩儒《せきじゅ》一斎先生之孫也《なり》無子養友人竹内綱五子茂為嗣《しとなす》

この漢文を分かりやすく説けば、健三は大いなる儒学者だった佐藤一斎の孫娘を妻とするも、子は生まれなかったので、友人竹内綱の五男の茂を養嗣子《ようしし》にした、ということである。

茂が士子から明かされた通りだった。自分が養子であることを、信じきれないというか、信じたくないという一縷《いちる》の望みのようなものを抱いていた茂も、これで完全に思い知らされた。

碑文に名を列《つら》ねる三人とも挨拶を交わした。中島信行とは健三の存生中《ぞんじょう》に会った記憶がある。巌谷一六と、そして生父・竹内綱とは言うまでもなく初対面だった。

「わしは、赤子《あかご》のときのお前《まん》に会《お》うちょる」

と笑顔を向けてきた綱は、鬢《びん》に白いものが交じってはいても、膚《はだ》が浅黒く、精力的にみえる。

健三より十歳上と聞いていた茂には、ちょっと意外な風貌《ふうぼう》だった。

「賢《かしこ》うて、負けん気の強そうな面《つら》じゃの。ヨシケンと士子さんに育ててもろうただけのことはある」

「ヨシケンって……」

「吉田健三。略してヨシケンじゃ。わしはヨシケンからロープって呼ばれちょった」

「綱は英語でロープだから」

「そうじゃ。思うた通り、賢いの。英語ができるのは、これからは強みじゃき」

赤子の頃に養子に出した実の子と初めて口をきいたのに、何の遠慮も屈託《くったく》もなさそうな綱である。

「士子さんから聞いちょるぞ。お前、総理大臣になりたいそうじゃな」

「えっ、それは……」

自分ではなく士子の望みだと言おうとした茂だが、綱は返辞の暇《いとま》を与えてくれない。

「まっこと気宇壮大《きうそうだい》で、頼もしい。政界入りしたいときは、いつでもええが、訪ねてきとおせ」

突然、綱は茂の両頬《りょうほお》を両掌《りょうて》で挟んで、ちょっと乱暴に撫で回す。

「わしがきっと助けちゃる」

その一言を残して、さっさと帰ってしまう生父だった。足早に遠ざかる下駄の音が騒がしい。

（あのひとが、ぼくの……）

綱の明るさや、豪快さは魅力的で、茂は少しもいやな気がしなかった。あるいは、茂の心情を思いやって、湿《しめ》っぽい空気を漂わせないよう、あえてそうみせたのかもしれないが、それならそれで、なおさら好感のもてる人物である。頬に触れられたときは愛情も伝わってきた。

「あの、母上……」

「なんです、茂さん」

「瀧というおひとは、おみえではないのでしょうか」

「このような晴れの場に出ることを、みずから憚《はばか》ったのです。無理強《じ》いはできませぬ」

「どういうことですか」

「察しなされ」

それ以上のことを、士子はこたえてくれなかった。

察することのできない茂を、やや離れたところから手招きしたのが中島信行である。

「茂くん。わが妻のような女は、まだまだ忌《い》み嫌われる世の中なのだよ」

中島の妻・岸田俊子は、女権伸長を訴える急先鋒《きゆうせんぽう》である。が、集会及政社法によって、その言論と活動を禁止されてしまった。

「維新の世になっても、女は常に分《ぶん》を弁《わきま》えねばならぬ。女たちの多くもそれを当たり前と思っている。そういうことなのだ」

それで茂もようやく察した。もし瀧が綱の正妻でなければ、あるいは出自が賤《いや》しいとすれば、茂と士子に恥をかかせないため、除幕式への参列は遠慮するのではないか、と。

ただ、無理強いはできない、と士子は言った。士子自身は、瀧の参列を受け容《い》れるつもりだったに違いない。

後年、吉田茂は生母のことをほとんど語らなかったというが、おそらく、よく知らなかったのだろう。養母・士子の存在感が強烈すぎて、知ろうと思わなかったのかもしれないが。

吉田健三君碑の除幕式で吉田家当主の任を果たしてみると、茂はいまさらもう士子に訊ねることは何もないと思った。士子の中にわずかでも負《ふ》の感情があれば、茂にこんな任を負《お》わせはしなかったろう。

そう思ったら、茂には、はっと気づいたことがある。

（母上は、最初から、実父、実母とは一度も口にされていない……）

綱のことを生父、瀧のことを生母、と士子は言いつづけている。士子にとって、ふたりは茂を産んだだけのひとたちなのだ。そして、血は繋《つな》がっていなくとも、養父である健三こそが実父、養母である自分こそが実母と信じている。

茂は士子の横顔を見つめた。

来《こ》し方が脳裡《のうり》に次々と浮かんだ。健三と士子に自分はどれほど愛育されてきたことか。

涙が出た。溢れて、止まらない。

参列の人々の眼《まなこ》には、あらためて父の死を悲しむ幼気《いたいけ》な少年と映っただろう。もらい泣きする者もいる。

ひとり、幸せを実感している茂だった。

発車五分前の振鈴《しんれい》が鳴らされた。

「田辺くん。何かご両親への言伝《ことづ》てはあるかい」

「ないよ、言伝てなんて。こっちも来月には帰るんだから」

茂より一歳上の広志は、今年の三月一日から耕餘塾の寄宿生となり、塾規則に則《のっと》った学生生活を送っている。学期中の休日は原則として日曜と祝祭日だが、日帰りの帰郷をする学生は滅多にいない。親を恋しがるのは軟弱者とみられるし、祝祭日においては、地域を大事にした創業者・小笠原東陽以来、耕餘塾の建つ羽鳥村の行事に参加するのが、なかば学生の義務でもあった。後世のような冬休みも春休みもなく、唯一の長期休暇である夏休みにしても、八月十一日から同三十一日までと短いのだ。

茂はまだ、塾規則に縛られず、横浜から通いで授業をうけており、夏休み開始も七月中に許されている。むろん、この特権は、士子が東陽の師匠・佐藤一斎の孫であることや、健三が耕餘塾への多額の寄附者だったことと無関係ではない。

その健三が生前、茂にも耕餘塾で寄宿生活を送らせようと期していたので、実は茂自身は広志と同時期から始めたかった。しかし、おれが先に寄宿生活を始めて、慣れたところへ吉田くんを迎えたほうがいい、と広志に止められてしまう。士子の差し金ではないかと疑う茂に、自分の考えであることも広志は明言した。いずれにせよ、親友にそこまで言われては、素直に応じるほかなかった。

「元気だって伝えておくよ」

茂は、そう言いながら、共同椅子《ベンチ》を立った。田辺屋敷は松籟邸《しょうらいてい》と同じ大磯の西小磯に建つので、気軽に立ち寄れるのだ。

「夏休みの始まりだから、またあのひとと会えるんじゃないか」

陸蒸気《おかじょうき》が停まっている停車場まで茂を送って、広志が言った。あのひととは、天人シンプソンのことだ。

「ぼくもそんな予感がしてるんだ」

広志に持たせていた自分の鞄《かばん》を受け取りながら、茂はうなずき返す。

「じゃあ、吉田くん。八月に」

「待ってるよ」

いつものように茂が上等車に乗り込み、窓際の席に腰を下ろしたところで、陸蒸気は汽笛を鳴らし、夏の光で熱せられた鉄路に車輪を回し始めた。


大磯駅舎前の景色は、昨年までとは違う。長期間の大工事を了《お》えて、愛宕山《あたごやま》に岩崎家の別荘・陽和洞《ようわどう》が竣工したのだ。

山頂に鎮座していた愛宕神社は西麓《せいろく》に遷《うつ》され、山を切り割って、陽和洞の敷地と離した。切り割ったところには、新しい道が拓《ひら》かれた。費用の大半が三菱《みつびし》財閥・岩崎家の負担だ。

茂は、客待ち、客引きの人力車の群《む》れに目をやった。

夏の大磯では、人力車も二人乗り用が目につくようになり、乗合《のりあい》馬車まで現れている。年ごとに海水浴客が増えてきたからだ。

吉田家贔屓《ひいき》の車夫《しゃふ》、どんじりの姿は見えない。書き入れ時なので、幾度も客を乗せて走り回っているのだろう。

夏休みが始まっても、羽鳥村の三觜《みつはし》家に二、三日泊まって、寄宿生の外出許可の時間に広志と遊ぼうと思っていた茂である。ところが、その時間にも広志は先輩たちから雑用を申しつけられているそうで、遊べないことが分かった。それで茂は、急遽《きゅうきょ》、きょうのうちに帰ることにしたのだが、大磯駅への出迎えは無用、と事前に手紙で執事の北条へ知らせてしまったから、当然、下男の好助は来ていない。

鞄が重くなったので、いったん足許に置いた。

「あたいが送ってやる」

耳許で声がして、鞄を取り上げられた。

茂は、ぎょっとして、声の主《ぬし》を振り返る。驚愕《きょうがく》と恐怖で、体が固まり、声も出なかった。

「化《ば》け物でも見たようではないか。子どもとは申せ、無礼なやつじゃ」

「いえ、ぼくは、そんな……」

と口ごもるのがやっとの茂だった。

「まいれ」

衿首《えりくび》を摑まれた茂は、引っ張られるまま、ついてゆくしかない。榊原志果羽《さかきばらしらは》は凄《すご》い膂力《りょりょく》の持ち主なのだ。昨夏、五色《ごしき》の小石荘に忍び込み、大暴《おおあば》れした女である。

志果羽は、二人乗り用の人力車に無理やり茂を乗せ、自分もその横にくっついて腰かけた。茂の恐怖が、いや増す。

「どちらまで」

車夫に行き先を訊ねられると、

「西小磯の松籟邸じゃ」

と志果羽は告げた。

「ゆっくりでよいぞ」

「へい。かしこまりました」

人力車が動き出す。

「あんたの卑怯者《ひきょうもの》の師匠《ししょう》はどこにいる」

志果羽のいきなりの詰問《きつもん》がそれだった。

「師匠って、誰のことですか」

怯《おび》えながらも、茂は問い返す。

「天人シンプソンに決まっておろう」

「天人はぼくの師匠ではありません。友達です」

「友達じゃと。ばかにするでない」

志果羽の感覚では、おとなと子どもが友達であるなど、聞いたことがない。

「殺すのですか、ぼくを」

「あたいは人殺しではないわ。人殺しは天人シンプソンじゃ」

そう言われて、茂は蒼《あお》ざめる。山県有朋を襲った暴漢《ぼうかん》を天人が射殺したことを、この女は知っているのだろうか。しかし、あれは、山県の命を救うためやむをえなかったことだ、と茂は理解している。

「心当たりのありそうな顔ではないか」

「ありません、心当たりなんて」

「まあ、そうじゃろうな。アメリカでのことゆえな」

「天人がアメリカで人を殺したっていうのですか」

「あやつは、悪事ならなんでもござれの忘八《ぼうはち》ぞ」

「ぼうはち……」

「女郎屋《じょろうや》の亭主じゃ」

仁《じん》義《ぎ》礼《れい》智《ち》忠《ちゅう》信《しん》孝《こう》悌《てい》という八つの徳目《とくもく》を亡《な》くした、あるいは忘れた者をぼうはちと称《よ》び、亡八または忘八の字をあてる。おもに女郎屋の亭主を罵《ののし》ることばだ。

「嘘だ。天人が女郎屋の亭主だなんて」

人力車は、陽和洞と愛宕神社の間を切り通した新道《しんみち》へと入ってゆく。この新道は、茶屋町へ抜けられるので、北本町と南本町の境目へ出る県道を用いるより、西小磯までの距離が縮まった。

「ならば、仔細《しさい》を明かしてやろうぞ」

茂の腿《もも》のあたりをぎゅっと摑んで、志果羽は語りだした。


アメリカでは、大陸横断鉄道の建設と相次ぐ金鉱発見という、いわゆるゴールド・ラッシュにより、膨大《ぼうだい》な労働力が必要となったことで、海外から中国人を中心に移民も殺到して、沿線各地や金鉱発掘地の近縁に、のちに都市へと発展してゆく飯場《はんば》が次々と設けられた。男臭い新開地に売春宿ができるのは、洋の東西、時代を問わず、世の常である。

日本人売春婦は、維新後、早くから中国や東南アジアに進出していたが、こういう女たちも中国人業者によってまとめてアメリカへ送り込まれた。

天人シンプソンは、欧州、南米、アジアなど、女の出身国にも人種にも拘《こだわ》らず、多くの日本人売春婦も引き受け、全米の数ヶ所の新開地で彼女たちを酷使《こくし》し、大儲《おおもう》けする。商売敵《がたき》が出現すれば、手下の無頼漢《ぶらいかん》どもを差し向けて潰しにかかった。天人の売春宿の名が〈Ｆｏｒｇｅｔ《フォゲット》８《エイト》〉、すなわち忘八である。

折しも、低賃金で働く中国人労働者に仕事を奪われていると怒った白人労働者たちが、反中感情を募《つの》らせ、排斥《はいせき》運動も盛んになったために、鉄道会社や金鉱開発業者らは新たな低賃金労働者として、勤勉で従順な日本人移民を用いはじめる。英語の習得が苦手な日本人の男は同じ日本人の女を欲するので、天人の売春宿も繁昌《はんじょう》つづきだった。

天人は、売春婦が死ぬと、人里離れた場所や川などへ投げ捨てた。回復の見込みのない病者《びょうしゃ》もそのまま放り出した。女の数が不足すれば、どこかでかどわかしてきて、無理やり売春婦に仕立てることも平然と行った。

ノーザン・パシフィック鉄道が走るミネソタ、ノースダコタ両州の境の町ファーゴでも、フォゲット・エイトは営《いとな》まれていたが、その地の銀行家で熱心なカトリック教徒でもあるブラッド・キャシディは、天人のあまりの悪辣《あくらつ》、非道ぶりを見かねて、町の心ある者らを糾合《きゅうごう》し、自粛《じしゅく》を強く求めた。

天人は、これを受け容れ、ある夜、ブラッドを招いて謝罪の晩餐を共にする。が、無理やり大量のアルコールを飲ませて、ブラッドを泥酔《でいすい》させると、複数の売春婦と裸《はだか》で痴態《ちたい》を繰り広げる写真を撮《と》って、町中にばらまいた。罠《わな》に嵌《は》めたのだ。妻子ある身にあるまじき淫《みだ》らな写真を突きつけられたばかりか、仲間の信頼まで失ったことに堪《た》えきれず、ブラッドは自殺してしまう。

すると、ブラッドが自殺に到った真相を糾明《きゅうめい》すべく、ニューヨークの実業家ジョサイア・キャシディが、調査に乗り出した。ブラッドの父だ。

ジョサイアの依頼をうけて、実際に調査を行ったのは、アメリカ初のプライベート・ディテクティヴ、すなわち私立探偵として名高いピンカートン探偵社である。

創業者のアラン・ピンカートンは、シカゴ警察初の刑事の時代に高い検挙率を誇《ほこ》った男だけに、探偵業を始めてからも、容疑者を追い詰める手腕は警察以上と信頼された。その決して諦めない執拗《しつよう》な追跡に、彼の目を恐れて精神に異常をきたす容疑者が多かったことから、アランは〈アイ〉と称ばれ、ピンカートン探偵社自体も〈プライベート・アイ〉が通称となった。

ピンカートン探偵社発展のきっかけは、南北戦争である。アランがリンカーン大統領に近づき、対南軍の情報活動を担《にな》ったのだ。その最大の功績は、密《ひそ》かに進められていたリンカーン暗殺計画を察知して、これを未然に禦《ふせ》いだばかりか、首謀者《しゅぼうしゃ》たちも捕らえたことである。ただ、北軍勝利で戦争が終結した直後、ワシントンのフォード劇場で起こったリンカーン暗殺事件については、禦ぎようがなかった。狂信的な南部支持の俳優による突発的な凶行《きょうこう》だったからだ。アランの死後は、息子のウィリアム、ロバート兄弟が探偵社を継ぎ、さらに組織を大きくしている。

ピンカートン探偵社は、ブラッド自殺の真相を突き止めて、ジョサイアに報告すると、彼がみずから私刑を執行《しっこう》することを望んだので、天人を捕らえた。しかし、ニューヨークへの護送の途《と》次《じ》、天人は探偵たちの隙《すき》をつき、かれらを殺して逃走してしまい、以後、行方《ゆくえ》知れずとなる。

懸命に足取りを追い、ピンカートン探偵社は結論づけた。天人は故国《ここく》の日本へ逃れたに相違ない、と。折しも、日本からピンカートン探偵社に船便の手紙が届いたところだ。Ｍｉｔｓｕｎａ gaという者からで、東京で〈探真社《たんしんしゃ》〉という社名をもって、日本初の探偵社を開業するので、アメリカで高名な貴社に教えを乞《こ》いたいという内容だった。

そこでピンカートン探偵社は、ここに記す仕事において当社が満足を得られる結果を探真社が出してくれたら、その後は提携《ていけい》を考えてもよいという返信をする。仕事とは、天人シンプソンなる男を見つけて、その動静を詳しく探るというものだ。

同じ頃、榊原志果羽は、日本橋呉服町《ごふくちょう》で探真社の看板を見つけ、好奇心から何の会社かと訊ねたところ、日本ではまだ誰もやったことのない探偵業というものだと知り、俄然《がぜん》、興味をもった。自身の武術を活かせそうな仕事ではないか。

創業者の光永《みつなが》は、士族である。志果羽が撃剣興行の榊原鍵吉の孫娘と分かって、一も二もなく、その入社を歓迎すると、天人シンプソン探索を一任した。

五色の小石荘における昨夏の事件の背景には、これだけの事情があったのだ。

「どうじゃ、納得したか」

志果羽が茂へ、ぐっと顔を近寄せる。

「ぼくは信じません」

茂は勇気を振り絞った。

「あなたの話はぜんぶ、そのピンカートン探偵社からの手紙に書かれていたことなのでしょう」

「偽りだと申すのか」

「そうは言ってません。ただ、人は多く、おのれの好むところを話すものです。同じ出来事でも、立場や事情によって善悪が異なるのもよくあることでしょう。他方の話を聞きもしないで一方を善と信じるのはよろしくないと、あなたは思わないのですか」

「ほうっ……」

志果羽の吊《つ》り上がっていた目尻《めじり》が、にわかに下がる。

「あんた、幾歳《いくさい》か」

「九月の誕生日で満十四歳になります。でも、それが何ですか」

「まっとうなことを申すものじゃ」

「当たり前のことを言っただけです」

「当たり前とは、まっとうということじゃろう」

「それは、そうとも言えるかも……」

ふたりを乗せた人力車は、新道から二号国道へ抜け出た。

「まあ、天人シンプソンが忘八であろうとなかろうと、もうあたいにはどうでもよい」

「どうでもよいとは、どういうことでしょう」

「探真社を辞《や》めたのじゃ。祖父《じじ》さまがうるさいのでな」

「じじさまって、もしや榊原鍵吉どの」

「得体《えたい》の知れねえ探偵業なんぞ、たとえ男でも生業《なりわい》にするもんじゃねえ」

志果羽の口調が変わった。たぶん鍵吉のそれを真似《まね》たのだろう。

「ついでに教えてやるが、あのときあたいを連れ戻しにきた岩井三郎《さぶろう》というやつは、警視庁の刑事じゃ」

「えっ……」

心臓を鷲摑《わしづか》みにされた思いの茂だった。

「早合点《はやがてん》いたすな。探真社の仕事とは関係ない。岩井は祖父さまの剣の弟子《でし》で、あたいを好いておるというだけのこと。こっちは鬱陶《うっとう》しいのじゃがな」

きつい言葉と違って、満更《まんざら》でもなさそうな志果羽である。ころころと表情を変える武張《ぶば》った女は、茂には恐ろしい。

「いまも、あなた以外の探真社のひとが天人を探っているということでしょうか」

「今年の春先まではいろいろと探りを入れていたようじゃが、杳《よう》として行方が知れぬので打ち切ったらしいわ。ピンカートン探偵社が探索費を出してくれるわけでもないからの」

「アメリカへの報告はどうしたのです」

「そこまでは知らぬ。日本の探偵は役に立たないと、向こうも呆れたのではないか」

「それなら、あなたはなぜ、いまになって大磯へ」

「借りを返すためじゃ。あやつは、あたいを落馬させて、絞め落とし、縄をかけおった。腕の一本もへし折ってやらねば気が済まぬ」

志果羽が五色の小石荘へ侵入《しんにゅう》したから起こった悶着《もんちゃく》であり、逆恨《さかうら》みではないか、とそれこそまっとうなことを茂は思った。だが、怖いので、口をつぐんだ。

「車屋《くるまや》。停めよ」

突然、志果羽が命じた。鴫立橋《しぎたつばし》にさしかかったところだ。

「暑苦しい。降りよ」

茂も命ぜられて、恐る恐る志果羽から離れて、人力車を降りた。

「あんたもあやつの居所《いどころ》は知らぬようじゃ。なれど、あたいは何度でもまいるぞ」

何度でも、は恐ろしすぎると顔を引き攣《つ》らせる茂に向かって、鞄が放り投げられた。慌てて受け止めた茂は、よろけて尻餅をつく。

「車屋。駅へ戻れ。こんどは、急げ」

まことに身勝手な女、榊原志果羽を乗せた人力車が向きを変え、砂埃《すなぼこり》を舞い上げて去ってゆくのを見送りながら、茂は深々と長い溜め息を洩らす。すぐに立ち上がる気にもなれなかった。

天人が非道の忘八であるなど、信じない。志果羽に対してはそう突っぱねたものの、実は、湧いて出る数々の疑念を打ち消すことができずにいる。

思い起こしてみるまでもなく、茂は天人の生まれも育ちも知らない。出会う以前のその人生についても、アメリカ暮らしだったらしい、とにかく資産家であるらしい、ということぐらいしか知り得ていないのだ。だから、天人がアメリカで売春宿を経営して儲けた、という志果羽の話を完全に否定できる根拠はない。

話が事実ならば、むしろそのほうが茂には思い当たるふしがあった。
四、五歳頃のことで、そのひとの名までは憶《おぼ》えていないが、ある老爺《ろうや》が横浜の吉田家を二、三度訪れ、茂はたまたまちょっと遊んでもらったことがある。幼心《おさなごころ》にも、品がよくてやさしいひとだと思った。だが、その老爺は吉田家に顔を出さなくなって、幾年か経った頃、獄中で死んだと茂は知った。阿漕《あこぎ》な妓楼《ぎろう》の楼主《ろうしゅ》だったという。それがどういう仕事なのか分かるようになったのは、つい最近のことである。
これは茂の想像でしかないものの、ただ女たちを奴隷《どれい》のように酷使するだけでは、売春宿で大きな利益をあげつづけることはできないような気がするのだ。おためごかしと気取《けど》らせることなく売春婦を巧みに操る手練手管《てれんてくだ》が必要ではないのか。その点、天人は女の扱いに長《た》けており、厳格な士子ですら逆上《のぼ》せあがらせてしまうほどなのである。

ピンカートン探偵社からの手紙に記された内容は、売春宿の名ひとつをとっても、具体的と言わざるをえない。天人が忘八であったのなら、その過去を明かさない理由も腑《ふ》に落ちるのだ。

何より「探偵」は鍵《かぎ》となることばだろう。一昨年《おととし》の夏、小淘綾《こゆるぎ》の浜で、山県有朋を警護する巡査に対して、天人はこう言った。

「これでもアメリカで探偵社につとめた経験があるのです」

あれは単にはったりだと思っていたが、志果羽の話を聞いたいまでは、天人が探偵社につとめたにせよ、追われているにせよ、重要な意味を持つに違いない。

五色の小石荘の厩《うまや》で、天人が志果羽に正体を吐かせようとしたさいにも「探偵」は出てきた。プライベート・アイを通称とするピンカートン探偵社が「日本に支社でもつくりましたか」と天人は訊いている。ピンカートン探偵社と日本の探真社が提携しようとしていたという志果羽の話と一致するのだ。

よくよく考えてみれば、天人の行動は怪しいと疑えばきりがない。二年前の夏に初めてふらりと大磯へ現れ、その夏の終わりにはどこかへ行ってしまった。昨年の夏にやはり前触れもなく大磯へ戻ってくると、不在だったおよそ一年の間、日本中を旅していたと明かした。そして、その夏の終わり頃にも、ちょっと出かけてくると言って、ふたたび大磯から消えたまま、いまに到っている。一体どこで何をしているのだろう。最初に消えたときはともかく、志果羽との一件があった直後の二度目は、もしやアメリカ行きなのでは、と思えてくる。天人への復讐《ふくしゅう》を望むジョサイア・キャシディとピンカートン探偵社の動きを、逆に探りに行ったのではないか。必要とあらば人殺しも辞さないつもりで。

果たして天人は本当にそんな恐ろしい人間なのだろうか。茂には信じ難《がた》い。だいいち、そんな人間に、あの好人物揃いのマイク一家が尊敬して仕《つか》えるものなのか。

（だけど……）

人は見かけによらないというのは、獄中死の老爺が証明してくれた。天人が売春宿を営んでいる頃からマイク一家はその召使《めしつかい》で、主人の悪業を手伝っていたと想像することもできよう。この主従は善人の仮面をつけて暮らすことに慣れているのかもしれない。であるとすれば、人生経験が浅い少年の身の自分には見破りようがない、と茂は思う。

（全然、分からない）

真実を知りたければ、もはや天人本人に訊ねるほかない。だが、ピンカートン探偵社からの書信の内容が事実であるなら、天人は本当のことを明かさないだろう。あの穏やかな物言《ものい》いと笑顔で接せられたら、茂は簡単に騙《だま》されてしまう。それより恐ろしいのは、天人が突然、本性《ほんしょう》を現して、茂ばかりか士子ら松籟邸の人々にも危害を加えることだ。それなら、最初から何も知ろうとしないほうがよいのではないか。さりながら、志果羽からあんな話を聞かされてしまったいま、それ以前と同じ接し方ができるとは、茂には到底思えない。

（ひょっとしたら、いまの天人はすっかり改心した姿なのかもしれない）

そんな好意的な思いも、茂はみずからに強《し》いて湧かせてみる。

アメリカでの悪事を悔《く》やみ、故国の日本でやり直す決心をした。今後は真人間《まにんげん》となって、人助けをして生きる、と。

そうであるとすれば、茂が知るのは改心後の天人シンプソンなのだから、いまさらその過去を蒸し返す必要はあるまい。士子が幾度も言っているように、よき隣人、として付き合いつづければよいのだ。

「ああ、やっぱり全然分からない」

思わず声を出し、学生帽のつばの下から手を突っ込んで、苛立《いらだ》たしく頭を掻く茂である。

いつまでも鳴立橋の橋上《きょうじょう》に座っていても仕方ない。茂は、鞄を抱えて、のろのろと立ち上がった。

ほどなく台町を抜け、東小磯へと歩を進める。

すると、海岸へ通じる小道《こみち》から、男が三人、足早に二号国道へ出てきた。いずれも書生ふうの身形《みなり》だが、帯に黒光りのする長めの扇《おうぎ》をたばさんでいる。護身用の武器の鉄扇《てっせん》だ、と茂は見定めた。耕餘塾の先輩に同様のものを持つひとがいるのだ。

三人の後ろから、人力車が一台。客は洋装の女だ。

あっ、と小さく声を上げてから、茂は急いで路傍《ろぼう》へ身を避《よ》け、人力車に背を向けた。

(気づかないで下さい)

祈った。が、地を転がる車輪の音は、にわかに停まってしまう。

「吉田茂くん」

声をかけられたからには、もう逃れようがない。振り返った茂は、愛想《あいそ》笑いを返す。

「これは晨子《あきこ》さま」

旧尾張徳川家第十八代・義禮《よしあきら》侯爵の息女である。

晨子の後続の二台の人力車も停まった。いずれにも世話係の侍女《じじょ》が乗っている。

さらに、最後尾にも徒歩《かち》の男がふたり。前の三人と合わせ、この男たちは晨子の護衛だ。昨夏のかどわかし事件以後、義禮が愛娘《まなむすめ》に必要以上の付き人を伴わせているのである。

「晨子は東小磯に土地を要《もと》めましたのよ」

人力車を降りもせず、高い位置から晨子は言い、

「なぜだかお分かり」

と質問するように語尾を上げ、微笑んだ。

思いついてすぐに天人を訪ねるには、五色の小石荘の近所に別荘を建ててしまえばよい、と晨子は思い至ったのだろう。が、茂は分からないふりをした。

「なぜと仰《おお》せられても、ぼくには……」

「シンプソンどのがね、去年の夏、晨子のほうから幾度も訪ねてこられては心苦しいと仰《おつしや》ったの。ですから、シンプソンどのがこちらへ……」

と晨子は、自分の胸に手をあてる。

「お気軽に訪ねやすいよう、近くに晨子の別荘を建てて差し上げることにしましたの」

「さようでしたか」

「いかが、茂くん。よい考えでしょう」

「はい。それはもう素晴らしいお考えです」

晨子があくまで自分本位であることに、茂は呆れながら感心もする。と同時に、いま別れたばかりの榊原志果羽が晨子と重なった。どちらも武家出身という以外は、背景も生き方も随分と異なるし、容貌にしても、おっとりした美形の晨子と、きりっとしてきつい顔立ちの志果羽とでは、両極端ともいえる。にもかかわらず、絶対的な共通点がひとつある。晨子も志果羽も、わがままなお嬢様だ。

「それでいま、土地とその周辺を見てきたところなのですよ」

お気に召《め》されましたか、と訊きかけて、茂はやめた。話が長くなってしまう。

「ところで、さきほどシンプソンどののお屋敷を訪ねたのですが、家令の、なんという名でしたかしら……」

「マイクですか」

「そうそう、その何やらが、不在の主人が出かけた先を知らないと申しましたの。無礼な返答でしたが、シンプソンどのに免じて恕《ゆる》してやりました」

「マイクは知らないと思います。天人は……ではなく、シンプソンどのは行き先を告げずに出かけることが常なのです」

「まあ、さようでしたの。晨子には告げて下さればよかったのに」

落胆《らくたん》のようすの晨子である。

天人は誰にも告げない、と言いかけて、これも茂は思いとどまる。早くさようならをしないと、旧大家の姫君から、思いつきで何かを命じられかねない。

「姫さま」

侍女の一方が人力車を降りて、晨子のそばへ寄った。懐中《かいちゅう》時計を手にしている。

「陸蒸気の発車の時刻が迫っております。少しお急ぎあそばしますよう」

「あら、そうなの」

どうやら晨子は東京へ戻るらしい。茂は、ほっとする。

と同時に、ある光景が想像された。晨子も志果羽と同じく茶屋町から新道を伝って、すぐに大磯駅へ行くつもりなら、両人は同じ上りの汽車に乗り合わせることになるだろう。

(なんだか分からないけど、怖い)

強迫観念というものかもしれなかった。

「茂くんとお話ができて、楽しかったわ。晨子の別荘ができたら、あなたも遊びにいらっしゃい」

「ありがとうございます」

「ごきげんよう」

晨子は、右手を顔のあたりまで上げて、左右に小さく振った。無邪気《むじゃき》すぎる笑顔が、茂には魔女の微笑みにみえる。

(きょうは女難《じょなん》の日だ)

茂は、足を早めた。べつだん神仏を信じているわけではないのだが、近くの八坂社《やさかしゃ》に寄って、神様に厄除《やくよ》けをお願いしたくなったのだ。天人に関する志果羽の話だけは人知の及ばぬ力で消し去ってほしい、と本気で思う。

二号国道沿いに建つ八坂社の鳥居《とりい》前へ行き着いたところで、茂はつんのめって転んだ。草履《ぞうり》の片足《かたし》の鼻緒《はなお》が切れた。不吉の兆《きざ》しだ。

そのとき、後ろから声がした。

「思った通り、随分と稼げたな」

「さすが避暑地よ」

着流しの裾を絡《から》げた、人相のよろしくない男がふたり。一方は月代《さかやき》のある半髪《はんぱつ》で、他方は商人や職人によく見られる竈頭《へっついあたま》だが、両人とも、おのれの懐《ふところ》のあたりを満足げにぽんぽんと叩いている。

ふたりは、転んでいる茂には目もくれず、伸ばせば手の届きそうな近くを通り過ぎてゆく。

茂は、脱げた片足を拾って、立ち上がり、筒袖《つつそで》や袴《はかま》についた汚《よご》れを払った。幸い、怪我はしていないが、きょうの不運を呪《のろ》いたくなる。

(踏んだり蹴ったりだ……)

その不運の元凶かもしれないひとが、後方に颯爽《さつそう》と姿を現した。

「天人っ」

白いパナマ帽に、上下も白の洋装というお馴染《なじ》みの姿は、めざましい速さで迫ってくる。自転車を立ち漕ぎで漕いでいるのだ。

購入するには贅沢品《ぜいたくひん》の自転車だが、貸自転車屋が盛況《せいきょう》の近頃の東京や横浜では、市街地で乗る人を見かけることはめずらしくない。しかし、大磯では茂も初めて目にする。ということは、天人の個人所有だろう。

自転車も、以前は前輪と後輪に極端な大小の差があって、乗りづらくて転倒ばかりするため、日本では「だるま」と俗称されていた。しかし、一八八五年（明治十八）にイギリスで開発されたローバー型が、前・後輪同一サイズで、サドル、ハンドル、回転運動の要《かなめ》であるクランク軸も合理的に配置され、随分と扱いやすくなって、これに倣《なら》う国産車も増えてきた。

天人がいま乗っているのは、そのローバー型だが、茂の見るところ、各部品の意匠《いしょう》からして高価な舶来物《はくらいもの》ではないか。

あとで茂は知るが、天人は横浜から漕いできたのだ。

天人も鳥居前の茂に気づいて、両手をハンドルから離すと、左手を腰にあて、右手でパナマ帽を脱いで二、三度振り立ててみせた。満面の笑みだ。

そのまま、速度を落とさず、通過していった天人は、着流しのふたりを追い越すや、かれらの前で自転車を横向きに急停止させた。前輪のブレーキ音が響き、砂埃が立った。

半髪も竃頭も、驚き、身が固まってしまう。

「あなたがたは、ピックポケットですね」

と天人がふたりに言った。

ピックポケットは、茂の知っている英単語だ。それで、いましがたのふたりの言動が理解できた。

（掏摸《すり》だったんだ）

大磯のような避暑地には都会から金持ちが押し寄せるので、掏摸にとっては絶好の仕事場であるに違いない。掏《す》った財布などは、ふたりの懐中にあるのだろう。

半髪と竈頭は、一瞬、困惑げに顔を見合わせてから、天人を睨みつける。

「なんだ、てめえは」

「退《の》きやがれ」

ピックポケットの意味など知らないだろうふたりは、怒鳴り返した。

「盗んだものをお返しいただければ、見逃します」

天人は、旅館の建ち並ぶ南本町あたりで、往来の避暑客の幾人もが財布を失《な》くしたと狼狽《ろうばい》するところを見て、掏摸の仕業《しわざ》と気づき、短時間で聞き込みをするや、二号国道を西へ向かった二人組を怪しいと睨んで、こうして追いかけてきたという次第だった。

「ふざけたことを吐《ぬ》かすな」

「痛《いて》え目をみたいのか」

ふたりとも、膝のあたりまで絡げている着流しの裾を、さらに上げた。すると、太股《ふともも》に縛りつけてあるものが現れた。短刀だ。

半髪も竈頭も、鞘《さや》を投げ捨てた。陽《ひ》にさらされた刃《やいば》が、きらりと光る。

（質《たち》の悪いやつらだ）

茂は拳《こぶし》に力を込めた。掏摸というのは、技術を誇る職人であって、決して人を傷つけたりしない、と江戸の風俗誌みたいなもので読んだことがある。時代が変われば悪業の有り様《よう》も変わるものなのか。

半髪が、天人に向かって、踏み込んだ。

その瞬間、天人は立ち漕ぎのスタイルをとって、体重を前にかけ、自転車の後輪を浮かせた。かと見るまに、前輪を軸《じく》にして、くるりと車体を回転させている。

（自転車の曲乗《きよくの》りまでできるなんて……）

夏の登場のたびに茂を驚倒《きようとう》させるのは、もはや天人の十八番《おはこ》だ。

自転車に襲われるなど、予想もしていなかったのだろう、半髪はおかしな身の捻《ひね》り方で避けようとしたので、いったん後輪の上に乗っかりそうになってから、仰向《あおむ》けに地へ落ち、背中を強く打った。懐から財布《さいふ》が幾つか飛び出したが、半髪はそれなり動けない。

天人は、こんどは竈頭のまわりに円を描くようにして、自転車を走らせた。

対する竈頭は、自転車の動きを追って、自身もぐるぐる回りながら、機をみては短刀で斬りつけるが、ことごとく躱《かわ》されてしまう。天人のハンドル捌《さば》きはまことに鮮やかだ。

「こ……この野郎っ、虚仮《こけ》にしやがって」

肩で息をしはじめた竈頭の足が縺《もつ》れてくる。

天人は、ゆっくり自転車を進めて、相手の至近で停めた。

竈頭が短刀を振り上げる。動きは鈍《のろ》い。

天人は、自転車から降りないままで、右拳を繰り出す。そのパンチを顔面に浴びた相手は、がくっと地に両膝をついた。

前のめりに倒れる竈頭の懐からも、財布が零《こぼ》れ落ちた。

茂は、天人へ走り寄ってゆく。

「お帰りっ、天人」

自然に声も弾んだ。疑念や憂《うれ》いより、嬉しさが勝《まさ》った。

「ただいま。茂が元気そうで、何よりです」

天人の笑顔は、涼やかで、接する者を心地よくさせる。

(あの女の言ったことなんか、絶対に嘘だ)

茂は、東小磯のほうをちらりと見やった。志果羽がやってくるのではないか、と恐れたのだ。

そして、晨子も。

しかし、いずれの気配もない。きっと、志果羽が、次いで晨子も新道へ折れてから、天人は二号国道を東よりやってきたのだろう。茂が志果羽とともに、さらには晨子とともにあった時間が、あと少しでも長かったら、天人はわがままお嬢様たちと鉢合《はちあ》わせしていたに相違ない。

（よかった）

単純にそう思える。茂は天人へ視線を戻した。

「ポリスです」

と天人が言った。

いま茂がちらりと眺めやったほうを、天人は見ている。

たしかに、巡査が二名、こちらへ走り向かってくる。その走りぶりから、息があがっているのも分かった。

「警察も採用したほうがいいね」

茂は、天人の自転車を触った。軍の憲兵隊《けんぺいたい》では、乗馬に代えて自転車を採用すべく、今春より練習を開始したことが、新聞で報じられているのだ。

「乗ってみますか、茂も」

「いいの」

「もちろん。まずは、うちの芝生《しばふ》で走ってみるとよいでしょう」

五色の小石荘の防風林に面した庭は、広く芝が敷かれている。自転車で転んでも、芝を傷《いた》めはしても、茂は怪我をしない。天人の配慮である。

（こんなひとが、忘八だったり、人殺しだったりするもんか）

あらためて、自身に強く言い聞かせる茂だった。

やってきた巡査たちは、天人と茂の前でへたり込んだ。

「ご苦労さまです。どうぞ連行して下さい」

掏摸どものほうへ腕を伸ばす天人である。

「かたじけない」

「まことに」

二名の巡査は、それぞれ、半髪と竃頭に縄をかけた。

「調書をとらねばならぬゆえ、シンプソンどのも署へご同道願えまいか」

巡査の一方がそう言うと、天人は小さく頭《かぶり》を振った。

「いまそうやって掏摸を捕らえたのは、あなたがた巡査です。お手柄を、わたしなどに譲る必要はありません」

すると二名は、どちらも期せずして、ちょっと小狡《こずる》そうな笑みを浮かべる。

「わざわざご足労いただくのは、こちらとしても心苦しく思うていたところ。さように申されるのなら、われらだけで按配《あんばい》よく処理するといたそう」

「それがよい」

巡査たちの思いは一致した。

「よしなに……」

と返辞をしてから、天人は茂に訊ねる。

「……でよいのかな、こういうとき」

「うん。そうだね」

巡査らの対応にはちょっと腹の立つ茂だが、天人らしいやり方だとも思うので、言いたいことは呑み込んだ。

巡査二名は、掏摸どもを連行していった。手柄《てがら》を譲ってくれた天人の気が変わらないうちにとでも思うのか、そそくさと。

ただ、茂の心はまたざわつき始める。

(天人はできるだけ警察とは関わりたくないんだ、アメリカで犯した罪を暴かれないように……)

そんないやな考えを湧かせてしまった。

「あまーとぉ」

可愛らしい声が聞こえた。

小さな女の子、ローダがこちらへ走ってくる。すぐ後ろに、祖父のマイクが付き添っていた。

五色の小石荘はすぐ近くなのだ。

天人は、自転車を茂に託すと、腰を落として大手《おおで》を広げて待ち、飛び込んできたローダを抱きとめて、立ち上がった。

ローダは天人の顔へ自分の顔をこすりつける。さながら仔猫《こねこ》がじゃれているようだ。

「お帰りなされませ、天人さま」

シンプソン家の家令マイクも、嬉しそうである。

茂の心に光が戻った。幸福感の満ち溢れる光景で、悪とは無縁だ。

茂は西方へ視線を上げた。夏の富士も、なぜか春の山のごとく笑っているようにみえるではないか。

自転車のサドルに跨《また》がってみた。

（今年の夏もきっと楽しい）

ペダルを恐々《こわごわ》と漕いでみる。

車輪を二、三回転させただけで、たちまちバランスを崩した。

ふらふら進んで、八坂社の鳥居をくぐってしまい、深緑が目の前に迫る。

「天人、助けてえっ」

茂と自転車は、参道の木立《こだち》へ突っ込んだ。

ローダがきゃっきゃっと笑い、天人とマイクも明るい声を立てた。

第六話　元《げん》勲《くん》たちの夜

色とりどりの薔薇《ばら》が、夏の光に輝いて咲き誇る園を背に、庭の草地で腹這《はらば》いになっているのは、茂と広志だ。

茂の両目は双眼鏡に被《おお》われている。

「吉田くん、誰が出てきた。誰、誰」

広志が急《せ》かすように茂の体を揺すった。

「分からないよ。みんな、新聞なんかに小さく載《の》ってる写真でしか見たことないんだから」

父・健三の遺品のひとつである双眼鏡のレンズは、大磯の駅舎前を拡大中だ。愛宕山《あたごやま》に建てられた岩崎家別荘・陽和洞《ようわどう》の庭から、眼下、間近に捉えることができる。

「借りても、かまんかねえ」

その声に、茂が横を振り仰ぐと、野良着《のらぎ》姿の陽《ひ》に灼《や》けた老婆《ろうば》が立っていた。双眼鏡を借りてもかまわないかと訊かれたのだ。

「どうぞ」

即座に上半身を起こして、茂は差し出す。

亡兄の弥太郎《やたろう》の遺志を継いで、三菱財閥二代目の総帥《そうすい》として活躍する岩崎弥之助の母・美和《みわ》である。土佐の地下牢人《じげろうにん》だった夫を支え、貧窮《ひんきゅう》の中でも息子たちには将来を見据えて学問に励ませ、日本の実業界の頂点へ上《のぼ》りつめさせた賢母として知られる。

陽和洞は弥之助から母への贈物である。

自身に学のない美和は、大磯に来て知り合った茂の母・士子《ことこ》の教養と人柄に感じ入って交流するようになった。茂のことも、生父が土佐出身の竹内綱と知り、同郷の誼《よしみ》も与《あずか》って、可愛がっている。

「たまあ、こんなこためっそう言われんけん、ありゃあさつまのよたんぼだがね」

溜め息交じりに、美和は言った。

茂が意味を解《かい》せたのは、前半部分のみだ。たぶん、「まあ、こんなことはあまり言えないけれど」ではないか。後半はさっぱり分からない。

「あの、婆《ばば》さま。さつまのよたんぼというのは……」

初対面のさい、美和さまと呼んだ茂だが、本人が即座に、婆でええ、と言ったので、婆さまになった。

「かごんまの酔っ払いじゃ」

かごんまとは鹿児島のことで、ほとんど薩摩と同義で使われることが多い。よたんぼが酔っ払いをさすのだろう。

「よろしいですか」

茂は、手を差し出し、双眼鏡を返してもらう。

レンズに映ったのは、駅舎前で周囲の者らから傅《かしず》かれるようにして、人力車に乗り込んだ洋装の紳士で、太くて長い揉《も》み上げが特徴的だ。

「逓信《ていしん》大臣の黒田清隆《くろだきよたか》伯爵かなあ」

自信のない茂だが、そうじゃ、と美和がうなずいてくれた。

「箱館《はこだて》で幕軍《ばくぐん》を降伏させた英雄じゃないか。見せろよ、吉田くん」

広志も、双眼鏡を奪い取って、駅舎前を注視する。

鹿児島の下級藩士から身を起こした黒田清隆は、戊辰《ぼしん》戦争で官軍参謀として北越《ほくえつ》や蝦夷《えぞ》に転戦し、多大な軍功を顕《あらわ》す一方、敗軍の将となった榎本武揚《えのもとたけあき》の助命に奔走するなど、情けある武人ともいわれた。

「黒田伯爵は酒がお強いのですね」

美和のことばを、茂はそのように受け取った。

「いんげの」

否《いな》、と美和は首を横に振る。

「きっと弱いんじゃろう、恐ろしか酒乱じゃき。妻女を斬り殺しちょる」

「えっ……」

「元勲じゃなんじゃちゅうても、あがいな阿呆《あほう》は好《す》かん」

強い口調で吐き捨てたあと、一転、美和の声はやさしくなる。

「お前《まん》らは、女を犬猫のごと扱う男になったらいかんぜよ」

そう言うと、美和は少年たちから離れていった。

「本当かな、いまの話。黒田卿《きょう》が酒乱で、奥方を斬り殺したなんて……」

広志も驚きを隠せない。

「人は見かけによらぬものっていうよ」

一瞬、天人《あまと》が脳裡に過《よぎ》った茂である。

「けど、一度は総理大臣にまでなったひとだぜ」

「御一新を成し遂《と》げて元勲と称《よ》ばれてるひとたちは、戦国武将みたいなところがあるから、ご乱《らん》行《ぎょう》もありえないことじゃないよ」

「じゃあ、今夜も暴れるかな、黒田卿」

「暴れても、ほかの元勲たちが止めるさ」

「それもそうか」

この明治二十五年の八月八日に成立したばかりの第二次伊藤博文《いとうひろぶみ》内閣は「元勲内閣」と称ばれている。明治維新に大勲《たいくん》を樹《た》てた長州、薩摩、土佐の英傑《えいけつ》の多くが大臣に名を列《つら》ねているからだ。

長州勢は――
総理大臣　伊藤博文
司法大臣　山県有朋

内務大臣　井上馨《かおる》

薩摩勢は――
陸軍大臣　大山巌《おおやまいわお》
海軍大臣　仁礼景範《にれかげのり》
逓信大臣　黒田清隆

土佐勢は――
農商務大臣　後藤象二郎
文部大臣　河野敏鎌《とがま》
外務大臣　陸奥宗光《むつむねみつ》
陸奥は紀州《きしゅう》出身だが、幕末動乱期に坂本龍馬に惹《ひ》かれて海援隊に入り、土佐藩士を称した。

新内閣発足《ほっそく》を記念し、今夜、その元勲たちと他の大臣も大磯の大旅館の招仙閣《しょうせんかく》に集まって、一夜の祝宴を開く予定なのである。
駅と招仙閣の周辺にものものしい警備が布《し》かれているので、この祝宴のことは大磯の町の人々にも自然と伝わった。が、伊藤首相の来臨は決まっているらしいという以外、ほかに誰が参加するのか、関係者にも分かっていない。衆議院解散総選挙で死傷者まで出すなど、問題だらけで総辞職に追い込まれた松方正義内閣から政権交代して日が浅いこともあり、大臣たちは何かと多忙なのだ。

そこで茂と広志は、元勲たちの姿を一目《ひとめ》見ようと、こうして陽和洞の庭から駅舎前を眺め下ろしている次第だった。参加するなら必ず陸蒸気《おかじょうき》に乗ってくるはずだ。

「早苗《さなえ》。支度《したく》せんでええんか」

美和の声が聞こえた。

茂が振り返ると、薔薇園の向こう、草葺《くさぶき》屋根の家の前で、美和は嫁の早苗と談笑している。

「まだ早《はよ》うございます。男たちの酒盛りなんぞより、義母様《かあさま》にお教えいただく畑仕事のほうが大事にございますもの」

姑《しゅうとめ》の美和と同じく野良着姿の早苗は、岩崎弥之助の妻で、父が後藤象二郎である。

唐《もろこし》ケ原《がはら》の別荘・二扇庵《にせんあん》に昨夜から泊まっている後藤が、祝宴の開始時刻が迫れば、早苗を迎えにくるのだ。

西洋式に女性同伴が原則と伊藤博文からお達しが出ており、望ましいのは夫人だが、不都合の場合は、この祝宴に相応《ふさわ》しいと思える女性なら、という緩い条件だった。それで後藤は、岩崎家も大磯に別荘を建てたことなので、大実業家・岩崎弥之助に嫁《とつ》がせた自慢のむすめを、このためだけに東京から呼びよせたのだ。早苗が二扇庵には行かず、陽和洞で父の迎えを待つのは、後藤家のむすめではなく、岩崎家の嫁と自覚しているからである。

「茄子《なす》をもいで漬けよう思うちょったき」

「手伝わせていただきます」

陽和洞の庭は、弥之助が母の慰《なぐさ》めのために善美を尽くしたものを造ったのだが、当の美和は、庭を鑑賞するより自身の手で作物を育てるほうが性《しょう》に合っているので、敷地のあちこちに畑地を設けてある。

「あっ……」

広志が、双眼鏡を抱え込んで、草地に顔を伏せた。

「どうしたの、田辺くん」

「兵隊さんと目が合った」

茂は、肉眼で下方を覗いて、たしかめる。

士卒《しそつ》が三人、陽和洞の門扉《もんぴ》のほうへ走り向かっているのが見えた。

「逃げよう」

「うん」

茂と広志は、慌てて立ち上がるや、腰を屈《かが》めながら薔薇園の間の小径《こみち》を抜ける。

「婆さま。これで失礼します」

嫁とともに茄子畑のほうへ歩きだしていた家主に声をかけた。

「ごきげんよう」

逃げるふたりに挨拶を返したのは早苗だ。美和はおかしそうに笑いながら手を振った。

「お庭先を貸して下さり、ありがとうございました」

と付け加えてから、茂は、家屋の裏手へ回った。陽和洞の屋敷地の造りなら、よく分かっている。広志もつづく。

首相だけでなく陸・海軍大臣の参加もありうるので、警備には東京から軍人も動員されている。おそらく、あの三人の士卒はここが日本随一《ずいいち》の政商というべき岩崎家の別荘と知らないのだろう。かれらが美和にあしらわれて這々《ほうほう》の体《てい》で引き揚げるさまを想像できる茂だが、それでも覗きの犯人たる自分と広志はいないほうがよいので、逃げるのである。

山を下りる途中で、念のため、双眼鏡を栗の木の幹と枝の股《また》に挟ませた。後日、取り戻しにくればよい。

屋敷の裏手から新道《しんみち》へ抜け出ると、そこにも警備の兵士や巡査らの姿があった。

招仙閣は今年の四月に駅北へ移転するまでは、ここから目と鼻の先である愛宕神社下の茶屋町に建っていたので、間違えてやってくる祝宴参加者がいないとも限らない。だから、念のため、このあたりにも警備の人数を割いているのだ。

「待て」

案《あん》の定《じょう》、見咎《みとが》められた。

将校らしき者が、下士《かし》ふたりを従えて、足早に寄ってくる。顔つきが怖い。

「どこの学生か」

茂と広志は学生帽を被《かぶ》っている。

「藤沢の耕餘塾《こうよじゅく》です」

茂がこたえると、将校は、ふんっ、とばかにするように鼻を鳴らした。

「民権家どもの私塾か」

耕餘塾は私塾ではない。変則中学として認定されている。ただ、自由民権家を多く輩出しているのは事実で、そのことは塾生の誇りでもある。

負けん気が身内から擡《もた》げ、茂は大音を発した。

「平民《へいみん》は天民《てんみん》なり。天民は不羈《ふき》なり」

平民は天の民であって、人は何ものからも束縛《そくばく》されることなく自由である。耕餘塾の創始者・小笠原東陽が塾生に伝えつづけた信念だ。

「ああ、やっちまった……」

広志が、小声で洩らして、嘆息《たんそく》する。茂を止めようとする暇《いとま》もなかった。

「なんだ、いまのは」

将校のおもてに怒気《どき》が露《あら》わとなる。

「子どもなら何を申しても恕《ゆる》されると高《たか》を括《くく》るでないぞ」

将校は右の拳《こぶし》を振り上げた。

広志が思わず目を瞑《つむ》ったが、当の茂は昂然《こうぜん》と将校を見上げている。

「やめんか」

制止の声がかけられた。

シルクハットを被った洋装の紳士である。すっきりした細身《ほそみ》で、どことなく品のある顔立ちだ。

たちまち、将校も下士らも畏《おそ》れて直立の姿勢をとり、敬礼する。

「退《さ》がりなさい」

紳士が命じると、かれらは、はっ、と返辞をしてから、回れ右をして駆け去った。口答えのできるような軽い相手ではないらしい。

「きみは吉田茂くんだろう。わしのことなど忘れてしまったか」

穏やかに語りかけてくれたが、端正《たんせい》な容姿からは意外なほどのガラガラ声ではないか。それで茂は思い出した。

「陸奥宗光卿にあらせられますか」

「おお、よく憶《おぼ》えていてくれた」

陸奥は、ぽんぽんと茂の肩を叩いた。

広志の驚くまいことか。いましがたの将校さながら、直立不動になってしまう。

遠目で眺めている警備の士卒や巡査らは皆、怪訝《けげん》そうだ。外務大臣が見知らぬ少年と親しげなのだから、無理もあるまい。

茂が陸奥と最初に会ったのは、五、六歳頃だったように思う。横浜の本宅だったのか、東京の別宅だったのか、定かではない。父の健三とは、それ以前から懇意《こんい》だったようだ。茂はのちに知ったことだが、土佐立志社《りっししゃ》の政府転覆計画の連累者《れんるいしゃ》として五年間の獄中暮らしを了《お》えた直後だったらしい。

それからすぐ、陸奥は伊藤博文らの勧めで欧州へ留学し、帰国後に外務省入りすると、今度は松籟邸《しょうらいてい》を訪ねてきて、健三とともに夏は避暑、冬は狩りを楽しんでいた。茂は、ちょっと挨拶をする程度だったが、客間より聞こえたそのガラガラ声は記憶から消えていない。わしの声は聞き取りにくいゆえ密談に向いておる、などと陸奥さまは冗談を言っておられました、と士子も話してくれたことがある。

「お父上の葬儀に出られなんだことは、まことに申し訳なく思うている」

「滅相《めっそう》もないことです。卿はアメリカにいらしてたのですから」

陸奥が駐米公使として赴任《ふにん》中に、健三は亡くなった。

「お母上のお体はどうか」

「おおむね健《すこ》やかに過ごしています。看護婦がついていますし、ここには松本順先生もおられますから」

「それは何より。きっと大磯の気候も養生《ようじょう》によいのであろう」

「ぼくもそう思います」

「松籟邸を訪ねたいところだが、誰かを訪問するとなると警備陣がうるさいのだ。お母上には茂くんからよろしく伝えてくれ」

「はい。しかと伝えます」

「ところで、茂くんは愛宕社にお参りにでもきたのかね」

「えっ……はい、そうです」

　そんなつもりはなかった茂だが、そうしておいたほうがこの場所にいる理由として自然だと思い、咄嗟《とっさ》にうなずいたのだ。愛宕神社は火防《ひぶせ》の神として地元の信仰が篤《あつ》い。目の前にその杜《もり》が見えている。

「いま、ワイフの亮子《りょうこ》も松本先生に案内されて参拝中でな」

　駐米公使を二年つとめた陸奥は、英語に堪能《たんのう》で、アメリカで喋《しゃべ》りつけた単語が口をついて出てしまう。

「奥方さまですね」

　と茂はワイフを邦訳する。

「そうか、きみは耕餘塾だったな」

　神奈川県知事の経験もある陸奥は、藤沢の耕餘塾が英語教育に熱心なことを知っている。

「亮子もお父上に会ったことがあるから、茂くんが名を告げれば、すぐに親しくなれるはずだ」

「では、お声をかけさせていただきます」

「そうしたまえ」

それから、陸奥はいま叱りつけたばかりの将校を呼んだ。どうやら陸軍少尉《しょうい》らしい。

「この子らを愛宕社の鳥居の前まで連れていき、参拝を終えたあとは二号国道まで送ってやれ」

たとえ近くへの移動でも、将兵か巡査が同行していないと、茂たちは警備の者らにいちいち検問されるだろう。それを避けるための陸奥の配慮である。

「ははっ」

はきと返辞をした少尉は、陸奥の命令を復唱、確認してから、

「こちらへどうぞ」

と茂と広志を先導する。

先導といっても、すぐ近くなので、あっというまに鳥居前へ達した。

「ありがとう、少尉さん」

茂が礼を言うと、深々と頭を下げた少尉から、謝罪のことばを返される。

「さきほどは、陸奥外務大臣とご懇意の方々とも存じ上げず、非礼の振る舞いをいたし、まことに申し訳ありませんでした」

謝られたほうが恥ずかしくなるほどの大声だった。

「軍務精励の当然の行いだったと思います」

同じく広志が大声を返したので、茂は目を丸くする。

「そうだよな、吉田くん」

広志は、茂の背へ手を回して、袴《はかま》の腰のあたりを引っ張り上げた。軍人に少しでも恨みの感情を持たれてはよろしくないので、ここは褒めておいたほうがよいと思ったのだ。

「ああ、そうだね」

そうと察した茂も首肯《しゅこう》する。

少尉のおもてに安堵の色が広がった。

「では、参拝してきます」

茂が言うと、少尉の口からは、さらなる大声の、お気をつけて、が発せられた。

茂と広志は、石段を上ると、境内《けいだい》へ向かっていちど首《こうべ》を垂《た》れてから、神様の通り道である中央を避けて鳥居をくぐる。

境内は静謐《せいひつ》である。本日から明日の午前中にかけ、町民が外出制限を強《し》いられているせいだろう。日々の生活に必要な用事や、寺社参りは許されているのだが、行き帰りの途次で検問をうけるのも面倒だから、きょうは愛宕神社にもほとんど人出《ひとで》がないのだ。

「吉田くん。なんで言わなかったんだよ、陸奥大臣が知り合いだったってこと」

「亡くなった父の知り合いだよ。ぼくじゃない」

「だって、あんなに親しく話しかけてくれたじゃないか」

「お人柄だと思う。権高《けんだか》ぶらないんだ」

かつて陸奥は、薩長《さつちょう》閥《ばつ》政府の専制を痛烈に非難し、官職を辞して下野《げや》したこともある。

「でも、声は豪傑《ごうけつ》だったよな。この子らを愛宕社の鳥居の前まで連れていき……」

「やめろよ、田辺くん。失礼だろ」

陸奥のガラガラ声を真似し始めた広志を制した茂も、つい笑ってしまう。

じゃれ合いながら参道を進んだふたりだが、手水鉢《ちょうずばち》のところで足を停めた。手と口を清めるのは忘れない。

そこへ、参拝を了えたのか、本殿《ほんでん》のほうからこちらへ歩いてくる男女が見えた。

男は松本順だ。ということは、女は陸奥亮子夫人に違いないが、花の刺繡《ししゅう》が施《ほどこ》された日傘《ひがさ》を少し前に傾けているので、顔はよく見えない。

亮子は、ウエストを細く絞って、腰の後ろを大きく膨《ふく》らませたバッスル・スタイルという洋装だ。灰緑色《かいりょくしょく》とでも表現すればよいのだろうか、その色合いは気品が漂う。衿《えり》ぐりから胸前へとつづく白いフリルに、見る者の視線は自然と吸い込まれる。

「茂くんではないか」

松本順が手水鉢のところにいる茂と広志に気づいた。

「松本先生」

茂は、広志と並んで、寄っていく。

亮子が、日傘を後ろへ傾けて顔を見せた瞬間、少年たちは息を呑んで立ち尽くしてしまう。

「天女《てんにょ》さま……」

と広志は呟いた。目が釘付けだ。

(天女さまよりきれいだ……)

茂も心から思った。鼓動《こどう》が一気に速《はや》まり、体じゅう熱くなるのが分かった。

こんな美しいひとは、絵画でも写真でも現実でも、これまで見たことがない。何かに譬《たと》えようもなく、ひたすら美しい。

イギリスの外交官で、四半世紀にも及んだ滞日中、日本人に美女はいないと常々嘆《なげ》いていたアーネスト・サトウが、ただひとり、賛辞を惜《お》しまなかったのが陸奥亮子である。

「涼しい目と素晴らしい眉の持ち主で、大変な美人」

夫の宗光の駐米公使時代には、亮子は公使夫人としてアメリカの社交界でも華《はな》となり、その類《たぐい》まれな美貌を現地の新聞に絶賛された。

「the prettiest Japanese Woman（最も美しい日本女性）」

それらのことは知らない茂だが、知っていたとすれば、本人を目の前にしたいま、どれも控えめな表現だと思っただろう。

「茂くん。広志くん。ぽかんと開けた口を閉じて、挨拶をしなさい。こちらは陸奥宗光外務大臣夫人の亮子さまじゃ」

少年たちは、ただ、あわあわする。

亮子のほうから、日傘を閉じて、微笑みながら歩み寄ってきた。

「ごきげんよう」

茂に向かって、白い手袋をはめた右手が差し出される。

しかも亮子は、少し膝を曲げて、小柄《こがら》な茂と視線を同じ高さにしてくれたではないか。ボンネットと称《よ》ばれる帽子の花飾りが少し揺れた。

どうすればよいのか分からない茂は、おずおずと伸ばした両掌《りょうて》で、亮子の右手の指先をやんわりと包んだ。

「ぼくは、吉田茂と申します」

「もしや、吉田健三さんのお子ですか」

夫・宗光のガラガラ声と違い、透《す》き通るようで、それでいて温かみのある声だ。

「はい。吉田健三と士子の息子です」

訊かれてもいないのに、母の名まで出してしまった。

亮子が、ふいに歩を進めて、茂を抱き寄せた。

「お父上のこと、お可哀相《かわいそう》に」

あまりに思いがけない亮子の行動に、茂の心臓は一層の早鐘《はやがね》を打った。

（すごくいい匂いがする……）

気遠《けどお》くなってきた茂である。

「あ……ありがとうございます」

それでも、みずからに強いて礼のことばを発したことで、卒倒《そっとう》は禦《ふせ》げた。

一方、広志は、茂から身を離した亮子に見られた途端、なぜか直立、敬礼する。

「おれは……いや、それがしは……いやいや、わたくしは、吉田茂くんの学友にて、田辺清吉郎《せいきちろう》であります」

「郎はいらないだろ……って、それ、親父《おやじ》さんの名じゃないか」

茂は呆れた。広志の父が田辺清吉である。だが、同情心も湧く。自分だって広志とかわらない狼狽《ろうばい》ぶりなのだ。

亮子が自身の口に手袋の指先を当て、くすりと笑った。その仕種《しぐさ》と表情も可愛らしすぎて、茂は陶然《とうぜん》とする。

「やあ、シンプソンくん」

松本順が、声を上げて、手を振った。視線は鳥居のほうへ向けられている。

パナマ帽に白の上下という、いつもの洋装の天人が、こちらへ向かってくるところだ。

「警備のひとたちに見咎められなかったのかな、天人は」

と訝《いぶか》った茂に、順が推察して言う。

「大磯署の巡査らが彼を見知っておるから、大丈夫なのじゃろう」

「それもそうですね」

南下町の大火で町の子どもらの命を救ったり、掏摸《すり》の逮捕に協力したり、と天人は大磯の警察署や巡査たちに感謝されている。

(最初から天人と一緒にいればよかったかな……)

榊原志果羽《しらは》から吹き込まれたアメリカにおける天人の悪行《あくぎょう》のことなど、いまでは信じていない茂ではある。しかし、天人が官憲と接してしまう機会をあえて設ける必要もないと思い、きょうの元勲見物は広志とふたりだけでやることにしたのだ。

(そうだ、天人《てんにん》と天女だ)

と茂は思い至る。

小淘綾《こゆるぎ》の浜で初めて天人《あまと》に出会ったとき、そのあまりの美男ぶりに、天上から下界へ舞い降りてきた天人だと思った。そして、亮子も女性の天人、すなわち天女である。

初めて見る天人に、天女がどんな反応をみせるのか、当然、気になって、茂はそれとなく亮子の表情を窺った。

(どうなされたんだろう……)

天人が近づくにしたがい、亮子のおもてから笑みが消え、何やら歪んでゆくように見えるのだ。

順が、天人と亮子、互いを紹介した。

天人は、差し出された亮子の右手をとり、手袋の甲へ軽く口づけをする。

そのとき、亮子の唇が微《かす》かに震えたように、茂には見えた。気のせいかもしれないが。

「実は、こたびの祝宴の発案者はこのシンプソンくんなのじゃ」

と順が亮子に明かした。

（そうなんだ……）

茂には初耳のことだ。

「元勲たちが夫人同伴で大磯に一夜の歓楽をいたせば、大いに話題となり、この地にさらなる発展をもたらすことでしょう、と。まことに良き考えで、わしは唸り申した」

「単なる思いつきです。まさか松本先生がこれほどの速さで本当に実現されるとは……」

思ってもみなかった、という顔を天人はみせる。

「シンプソンくんのおかげで、わしもさらに思いついたことがあるのだよ」

「先生は何を思いつかれたのですか」

と訊いたのは亮子である。

「いや、夫人にお聞かせしてよいものかどうか……」

迷う順である。

「大磯にも伊藤首相の別邸があれば、ということでしょうかしら」

「なんと……」

順は、まじまじと亮子を見つめてしまう。

「畏れ入り申した。さすが駐米公使夫人として、才気溢れる女性と激賞された御方《おかた》」

アメリカの新聞は、亮子を「brilliant woman」とも評したのだ。

「滄浪閣《そうろうかく》を移していただけるよう、伊藤首相に働きかけるつもりなのじゃ」

伊藤は、本邸を東京の築地《つきじ》、次いで高輪《たかなわ》に建てたが、横須賀《よこすか》の夏島《なつしま》に設けた別邸で仕事をすることが多かった。湘南の気候や風景を好んだからだ。やがて、本邸を岩崎弥之助に売却し、小田原の御幸《みゆき》の浜に面する地に、新たな別邸を造り、以後は、ここを滄浪閣と称して居所とし、東京との往復生活をつづけている。そのため、政財界の要人の多くも小田原詣《もう》でをするのだ。

しかし、順は要人たちの嘆きの声を知っている。小田原は不便だ、という。

この頃の東海道鉄道は、国府津《こうづ》から酒匂川《さかわがわ》沿いに北方の御殿場《ごてんば》へ回るので、小田原に鉄路は敷かれていない。国府津駅で馬車に乗り換えて御幸の浜をめざすたびに、かれらは溜め息をつく。伊藤が同じ湘南でも東海道鉄道の停車駅である大磯住まいならば、東京・横浜の要人たちも訪問しやすいと喜ぶに違いない。

実は、今回、多忙な大臣たちの大半が祝宴参加に前向きになってくれたという手応《てごた》えが、順にはある。日本有数の避暑地ということや、すでに著名人の別荘が多いという現実も、かれらの心を動かした理由のひとつだろう。が、それ以上に、交通の便の良さは魅力的であるはず。そのことを、伊藤に告げ、いずれは大磯にも別邸を設けられてはいかが、と今夜の祝宴中に勧めるつもりの順なのだ。むろん、最終的には小田原から大磯に移住してもらいたい。

伊藤博文というのは、後年、毀誉相半《きよあいなか》ばするが、政府の舵取《かじと》りをしていた頃の国民人気は低くはなかった。調和性を重んじるが、公私は峻別《しゅんべつ》し、自身の物欲は薄く、何より陽気な性格だったことが、庶民にも伝わっていたからだろう。

大磯ではすでに、伊藤と同じ長州出身で総理大臣経験者でもある山県有朋が別荘を構えているものの、風貌も性格も暗さが勝《まさ》っている印象なので、町民たちは山県のことはほとんど話題にしない。伊藤ならば、必ず人々を惹きつけ、大磯の発展に大いに寄与してくれる。

海水浴場開設を目玉に、大磯を日本有数の保養地、避暑地として世に認知させた松本順だからこそ、こういう目論見《もくろみ》を思いついたのだ。

「それで、松本先生。わたくしに何をせよ、と」

見透《みす》かしたように、亮子が訊いた。

順は、一瞬、絶句し、稍《やや》あって吐息を洩らす。

「この愛宕神社は駅北の招仙閣から鉄路をひと跨《また》ぎするだけの近くて分かりやすい場所。松本先生がわざわざ、わたくしの案内に立たれるほどのことではございませぬゆえ、何か頼みごとがおありなのでしょう。まわりくどい仰《おお》せられ方は、先生らしゅうありませぬ」

「降参じゃ、亮子さん」

途端に、順の口調がくだけた。

「伊藤首相が大磯への移住を本気でお考えになるよう、梅子《うめこ》夫人を口説《くど》いてもらえまいか」

「夫人同伴を伊藤さんにお勧めになられたのも、そのためだったのですか」

「シンプソンくんの最初の提案がなければ、これも思いつかなかったことだがね」

ばつが悪そうに、順は禿頭《とくとう》を掻いた。

伊藤博文は、持病と揶揄《やゆ》されるほど女性との醜聞《しゅうぶん》が絶えなかった。自身でも「酔うては枕す美人の膝」などという悦《えつ》に入《い》った詩まで作っている。正妻の梅子にしても、長州下関《しものせき》の置屋《おきや》の養女で芸者だった頃に、伊藤は懇《ねんご》ろになってしまったので、最初の妻を離縁して一緒になった女性なのだ。

伊藤は、梅子が快活で、女遊びにも寛容なだけに、かえって頭が上がらず、その要望にはできる限り応えようとするところがある。

一昨年《おととし》、伊藤は東京から小田原へ帰る途次、東海道鉄道を初めて大磯で下車し、招仙閣に一泊した。そのさい大磯の風光を甚《いた》く気に入り、以来、実はお忍びで幾度も訪れており、いずれ梅子を連れてきたいものだ、と伊藤が口にしたということも、招仙閣の主人から伝え聞いて、順は知っている。ただ、これまでは、お忍びの静養ということなので、挨拶に参上することも避けてきた。

今夜の祝宴には梅子も列席するから、大磯発展を願う順にとっては絶好機なのだ。

「承知いたしました」

あっさりと亮子が応諾した。

「やってくれるのかね、亮子さん」

「先生には陸奥が世話になっておりますから」

「そういうつもりで大臣を診《み》てきたわけではありませぬぞ」

「分かっております」

陸奥宗光は、元気なようにみえても、健康ではない。五年間の獄中生活によって体を蝕《むしば》まれたのだ。順は、東京へ行くたび、可能な限り、陸奥を診療している。

「梅子さまには、陸奥もいずれは大磯に別荘を建てるつもりと申し上げましょう」

「なるほど。それはなかなかの殺し文句ですな」

満足げな順だ。

「あのう……」

茂が、亮子を見て、おずおずと何か言いかける。

「よいのですよ、茂くん。言いたいことがあれば、仰《おつしや》って」

「首相夫人に嘘をつく、ということでしょうか」

順と亮子の話の内容をすべて理解できたわけではないが、どうやら亮子が伊藤首相夫人を騙《だま》す片棒《かたぼう》を担ぐらしい、と察したのだ。亮子には心も美しいひとであってほしい。

「嘘はつきません」

「だけど、いま……」

「陸奥が大磯に別荘を建てるつもり、という話ですね」

「はい」

「本当ですよ」

「えっ……」

茂は驚いたが、これには順も同じ反応をする。

なぜか亮子が天人を見やった。

「シンプソンさんは大磯のどちらにお住まいなのでしょう」

「西小磯です」

こういうとき微笑んでこたえるはずの天人が、真顔になった。しかし、亮子の返辞に嬉しくなってしまった茂は、気づかない。

「ぼくらは隣人同士なのです」

と言い添える茂である。

「父が建てたうちの別荘は松籟邸、天人のは……」

そこで茂は言い直す。

「シンプソンさんのお屋敷は五色《ごしき》の小石荘《こいしそう》といいます」

「どちらも素敵だこと。陸奥が建てるときは、名をおふたりに考えていただこうかしら」

「お安い御用です」

つい調子に乗った茂だが、広志にたしなめられる。

「吉田くん。お安い御用って、大臣の別荘だぞ」

「失礼なことを申しました」

茂は亮子に頭を下げた。ただ、嬉しさは消えない。もし本当に陸奥宗光が大磯に別荘を建てたなら、茂が亮子に出会える機会も増えるだろう。まだ実現してもいないのに、茂の心の内は陽和洞の薔薇園のようだった。

「また会いましょうね、茂くん」

「はい。心待ちにしています」

「広志くんも」

亮子に自分の名まで呼ばれたので、広志はびくっとして、またあわあわする。

「シンプソンさん。先生とご一緒に、わたくしを招仙閣まで送って下さいますか」

「光栄なお申し出。喜んでお供いたします」

天人は、左肱《ひだりひじ》を曲げて、脇腹の横へ突き出した。そこへ亮子が右手をかける。

亮子は、左手を少し挙げて、順も促す。

慌てて、順は亮子の左側に立ち、右肱を突き出した。

「茂。北条さんが案じていました。すぐに帰邸したほうがよいのでは」

と天人が告げてから、亮子に付き添って歩きだす。順も歩調を合わせた。

吉田家の執事の北条は、茂が元勲見物に出かけると言い置いて外出したので、駅と招仙閣周辺の警備が厳しいこともあり、心配になって、シンプソン家の家令のマイクを通じ、ようすを見てきてほしいと天人に頼んだ。自分や下男の好助と違い、天人ならどんな不測の事態にも対処できるからだ。茂がこの経緯を知るのは、松籟邸に帰ってからのことである。

「松本先生、なんか、じゃまだよな」

ゆっくり鳥居のほうへ向かう三人を眺めながら、広志がおかしそうに言った。

禿頭、小肥《こぶと》りの松本順が、誰もが見とれるだろう美男美女にくっついているのは、たしかに奇《き》態《たい》でしかない。

しかし、茂には、亮子の頭の傾きのほうが気になった。長身の天人の横顔をずっと仰ぎ見ているのだ。

どんな女も天人から目が離せないという光景を見慣れてはいるものの、それとはどこか異なるような気がした。

（なんだろう……）

亮子が最初に天人を見たときも、表情が曇ったというかなんというか、ちょっと変だったように思う。

（ひょっとして、天人のことを前から知っておられるのかな……）

亮子は駐米公使夫人として二年間、アメリカ暮らしをしている。あるいは、その間に天人を知ったのではないか。

　知ったとすれば、それが好印象でなかったことは、亮子の表情から明白だ。好印象でない理由を想像すると、榊原志果羽のアメリカでの天人に関する話に行き着いてしまう。

（まさか、そんな……）

　茂の胸はざわついた。自分の中では完全に否定したはずの天人の悪行が、ふたたび一挙に膨れ上がってきたからだ。

「吉田くん。吉田くん。よ、し、だ、くん」

　三度目の呼びかけで、ようやく茂は我に返った。広志の顔が、息のかかるほど近くにある。

「なんだよっ」

　茂は広志の顔を押しやった。

「なんだよって、なんだよ。そっちがぼんやりしてて、返辞しないからだろ」

「あ……ごめん」

「北条さんが心配してるんじゃ仕方ない。帰ろうぜ」

「うん、そうするか」

「先に言っとくけど、あの少尉さんに途中まで送ってもらうんだから、二度と思うところを口にするなよ」

「思うところって」

「吉田くん、嫌いだろ。ああいう、強者には媚《こ》びるくせに弱者には居丈高《いたけだか》な人間」

「誰だって嫌いだよ、そんな人間」

「嫌いなやつでも上手《うま》くあしらえなきゃ、総理大臣になんかなれないぞ」

「ぼく、ずっと前から疑ってるんだけど、田辺くん、母の密偵《みってい》だろ」

密偵というのは、むろん冗談だ。が、広志が乗った。

「しまった、露見《ろけん》したか。だが、茂よ。密偵とは古臭い。スパイと呼びたまえ」

広志は右手でピストルの形をつくり、銃身代わりの人差指を茂へ向ける。

「田辺くん。スパイっていうのはね、国家間の軍事的、政治的な情報を探り出す者をいうんだよ」

「そういうところだ、吉田首相。なんでも相手をやりこめようとする。パーン」

指ピストルを突き出しながら、広志は声で銃声を真似た。

吉田茂は、第二次世界大戦末期、和平工作に奔走するが、親英主義だったこともあり、スパイの嫌疑《けんぎ》までかけられ、陸軍刑務所の独房に放り込まれた時期がある。釈放後、終戦を迎えたのも大磯の地だった。

「うっ……」

指ピストルの銃弾を浴びた茂は、胸をおさえて、後ろへよろめく。

ごっこ遊びを始めた男の子ふたりが境内を出るまで、いましばらく時間を要しそうである。

夏の星空は、目に鮮やかでも、日中の暑さの疲れを引きずって、どこか虚《うつ》ろにも見える。

大磯屈指の大旅館、招仙閣。

建物は一号館から四号館まで。本館である木造瓦葺《かわらぶき》の一号館は、ひときわ立派な二階建てで、草葺の平屋を併設する。二、三、四号館はいずれも草葺平屋建てだ。広い敷地には庭園も設けられている。

敷地の周辺にも出入口にも庭にも篝火《かがりび》が焚かれ、兵や巡査らの警備に怠《おこた》りはない。

手締《てじ》めの発声に次いで拍手の音が、戸外へ洩れてきた。元勲たちの祝宴は終わりを迎えたところなのだ。

「こんくそがきがっ」

突如、怒号が噴《ふ》いた。

宴会中の広間の障子戸《しょうじど》が、中から入側《いりがわ》に向かって吹っ飛ぶようにして倒れ、男がひとり転がり出てきた。その勢いのまま、男は硝子《ガラス》戸に体をぶち当て、庭へ転落する。割れた硝子が飛び散った。

庭を警備中の者らは、すぐに男へ馳せ寄る。が、祝宴の参加者と分かっているので、捕らえるわけではない。

「大事ない」

男は、痩《や》せてはいるが、助けようとする兵らの手を振り払い、力強く立ち上がった。硝子片を浴びたのだろう、額や頬が数ヶ所、切れている。

「南部《なんぶ》の田舎者《いなかもん》が、えらそうな口ばきくんじゃなか」

ふらつく足取りで入側まで出てきたのは、黒田清隆だ。顔が真っ赤で、目は据わっており、涎《よだれ》を垂らしてもいる。泥酔というほかない。

「黒田。えろくて、やまいもほっとは、わっぜみとんね」

酔ってくだをまくのは大層みっともない、と黒田の背後からたしなめたのは、同じ薩摩出身で年長の仁礼景範だ。留学先のアメリカで培《つちか》った知識と経験で、海軍の育成強化につとめる海軍大臣である。

「やぜろしかっ」

黒田は、振り返りもせず、うるさい、と怒鳴った。たしなめたのが誰であるのかも分かっていないようすだ。

「あなたの役目は終わったのです。いつまでも武勲《ぶくん》を誇って居座《いすわ》りつづけるのはおやめなさい」

庭の男が、黒田に向かって、そう言い放った。

「原《はら》くん。無礼講《ぶれいこう》の宴《うたげ》とはいえ、もうそのへんにしておきなさい」

黒田の横に立って、今度は庭の男を叱ったのは陸奥宗光である。

「しかし、陸奥さん……」

不服そうにまた何か言いかけた原だが、陸奥の視線のきつさに、口を閉じた。

三十六歳の原敬《たかし》である。のちの大正時代に総理大臣となって「平民宰相」と国民に親しまれる原だが、この頃は敬愛する陸奥宗光外相の下、外務省通商局長をつとめていた。戊辰戦争で賊《ぞく》軍《ぐん》の汚名を着せられた南部藩の出身で、薩長藩閥勢力を終生憎み、維新政府軍の参謀だった黒田清隆に対しても含むところがあった。きょうは陸奥のお供で祝宴に参加させてもらっている。

すると、黒田が陸奥の胸ぐらを摑んだ。

「わいが、こんくそがきに言わせよったんじゃな」

黒田は、陸奥をぐいぐいと広間まで押しやり、重なって倒れた。

「了介《りょうすけ》どん」

通称で呼ばれて、黒田は頭を起こす。

「ばって……」

呼んだ男が、しかし、と悲しげに頭《かぶり》を振ったかとみるまに、

「まっこと、ずんだれじゃ」

本当にだらしないやつ、と宣告して、拳を繰り出し、黒田の頰桁《ほおげた》を思い切り殴りつけた。

「ほんなこつ、申し訳なか。素面《しらふ》なら、気の良かお人やけんが……」

そうして皆に謝ったのは、大山巌陸軍大臣である。

「こたびばかりは、了介さあ、ちんがらっじゃした。どげんしもんそか」

気絶した黒田に、大山は語りかける。こんどばかりはめちゃくちゃだった、どうしようか、と

言ったのだ。長州の伊藤博文の新内閣発足祝いの宴を台無しにしたのだから、薩摩閥の代表というべき大山が、黒田に何の罰も与えないというわけにはいかない。

「縛りあげい」

大山は兵らに命じた。

「大臣。何もそこまでせずとも……」

止めようとしたのは、祝宴の主催者の松本順である。

「松本先生にも迷惑ばかけ申した」

また大山は謝った。

「先生。大山さんのやることだ。案じるまでもないでしょう」

広間の首座から、伊藤が穏やかに言った。黒田の乱行にもまったく気分を害していないようすで、このあたりは、さすがに動乱期に命懸けで戦った男といえよう。

「伊藤さん。あいがともさあげもす」

大山は伊藤に感謝する。

それから、大山は、黒田の頭を冷やすために大磯の海へ放り込んでくる、と言った。

「そんなら小淘綾の浜がええ。わしの別荘から近いけえの」

勧めたのは山県有朋だ。

大臣を夜の海へ放り込むというのに、誰も反対しない。どころか、面白い、という声と笑いまで起こった。茂が評したごとく、明治の元勲たちには戦国武将のようなところがあるらしい。広間に同伴女性たちの姿はない。男たちの酒盛りが延々つづくので、招仙閣のそれぞれの客室や、ほかの旅館や、別荘などへ、とうに引き揚げている。

大山は、縛りあげた黒田の体を軽々と肩に担ぎ上げ、大股《おおまた》で広間を出ていった。薩摩勢随一の歴戦の勇士には、なんでもないことだ。

「黒田がぎっちりあがいになるのは、西郷さんを討ったがが、いまだにことうちゅうのじゃろう。ずつないのう」

農商務大臣の後藤象二郎が言った。黒田がたびたびあんなことになるのは、西郷さんを討ったことがいまだに精神的に応えているのだろう、つらいなあ、と同情したのだ。

「おっこうな」

面倒な、と突っぱねたのは、後藤と同じ土佐出身の文部大臣・河野敏鎌である。

幕末に藩論が勤皇《きんのう》から佐幕《さばく》に転じたさい、投獄されて獄中六年、苛烈な拷問《ごうもん》に耐え抜き、決して同志を売らなかったという硬骨漢《こうこつかん》だ。維新後、自分を取り立ててくれた元司法卿・江藤新平《えとうしんぺい》が佐賀《さが》の乱を起こすと、公私混同は腐敗の元凶とばかりに、大検事として江藤に容赦のない取調べを行ったことでも知られる。そういう鋼《はがね》の心を持つ男だけに、情に流されることの多い薩摩人を好いてはいなかった。

河野も、後藤が唐ヶ原に二扇庵を構えたとき、ほぼ同時に茶屋町に別荘を建てた。かつて坂本龍馬と交流があったことから、海援隊出身の陸奥宗光とも維新後に知己《ちき》を得た河野は、今夜の陸奥夫妻の宿に自身のその別荘をあてている。

「西郷さんのことは、われわれ皆に負い目がある。別して、大山さんはな」

しみじみと言ったのは、伊藤博文だ。

西南《せいなん》戦争で、黒田は征討参軍として、大山は旅団司令長官として、維新最大の功労者で郷土の英雄でもある西郷隆盛を征伐した。その軍功により、黒田は勲一等旭日大綬章《くんいっとうきょくじつだいじゅしょう》を受け、大山は中将《ちゅうじょう》に昇進する。

黒田が酒乱の果てに夫人を斬殺《ざんさつ》したとされるのは、西南戦争の翌年のことだ。西郷殺しの指揮を執《と》ったという罪の意識で、心が病《や》んでいたとも噂された。以後、北海道開拓事業における多額の国費投入や、薩摩閥の重用《ちょうよう》など独断専行が目立ち、さらに黒田内閣の失敗を最後に、天皇の信任を完全に失った。今度の逓信大臣就任も、手腕を買われたわけではなく、ただの功労賞的なものにすぎない。

大山は大山で、幼少期から敬慕してきた従兄《いとこ》の西郷を討ったあとも、維新前後とかわることなく、政治的野心を一切持たずに軍人の道をひたすら邁進《まいしん》している。その生き方は、西郷に恥ずかしくない武人にならねばならない、と自身に強いているようにもみえる。

伊藤からみれば、弱さをさらけ出してしまう黒田より、西郷隆盛という、いわば偶像を戴《いただ》いて自己を律しつづけている大山のほうがきついのではないか、と思えるのだ。

「西郷さんに、献杯《けんぱい》」

伊藤が、盃《さかずき》を手にして、掲《かか》げる。

「伊藤さん。その盃、空《から》だ」

誰かの指摘の声が上がった。

「あのひとは下戸《げこ》じゃったから」

懐かしそうに言って、伊藤博文は盃を折敷《おしき》へ静かに伏せた。

茂はいま思春期である。

陸奥亮子ほどの美女と出会い、ことばを交わし合った日の夜、それも、ただでさえ寝苦しい夏の夜に、すんなり眠りにつけるわけがない。

松籟邸の人々が寝静まってから、愛犬のポチにも気取《けど》られないようにして、袖ヶ浦の浜へ出た。今夜はひとり、波音を聞きながら潮風にあたって、亮子に想《おも》いを馳せたい気分なのだ。

むろん、人妻で大臣夫人でもある亮子と何をどうしたいというのではないし、そんな具体的なことも思い浮かばない。憧憬《しょうけい》を抑えきれないだけなのである。

ただ、その憧憬は少しだけ灰色がかっている。ある疑いを抱いてしまったからだ。亮子が天人を、好ましからざる人物として知っているのではないか、という。

（もしそうだったら、夫人は天人のこと、警察に密告でもするのかなあ……）

茂は頭《かぶり》を振った。あんな美しいひとは密告なんてしない。

様々に思いめぐらせながら、茂は、血洗川《ちあらいがわ》の狭い流れを跨《また》ぐ木橋を渡って、五色の小石荘の防風林を見やる。

(もう寝たかな)

いくら隣人でも、前触れもなく訪ねてよい時分ではない。もっとも、天人に会ったところで、何を訊いたらよいのか分からないが。

茂は、小淘綾浦を東小磯のほうへ向かう。

(そういえば……)

東小磯に土地を購入した、と徳川晨子《あきこ》が明かしてくれた。

山県有朋が小淘庵《おゆるぎあん》を構えてから、東小磯にも著名人が次々と別荘を建てている。村田銃の開発者の村田経芳陸軍少将、松本順の実弟で外務次官の林董《はやしただす》、海軍大佐の柴山矢八《しばやまやはち》、元土佐藩主の山内豊景《とよかげ》などだ。

旧徳川御三家のお嬢様、晨子のことだから、そういう人々に対しても、自由気儘《きまま》に振る舞うのだろう、と茂は想像した。

(亮子夫人は違う)

きっと、優雅で楽しげでありながら節度ある接し方で、誰彼となく魅了してしまうに違いない。

星降る夜でもあり、茂は歩き慣れた大磯の浜に暗さを感じない。些《いささ》か遠目でも、動くものは見つけることができる。

汀《みぎわ》で揺れている人影を見つけた。ふたりだ。

もっとよく見ようと、目を凝《こ》らしながら、近づいてゆく。

松林のほうへ回り込みながら、少し腰を落として、足取りもゆっくりである。茂が慎重になるのは、ここは二年前の夏、山県有朋が暴漢に襲われた小淘綾浦だからだ。

すると、松林の中から洩れてくる音を聞いた。梢《こずえ》を揺らす風音ではない。

茂は砂地に臥《ふ》せる。

ほどなく、松林から人が出てきた。

男が、ぐったりした男を肩に担いでいる。そのように見えた。

帯剣《たいけん》の兵らが従っている。五人だ。

茂は、汀へ視線を振った。

くだんのふたりは、汀に沿って、いま茂のやってきた方向へ走っているではないか。一方は洋装の女だと分かった。膨らみのある長いスカートを揺らしているからだ。

動きづらい服装のせいだろう、女の足送りは遅い。

きっと、ふたりは松林から出てきた者らに早めに気づいて、見咎められる前に逃げ出したのだろう。茂ほどにこの大磯の浜に慣れていない者が夜目遠目《よめとおめ》で即座に人を発見するのは難しいから、素早く遠ざかれば、見つからずに済む。

女の手を引いていた男は、いったん立ち止まると、女の体を背負った。そのまま、ふたたび走り出す。

（速い……）

おとなを背負ってこんなに速く走れる人間を、茂は見たことがない。そう驚いた瞬間、

（まさかっ）

息が止まりそうになった。茂を背負ったまま板子《いたご》で海面を滑走する天人の姿が、脳裡に鮮やかに浮かんだのだ。

女を背負った男は、にわかに方向を転じ、茂のほうへ向かってくるではないか。

まさかが的中した。

（やっぱり天人だ）

天人は、臥せている茂のそばを駆け抜けてゆく。蹴立《けた》てられた砂が、顔にかかった。

砂が口中や鼻の穴に入り、咳き込みそうになった茂だが、必死で怺《こら》える。

怺えきったところで、腹這いのまま松林のほうへ向きを変え、兵らに見つからぬよう、念のため少し匍匐《ほふく》前進をしてから立ち上がり、天人のあとを追った。

松林の中へ入りかけて、思い止《とど》まり、また臥せた。声が聞こえてきたからだ。

「横浜を思い出しましてよ」

含み笑いをしながら発せられた女のその声に、茂ははっきりと聞き憶えがある。

（亮子夫人だ）

さらなる衝撃に、茂の鼓動は急速になる。

「随分と昔のことです」

天人がこたえた。

「つれない仰りようだわ」

「わたしは、あなたを救えなかった」

「仕方のなかったことよ。わたくしたち、子どもだったのですもの」

しばし、沈黙が流れる。

「あれは大山大臣と黒田大臣でしょう」

と天人が言った。

「こんな暗がりでよくお分かりね」

「浜まで何をしにまいられたのか」

「大臣衆はおかしなおひとばかりだから、何をしたところで驚きませぬ。けれど、宴はお開きになったのでしょう」

茂も、汀のほうを眺めやった。辛《かろ》うじて人影が分かる。

「あん世《よ》の吉之助《きちのすけ》さあば、泣かすんじゃなか」

風音と波音の中でも、松林まで届く大音声《だいおんじょう》だった。

男が、肩に担いでいた男を、海に向かって放り投げるのが、茂には見定められた。それが大山巌と黒田清隆であることまでは分からないが。

放り投げた大山は、すぐに海に背を向け、汀をあとにする。兵ふたりが従った。

残る兵三人は、海へ投げ捨てられた黒田を、急いで助けにいく。

大山が叫んだ吉之助というのは西郷隆盛の通称だが、それも含めてすべて、茂には意味不明の光景だった。

「お戻りにならないと……」

ふたたび、天人の声。

「陸奥ら土佐の衆はきっと後藤さんのところで飲み直すに決まっています。それに、わたくしたちは旧交を修《おさ》めているだけではありませぬか」

亮子の返答には離れがたい思いがあるように、少年の茂でも感じられた。

「さあ、まいりましょう。大臣夫人」

亮子からの即座の諾否《だくひ》はない。

稍《やや》あって、衣擦《きぬず》れの音がした。亮子が動いたのだ。

天人と亮子の気配が失《う》せてゆく。

茂は、もはや動けなかった。

体が身内から熱っぽく、汗も止まらない。心は千々《ちぢ》に乱れている。

天人と亮子の関係は、茂が想像したそれとは違っていた。子どもの頃から浅からぬ因縁《いんねん》があるらしい。それも、好悪《こうお》の情で言えば、好き合っているように察せられる。

天人が悪人であるかもしれないことだけでなく、なにひとつ説明がつかないし、納得もできない。天人も亮子も遠いひとに思える。ふたりに裏切られたのだ。

泣けてきた。この混乱を収める術《すべ》も知らないから、溢れる涙を抑えられない。

仰向《あおむ》けになってみた。満天の星が、いまは恨めしい。松籟も悲泣《ひきゅう》に聞こえる。

ふいに、頬が冷《ひ》やっとした。

茂の頬を伝う涙を舐《な》めているのは、愛犬のポチだった。主人の不在に気づき、匂いを辿ってきたのだろう。

「ポチ……」

決して変わることなく、自分を慕いつづけてくれる最良の友を、茂は強く抱きしめた。

第七話　果たし状

暑さがようやく和《やわ》らいで、夏休みも余すところ数日である。

きょうは、広志がいない。親戚の集まりがあるそうで、両親と共に小田原へ出かけている。朝から『日本外史』を繙《ひもと》いた茂だが、気分が乗らないので頁《ページ》は進まなかった。

元勲たちの宴《うたげ》が招仙閣《しょうせんかく》で開かれた日を最後に、天人《あまと》とは会っていない。

あの夜、小淘綾浦《こゆるぎうら》で密会する天人と陸奥亮子を目撃し、松林の中で交わされた両人の会話も盗み聞いて、ふたりに裏切られたという思いから、茂は泣いた。

しかし、よくよく考えてみれば、天人と亮子が過去にどういう関わりをもったのか、明かされていないだけのことで、裏切られたと恨むのは茂のお門違《かどちが》いである。訊かれもしないのに、わざわざみずから明かす必要のない事柄など、おとなならば幾らでもあるだろう。茂が吉田家の養嗣子《ようしし》という事実にしても、健三の記念碑の除幕式がなければ、士子《ことこ》からまだ明かされていなかったかもしれない。

天人は年齢差を超えた友人。亮子はやさしく接してくれる憧《あこが》れの美女。ふたりは自分に対して疑う余地のない好意的な存在である。そういう勝手な思い込みがあった。だから、茂の心は思いがけない疎外感《そがいかん》でいっぱいになってしまい、泣くしかなかったのだ。

そうやって自分を納得《なっとく》させたものの、すぐには天人に会う気にはなれず、遊び相手は広志ばかりである。それで、広志に訝《いぶか》られた。あのひとを誘わないのか、と。茂は、天人は近頃忙しいみたいだよ、とこたえてごまかしている。

犬の鳴き声が聞こえた。ポチだ。散歩に連れていってほしいのだろう。

「気分を変えよう」

あえて自分を奮い立たせるように独語してから、茂は書籍を閉じて、立ち上がった。

玄関を出ると、早くもポチが足にまとわりついてきた。

「茂さん」

庭を散策中の士子から声をかけられる。

「聖人は強健《きようけん》にして病無《やまい》き人の如く、賢人《けんじん》は摂生《せつせい》して病を慎《つつし》む人の如く、常人は虚羸《きよるい》にして病多き人の如しです」

聖人は力強く健《すこ》やかで病気などしない、賢人は摂生して罹病《りびよう》しないよう努める、常人は虚弱《きよじやく》でよく病気をする、という意である。

（母上は何を仰《おお》せられたいのだろう……）

茂はちょっと戸惑いながら、返辞をする。

「体はどこも悪くありません」

「心の病のことを申したのです」

「えっ……」

「人の上に立つには、聖人にはなれずとも、賢人であらねばなりませぬ。いまのあなたは常人です」

聖人は健全だから心の病がない。賢人は心の病に罹《かか》らぬよう、みずから修養、工夫《くふう》する。常人は心が薄弱《はくじゃく》なので、いつも悩みが多くて疲れている。

茂はうなだれた。

母の前では普段と変わらぬように過ごしているつもりの茂だが、わが子が何か悩み事を抱えていることくらい、とうに士子はお見通しだったようだ。

「ご心配には及びません」

茂は、頭を起こして、宣言するごとく発した。おとなでなければならない一家のあるじとしての強がりではあるが。

「さようですか。では、行ってらっしゃい」

「はい。行ってまいります」

海辺の散策はいつものことなので、きょうは鴫立川《しぎたつがわ》沿いに遡《さかのぼ》って、一本松社《いっぽんまつしゃ》あたりまで行ってみようと思い立った。

松籟邸《しょうらいてい》から血洗川《ちあらいがわ》沿いの小道を抜け、二号国道へ出た。途端に、予期せぬ光景が、茂の目に飛び込んでくる。

血洗川に架かる切通橋《きりとおしばし》に、弓矢を持って立つ筒袖《つつそで》、裁着袴《たつつけばかま》の男がいるではないか。ポチが威《い》嚇《かく》の唸り声を洩らす。

西小磯は、大磯の中心地から離れ、旅館や商店などもないから、地域の行事でもあれば別だが、普段は閑静で、人通りも少ない。それをよいことに、男は弓の稽古《けいこ》でもしようというのだろうか。

茂をさらに驚かせたのは、男の髪型だ。茶筅髷《ちゃせんまげ》である。

（いまだにこんなひとが……）

政府は、欧米人から見て奇異な丁髷《ちょんまげ》を廃するべく、明治四年に脱刀令《だっとうれい》と合わせて断髪令《だんぱつれい》も発し、男の散髪《さんぱつ》を奨励《しょうれい》した。ただ、「勝手タルベシ」が原則だったので、脱刀に関しては士族の大半から拒否される。業《ごう》を煮やした政府は、同九年に帯刀禁止令を強行し、西南戦争を頂点とする士族叛乱の要因となってしまった。髪型のほうは依然として随意《ずいい》だったものの、天皇がみずから散髪したのをきっかけに、地方によっては役人による強制執行もあって、髷を切る者が年々増え、明治も二十五年のいま、丁髷姿は絶滅したと言われている。

茶筅髷の男は、五色《ごしき》の小石荘《こいしそう》の裏手にあたる雑木林に対するや、弓に矢を番《つが》え、鏃《やじり》を空へ向けながら、弦《つる》を大きく引いた。

青ざめた茂である。

男の立射《りっしゃ》は、どう見ても、雑木林を越えて、五色の小石荘の屋敷内へ矢を射込《いこ》もうという構えだ。

「何をするんです」

反射的に、茂は怒鳴って、男のほうへ少し走り寄った。ポチも吠《ほ》え立てる。

男は、構えを崩さないまま、じろりと茂を睨み返す。思いの外《ほか》、年輪を刻んだ顔だ。

「林の向こうにはお屋敷があるんです。矢を射るなんて、危ないじゃないですか」

「鏃なしの鏑矢《かぶらや》じゃ。中《あた》っても死なぬわ」

と男は意に介さない。

木や根竹《ねだけ》などで球形を作り、内部を刳《えぐ》って空洞にし、窓を開ける。これを矢箆《やの》の鏃に近いところに設置して射放《いはな》つと、音を発する。形状が植物の蕪《かぶら》に似ているところから、鏑矢の名が付いた。矢合わせの合戦《かっせん》開始の合図に射込むので、嚆矢《こうし》ともいう。事の始まりの意である。

茂があらためて矢を注視してみると、男が用いているそれはたしかに先端が鏑で、雁股《かりまた》などの鏃は付いていない。また、矢箆のなかほどには紙が結びつけられているように見えた。

「それでも中れば痛いでしょう。お屋敷には小さな子どもだっているんです」

「めんどくせえ」

食い下がる茂に、男の舌打ちが返された。

「面倒臭いのはそちらでしょう」

「にしゃ、ここの者か」

男の言い方から、ちょっと冷静になった感じが伝わる。

「いい、にしゃって、なんですか」

茂は訊き返した。

「きさまはこの家の者かと訊いたのだ」

「ぼくは隣人です」

「なら、知ってるな、長江勘兵衛《ながえかんべえ》を」

「ながえかんべえ、ですか。存じ上げません」

「いまは異人の名を使ってるやつだ。マイクとかいう」

「マイクなら、このお屋敷の家令です」

男は、ようやく弦を緩めて、矢を外した。

「矢を射るのはやめてやる。そのかわり、使いをせよ」

男は、矢箆のなかほどに結びつけられている紙を取り外した。書状のようだ。

「勘兵衛に渡せ」

茂は、恐る恐る歩み寄って、書状を受け取った。

表書きの文字に、驚く。

果たし状

「これって……マイクに決闘を申し込むってことでしょうか」

果たし状を渡すとは、当然そういうことだろう。

「文句あるか」

男がまた茂を睨みつける。

「ご存じないのかもしれないので、申し上げますが、決闘は法律で禁じられました」

法令化は三年前のことで、決闘を挑んだ者も、これに応じた者も罰金と最長五年の重禁錮《じゅうきんこけい》刑を受けねばならない。立会人《たちあいにん》も罰せられる。

「薩長の奸賊《かんぞく》どもの都合で作った法になんぞ、誰が遵《したが》うか」

憎々《にくにく》しげに、男は吼《ほ》えた。

（きっと幕府側で戦ったひとなんだ）

と茂は察した。

維新後の世では生きづらく、悪事に走った元武士らを、天人と後藤猛太郎《たけたろう》が高麗山《こまやま》で退治したのは、昨夏のことである。徳川時代の終焉を受け容れたくない人間は、いまもまだ存在するのだ。

「申すまでもないが、果たし状には日時と場所を書いてある。もし勘兵衛が姿を見せなんだときは、そのほうが責めを負うのじゃ」

「どうして、ぼくが責めを……」

戸惑いと恐怖とで、茂の総身の膚《はだ》が粟立《あわだ》つ。

「名は」

と男に問い立てられたが、何らかの責めを負わされるというのでは、名乗りづらい茂である。

「隣人と申したからには、知るのは易《やす》きことぞ」

重ねて恐ろしいことを言われ、茂は観念するほかなかった。

「吉田茂と申します」

弱々しい声だ。

「わしは、伊南枳一郎《いなきいちろう》じゃ」

こちらは大声で、みずからも名乗ると、枳一郎は背を向けて歩きだした。奇異な歩き方である。

枳一郎は極端な鰐足《わにあし》だった。それも、右足は先が外側へ向く外鰐《そとわに》で、左足は先が内側へ向く内《うち》鰐《わに》だ。

「ぼくが負う責めって、何でしょうか」

呼び止めるように、茂はちょっと声を張った。

「斬り捨ててくれる」

遠ざかりながら、枳一郎はそうこたえた。振り返りもせずに。

（むちゃくちゃだ……）

腰が抜けそうになる茂だった。

茂は、五色の小石荘で、ゆったりとした西洋椅子《いす》に腰掛けて紅茶をご馳走《ちそう》になっている。

防風林で弱められた海風が、芝の緑も鮮やかな庭を抜けて、開け放たれた窓より入ってくるので、心地よい。天人が朝食を摂《と》ったり、日中の客をもてなす東棟のダイニングである。

庭では、サイラスとローダという従兄妹《いとこ》同士が、年齢《とし》は離れていても、仲良く遊んでいる。マイクの孫たちだ。

茂ら松籟邸の人々は、昨夏に正式に主屋でのディナーに招かれて以後、天人が不在の折に訪問してもマイクらに歓迎してもらえる。

天人は朝早くからどこかへ出かけたらしいが、いまの茂は会わずに済んでよかったと思っている。

マイクは、茂の傍《かたわ》らに立ったまま、書状を読み終えた。伊南枳一郎からの果たし状だ。

「茂さま。私事にあなたさまを巻き添えにしてしまい、まことに申し訳のないことにございます」

深々とマイクは腰を折る。

「何かと助け合うのが隣人だと思います」

と茂は言ってから、真摯《しんし》な眼差《まなざ》しをマイクに向け、思い切って付け加えた。

「ですから、まだ子どもだからといって、除《の》け者にだけはされたくありません」

天人とマイク一家のことをちゃんと知りたい、という意思表示である。

「茂さまに対して、わたしどもは不実《ふじつ》でした」

またマイクは少し頭を下げた。

「天人さまのことはすべてを知っているわけではありませんが、わたしの一家のことを、天人さまとの関わりを含めて、包み隠さず茂さまに申し上げます」

「あの……無理はしないで下さい」

茂は弱気になった。強要したようで後ろめたくもある。

「茂さまはおやさしい」

マイクは微笑んだ。

「伊南枳一郎の申したように、わたしのまことの名は長江勘兵衛。会津《あいづ》の生まれにございます」

会津若松《わかまつ》城の西南へ二里ばかりの本郷《ほんごう》村には、会津藩の藩営製陶所《せいとうじょ》が設けられ、最盛期には陶工三百人を数えた。

伊南喜平《きへい》は、陶工でありながら武芸を好み、独学で励んでいたが、一度、本郷村を訪れた相田《あいだ》橘《きつ》右衛《え》門《もん》から筋《すじ》が良いと褒められた。会津藩で神道《しんとう》流と夢想《むそう》真《しん》流という両流の達人として知られていたのが、相田橘右衛門である。以来、喜平は、決して正業を疎《おろそ》かにすることなく、毎日のように二里の道を往復して、橘右衛門に師事した。

喜平は、自身に男児が生まれると、枳一郎と名付けた。「枳《からたち》」は「橘《たちばな》」に似ており、橘が枳となる、という故事もある。

伊南枳一郎は、むろん窯業《ようぎょう》を継いだが、同時に相田橘右衛門譲りの武芸も、幼少期より父・喜平から仕込まれた。いつか必ず武士となって、藩のお役に立ちたいというのが、枳一郎の口癖《くちぐせ》であり、それは喜平の悲願でもあった。

幼馴染《おさななじ》みの長江勘兵衛も、枳一郎に感化され、ともに稽古に励んで成長する。

藩祖・保科正之《ほしなまさゆき》の家訓により、徳川御三家に次ぐ家門《かもん》として、徳川宗家と盛衰《せいすい》存亡をともにすることが会津藩の第一義である。そのため、戊辰戦争のさいには、本郷村の陶工たちも寄合組《よりあいぐみ》に徴兵《ちょうへい》された。

勇躍《ゆうやく》した枳一郎は、みずから武芸の腕を披露《ひろう》し、上長《じょうちょう》を差し置いて、組中の一隊の隊長となる。

当時、会津藩は、越後《えちご》の新潟に近いところにも藩領を有しており、寄合組は山越えで転戦しながら、そちらへ派遣《はけん》された。

なんとしても手柄を立てたい枳一郎が、合戦のたびに「死ねや、死ねや」と叱咤《しった》するので、伊南隊は死傷者が多く、他の隊から兵を補充することも度重《たびかさ》なる。勘兵衛が幾度諫《いさ》めても、枳一郎は聞く耳を持たなかった。

越後蒲原《かんばら》郡の水原《すいばら》の陣屋《じんや》を拠点《きょてん》に戦う中、驚天動地《きょうてんどうち》の凶報《きょうほう》が飛び込んでくる。奥羽越列藩《おううえつれっぱん》同盟の一員である新発田《しばた》藩が官軍に寝返ったというのだ。

水原と新発田は近い。新発田軍は、阿賀野川《あがのがわ》の河口付近の太夫浜《たゆうはま》への薩長軍上陸を手引きし、ともに水原へ攻め寄せてきた。

敵の最新鋭の銃器《じゅうき》と多勢に、たちまち敗色濃厚となった水原の会津軍は、大混乱に陥り、勘《かん》定所《じょうしょ》に保管の数千両の軍資金を運び出す暇《いとま》も手段もなかった。そこで、千両箱を開け、個々に持ち出し勝手と決したのだが、これに反対したのが枳一郎である。将軍家御家門の兵が、戦陣から逃げ出すだけでも不面目《ふめんぼく》なのに、泥棒のように藩金まで持ち出すなど以《もっ》ての外と怒号《どごう》し、手をつける者は斬り捨てると息巻《いきま》いたのだ。

このとき勘兵衛は、兵らのようすから、今度ばかりは枳一郎に刃向《はむ》かうつもりだと察した。いかに武芸達者の枳一郎でも、五十人、百人に斬りかかられては、ひとたまりもない。それで、勘兵衛は真っ先に枳一郎へ刃《やいば》を送りつけ、鐔《つば》迫《ぜ》り合いに持ち込むや、他の兵らに向かって、早く金を持って逃げよ、と叫んだ。かれらは、枳一郎を勘兵衛ひとりに任せ、個々に金を摑んで陣屋を脱していった。

無二の親友を死なせたくないからこその勘兵衛の行動だったが、それが分からない枳一郎は、幼馴染みへ怒りの剣をふるう。そこへ敵兵が雪崩《なだれ》込《こ》んできたので、ふたりはそれぞれに逃走するほかなかった。

勘兵衛は、逃げきり、生きて会津へ帰国することができた。が、枳一郎がどうなったのか、皆《かい》目《もく》分からなかった。あの性格だから、水原で討死《うちじに》したに相違ないとみられた。陣屋も周辺の長屋も戦火により跡形もなく焼失したので、遺骸《いがい》は見つかるまい、とも。

最後まで官軍に激しく抵抗した会津の人々の多くは、維新政府に憎まれ、軍政下で虫けらのように扱われた。そういう状況では、勘兵衛も家族を守って一日一日を生き長らえるのに精一杯であり、枳一郎のことを考える余裕はなかった。

会津藩に救いの手を差し伸べたのが、オランダ人ともプロイセン（ドイツ）人とも称していたヘンリー・スネルである。

武器商人として弟エドワルドとともに来日したヘンリーは、武人の日常や魂《たましい》に興味を持ち、わけても会津武士に強く惹かれた。その思いが嵩《こう》じたあまり、武器を周旋《しゅうせん》するだけでは飽き足らず、みずから和装帯刀の上、平松武兵衛《ひらまつぶへえ》と名乗って、戊辰戦争では新潟を拠点に奥羽越列藩同盟の軍事顧問《こもん》までつとめた。

ヘンリーは、会津の人々を家族ごと移民として船でアメリカへ伴う計画を立て、かれらを誘ったのだ。

日本に留《とど》まったところで、薩長閥中心の新政府に虐《しいた》げられつづける屈辱にひたすら堪えるばかりで、這い上がる機会も与えられず、極貧《ごくひん》の暮らしから脱せられない、と勘兵衛は行く末を悲観した。それなら、異国で新しい生活へ踏み出すほうが、まだしも希望が持てる。

勘兵衛は妻の佳《よし》、息子の勘太《かんた》、まだ幼いむすめの祥《さち》を連れて、アメリカ行きの船に乗り込んだ。

現実に、日本に留まった会津の人々は、それからしばらくして、旧南部藩領の不毛の原野に移住を命ぜられ、塗炭《とたん》の苦しみを味わうことになる。

ヘンリーは、誘いに応じた敗残者たちを、カリフォルニア州サクラメント近郊のエルドラド郡に集団入植させ、ここをワカマツ・コロニーと名付けた。会津藩の本拠地名の若松に因《ちな》んだことは言うまでもない。

　ところが、コロニー建設は難航した。桑《くわ》・茶・竹・漆《うるし》の栽培や養蚕《ようさん》などの事業も計画したのだが、そこに至る前の多額の初期費用やら、周辺の人々との軋轢《あつれき》やらで、失敗に終わる気配が濃くなってゆく。

　英語を憶《おぼ》えるのが苦手《にがて》で、身振り手振りもほとんどしない日本人というのは、アメリカ人にとって何やら無気味《ぶきみ》な人種でもあった。すでにカリフォルニア州だけでも人口の十パーセントを占めるようになっていた中国人労働者からも警戒された。

　そこでヘンリーは、少しでも現地に馴染むようにと、かれらに英語名のファースト・ネームを付けるよう提案する。どんなに軽輩《けいはい》でも武士だった者らは拒んだが、日本でいうところの通称と同じだというので、勘兵衛は真っ先に受け容れた。郷《ごう》に入《い》っては郷に従うの習いである。すでに勘兵衛は、アメリカ行きの船内から積極的に英語を学んでおり、異国の言葉を理解できる喜びをおぼえてもいた。

　勘兵衛は、マイク。

　妻の佳は、ジェーン。

　息子の勘太は、ジャック。

　むすめの祥は、ケイシー。

いずれもヘンリーが名付けてくれた。

ヘンリーは、マイクに対して、実はあなたには敬意を抱いていると明かした。というのも、新潟においてマイクが鮮やかな手並みで官軍側の将兵四人を斬り伏せるところを、偶然目撃したからだ、と。また、その事実を会津藩の藩庁へ報《しら》せたのに、マイクが褒美《ほうび》を貰ったようすがないので、その後ずっと不思議に思っていた、ともヘンリーは語った。

その件については、マイクも、水原から会津へ生還したとき、藩庁の役人より聞き取り調査を受けた。だが、故《ゆえ》あって、嘘をついた。あの四人斬りは、自分ではなく、伊南枳一郎のなしたことである、と。自分と枳一郎とは背格好《せかっこう》が似ており、同じ剣法を使うので、目撃者らが思い違いしたとしても無理はない、というマイクのことばを、役人は信じてくれた。

コロニー建設が頓挫《とんざ》中のある日、マイクはサクラメント川の岸辺に倒れている少年を発見する。傷だらけで、半死半生だった。黒髪に褐色《かっしょく》の膚だったから、インディアンと称《よ》ばれるアメリカの先住民の子と思われた。

ほどなく無法者《むほうもの》の一団もコロニーにやってきて、少年を探し回った。が、マイク一家は少年を隠しとおす。

一家の看病の甲斐《かい》があって、三日後に少年は息を吹き返し、初めて口をきいた。

「おれは天人」

黒髪は地毛だが、膚が褐色であるのは陽《ひ》に灼《や》けているからで、少年は日本人だったのだ。

物心ついた頃には江戸の浮浪児《ふろうじ》だった自分のことは、出自も年齢も分からない、と天人は明かし、日本出国からの来《こ》し方《かた》のおおよそを語った。

どうせ天涯《てんがい》孤独の身ならば、どう生きようと自由だと思い、広大な新世界だというアメリカへ渡る決心をして、天人は横浜へ出た。日本人曲芸師の一団がアメリカ人に雇われ、横浜港から出航すると伝え聞いたからだ。しかし、乗船前に悶着《もんちゃく》を起こしてしまい、新世界行きは叶わなかった。

すると、助けてくれるひとがいて、ともに長崎へ向かい、イギリスに帰還するという軍艦に潜《もぐ》り込み、今度は密航に成功する。イギリスでしばらく生き抜いたあと、ついにアメリカへ渡った。英語も流暢《りゅうちょう》に話せるようになっており、客船の雑用係として雇ってもらったのだ。

客船が着いたのはニューヨークだが、カリフォルニア州に日本人移住者ありという話を伝え聞いていたので、天人は完成直後の大陸横断鉄道で、貨物車内に隠れつづけて、西部をめざした。サクラメントに降り立った天人は、そこで奴隷商人に拉致《らち》されかけるが、すんでのところで逃げる。ただ、町から遠く離れたために、荒野《こうや》で迷子になってしまう。

渓谷《けいこく》の水《かわ》で渇きを癒《いや》しているとき、無法者の一団にインディアンの少女三人が凌辱《りょうじょく》されるところを岩陰《いわかげ》から見た。事を終えると、男どもは三人を岩に縛りつけた。少女たちの地獄はこれからも続くのだ、と少年の天人にも察せられた。

その夜、天人は、野宿《のじゅく》の無法者どもが寝入ったのを見計《みはか》らい、三人の縄《なわ》を解《ほど》いてやり、ともに逃げた。言葉は通じないものの、少女たちの天人に対する警戒心は薄かった。助け人《びと》が、白人ではなく、自分たちに似た風貌で、年齢も近いようにみえたからだろう。

逃げるさい、自分たちを繋《つな》いでいた縄を捨て置かず、なぜか携行《けいこう》した三人は、逆に天人の道案内に立つ。途中、少女たちが木切れを見つけては拾うので、天人も理由も分からず倣《なら》った。

明け方、大きな川が流れる場所へ出ると、川辺に朽《く》ちかけの筏《いかだ》があった。少女たちは、持参の縄と拾い集めた木切れで、筏の補強作業を始めた。なんという逞《たくま》しさか、と天人は舌を巻きながらも、すぐに順応し、作業を手伝った。天人自身も、江戸の浮浪児だった頃から、生き残る術《すべ》は身につけているのだ。天人とインディアンの少女三人は、このとき初めて笑顔を交わし合う。

天人と少女らは、修復した筏に落ち着き、川の流れに乗った。これで逃げきれると安心した矢先、無法者どもが馬で追いついてきた。陽が昇り、筏はかれらから丸見えだった。

無法者どもは、岸辺に馬を走らせ、ライフルやピストルで天人たちを狙い撃った。人間狩りを楽しんでいるのか、笑いながらだ。

すると、少女たちは、最初から示し合わせていたかのように、三人の力で天人の体を筏の中央に無理やり突っ伏させるや、銃弾《じゅうだん》の盾となった。

少女たちは、銃弾を浴びて倒れるとき、おのが体で天人の体を被《おお》い隠すようにした。助け人への命懸けの返礼なのだ、と天人は分かって、三人の骸《むくろ》の下で慟哭《どうこく》が止まらなかった。

銃弾はなおも浴びせられつづけたが、やがて急流となり、川辺の地形も険《けわ》しくなって、無法者たちは馬を駆ることができなくなった。天人の体も銃弾に傷つけられたものの、少女たちの盾のおかげで、致命傷を受けずに済んだ。そのうち、天人は気を失い、目を開けたときには見知らぬひと、すなわちマイクの家にいたという次第だった。

マイク一家は、天人を歓迎した。一緒に住めばよい、と。

しかし、天人は、傷が癒《い》えて体力が回復すると、別れも告げずに出ていってしまう。書き置きには日本語で「きっと恩返しを」とあった。

それから日ならずしてヘンリー・スネルが行方《ゆくえ》知れずになり、ワカマツ・コロニーは無為《むい》のまま終焉し、会津人たちは、役人と称する者らから立ち退《の》くよう命ぜられる。

ヘンリーの無責任を憤《いきどお》る者ばかりの中、マイクだけは怒りの感情が湧かなかった。ヘンリーのことは好きだったし、会津人を救いたいというその思いに決して嘘はなかった、と信じてもいる。幕府や会津藩の崩壊《ほうかい》を誰も止められなかったように、世の中には思いだけではどうにもならないことがあるのだ。

コロニーから放逐《ほうちく》されて途方に暮れる会津人の多くは、帰国を望んでサンフランシスコ港をめざした。

なんとかアメリカで一旗揚《ひとはた》げたいという者らは、職を求めた。アメリカは新興国である上、折しもゴールド・ラッシュと鉄道建設の時代だから、低賃金を厭《いと》わなければ、肉体労働の仕事はいくらでもあった。

他の会津人と違い、英語をよく話せるようになっていたマイクは、ブラッド・キャシディという白人に声をかけられる。幾度かワカマツ・コロニーを訪れている男なので、マイクも見知ってはいた。

いずれ日本人移民は数を増し、これを相手にするビジネスの機会も増えるだろう、とブラッドは言った。マイクの一家ごと面倒をみるので、日本人相手の通訳になってほしいというのが、その申し出だった。

マイクは、申し出を承《う》けた。ブラッドに随従《ずいじゅう》して、その本拠《ほんきょ》だというニューヨークへ行ってみて、キャシディ一族が銀行をはじめ様々な事業を展開する富豪《ふごう》であることが、初めて分かった。どうやら南北戦争で武器商人として大儲けしたらしい。

ブラッドが担当する事業というのはアメリカ全土の新開地に展開する売春宿だと知れたが、これについてはマイクに抵抗感はなかった。日本でも、江戸はもちろん、諸国の大きな宿場や湊《みなと》町《まち》などには公許《こうきょ》の遊廓《ゆうかく》まであって、そこは身分差を超えた歓楽《かんらく》の場で、多種多様の文化の発祥地でもあり、娼妓《しょうぎ》など当たり前の存在だったからだ。娼妓の中には、優れた容色だけでなく、きわめて高い教養を身につけている者もいて、大名や豪商などに身請《みう》けされることもしばしばだった。アメリカでも似たようなものだろう、とマイクは軽く考えた。

マイク一家は、ブラッドの召使《めしつかい》として、当初はそのニューヨークの屋敷で働いた。

折しも、金鉱採掘地や鉄道沿線に次々と設けられる飯場が、町へと発展していく過程で、肉体労働の男たち相手の売春宿は繁昌をきわめていた。やがて、中国経由でアメリカへやってくる日本人売春婦も増え始めると、マイク一家はその人数の多い売春宿へ派遣され、女たちの世話係を命ぜられた。

アメリカの売春宿は、日本のそれとは似ても似つかないことを、マイクは初めて知る。女は男たちの性の捌《は》け口《ぐち》でしかなく、乱暴に扱われることもしばしばだった。わけても日本人の女は華奢《きゃしゃ》なので、異国の大柄な荒くれ男たちの行為はときには拷問にも等しいといえた。日本でも、岡場所《おかばしょ》の私娼《ししょう》たちは、酷《むご》い目に遭《あ》うこともなくはなかったが、そこは日本人同士の男女だから、おのずから分かり合えるところがあったのだ。

ブラッドも、売春婦を消耗品としかみておらず、使いものにならなくなれば、病人であろうと放り出すよう、各売春宿を任せた宿主に命じていた。死んでも葬儀などせず、荒野に放置したり、川に遺棄《いき》したりすることを、むしろ奨励した。代わりの女などいくらでもいるのだ、と。

マイクは、しかし、棄《す》てられると決まった女たちを、人種を問わず、ひそかに丁重《ていちょう》に扱った。病人であれば、放り出したとみせて、医者に連れていき、回復後に逃がした。死者も、遺棄を装って、土に埋めてやったり、荼毘《だび》に付すなどした。

ある年、貞《さだ》という日本人売春婦がやってきた。貞は、マイク一家と同じ会津出身で、ワカマツ・コロニーではマイクの息子ジャックと仲の良かった娘だ。金鉱採掘の飯場で働きはじめた親兄弟を事故で失ってしまい、流れ流れて、苦界《くがい》に落ちたという。

ジャックと貞の互いの恋心が再燃した。マイクは、ニューヨークのブラッドに願い出て、ふたりの結婚を許してもらうが、日本で言うところの遊女の落籍《らくせき》と同じなので、無償ではない。それまでに貯《た》めた金を、マイクはすべて吐き出さねばならなかった。

ジャックと貞の幸福の歳月は短かった。異国での売春という過酷な境遇の中で、貞の体は弱り切っていたのだ。子を産《う》める体ではなかったのに、マイク一家とジャックへの感謝のあかしをどうしても遺《のこ》したいと妊娠し、男児を産んですぐに貞は亡くなった。この一粒種《ひとつぶだね》がサイラスである。

ノーザン・パシフィック鉄道が開通すると、ミネソタとノースダコタの州境の駅ファーゴに、ブラッドは新たに大きな売春宿を開いた。

両州の北部はカナダと国境を接している。当時、カナダから多くの日本人売春婦が流入するようになっていたので、ブラッドはこれをファーゴで引き取り、東洋の神秘的聖女たちとして売り出すことにしたのだ。

売春宿の宿名は〈Ｆｏｒｇｅｔ《フォゲット》　８《エイト》〉。

日本では女郎屋の亭主は〈忘八《ぼうはち》〉と称ばれるという、マイクから教わったそれを気に入って、ブラッドが付けたものだ。

マイクは、日常の八つの憂《う》さを忘れて楽しむ場を男たちに与える奇特《きとく》なひとを、忘八というのだと説明し、女郎屋の亭主への蔑称《べっしょう》という本当の意味は明かさなかった。とうにブラッドを嫌っていたのだ。

フォゲット・エイトの開業日に合わせてニューヨークからファーゴへやってきたブラッドは、マイク一家に悲劇をもたらす。久々に会ったケイシーのあまりの美しさに、フォゲット・エイトの最高級娼婦にする、と言い出したのだ。むろん、ケイシー自身もマイク一家も拒んだ。

激怒したブラッドは、用心棒らに命じて、ジェーンとジャックとサイラスに銃を突きつけ、マイクを激しく殴打《おうだ》した。下等な黄色人種がえらそうな口を叩くな、と。これこそがブラッド・キャシディの本性だったのだ。

その上で、ブラッドは、泣き叫ぶケイシーを家族の目の前で思うさま凌辱し、これでもう立派な売春婦だと嗤《わら》った。

それから、マイク夫婦とジャック父子の四人は牢屋《ろうや》に放り込まれた。ケイシーが売春婦をやりつづける間は、生かしておいてやるというのだ。

しかし、翌日未明、マイク一家に救世主が現れる。

「ようやく恩返しができそうです」

姿形もことば遣いもすっかり洗練された男に成長した天人である。

天人は、傷だらけのマイクを背負って、いったん四人を、馬車を用意してある町外れまで導いてから、ひとりフォゲット・エイトへ取って返した。

しばらくして戻ってきた天人の背中には、ケイシーの姿があった。それだけでなく、天人は腰のベルトに、日本刀を差していた。

マイク、というより長江勘兵衛が戊辰戦争のさいに用いた剛刀《ごうとう》の同田貫《どうたぬき》である。アメリカという新天地をめざすと思い決したとき、棄てようかとも思ったが、結句《けっく》は大事に持参してしまったものだ。英語名の通称をヘンリーに付けてもらったときも、やはり棄てられなかった。フォゲット・エイトに併設《へいせつ》のマイク一家の住まいに置いてあった同田貫を、天人がわざわざ取ってきてくれたらしい。

天人からマイクへ同田貫が渡されるとき、ケイシーが嗚咽《おえつ》を洩らしながら言った。

「わたしたちの恨みは、その一刀で……」

マイクが鞘《さや》から抜いてみると、拭ったのだろうが、刃には血脂《ちあぶら》のぬめりが残っていた。天人は、マイクの代わりに、その愛刀の同田貫でブラッドを討ち果たしてくれたのだ。まさしく恩返しである。

天人とマイク一家を乗せた馬車は、白々《しらじら》明けの荒野を疾走《しっそう》していった。

「その後は、ミズーリ州のセント・ルイスに近いホワイト・ヘブンというところにある天人さまのお屋敷で、しばらく暮らすことになりましてございます」

少しほっとしたように、マイクが言った。

最も明かし難《がた》いことは語り終えたのだろう、と茂は思った。だが、苦労知らずの茂には、マイク一家の過去は壮絶《そうぜつ》すぎて、返すべきことばなど出てこない。

マイクは、庭で遊ぶ孫たちを見やった。

「もはやお察しかと存じますが、ローダの父はブラッド・キャシディ」

茂は分かっていなかった。いまマイクに言われて、初めて気づいた。

（そうか……）

しかし、ブラッドのような極悪人《ごくあくにん》の子を、なぜケイシーは産んだのだろう。堕胎《だたい》を選択することもできたはずだ。

「ケイシーは、お腹《なか》の子に罪はない、と……」

茂の疑念を察して、マイクがこたえた。

「わたしも妻もジャックもサイラスも同じ思いにございました。もちろん、この事実は生涯、ローダに明かすことはありません」

「そんな大事なことを、ぼくなんかに……」

「わがあるじ天人さまにとって、茂さまはベスト・フレンド」

「ぼくがベスト・フレンド……」

なんと心の弾む響きだろう。自身が勝手に作っていた蟠《わだかま》りが解けてゆくのを、茂は強く感じた。

「はい。天人さまが口外《こうがい》してほしくないことは、茂さまなら一言とて発せられないと信じております」

考えてみれば、人非人《にんぴにん》とはいえ、ブラッドはローダにとっては実の父親だ。その父親を殺した男の屋敷にローダは住んでいる。天人なら、自分のためではなく、ローダのために墓場まで持ってゆく秘密としたいに違いない。

「絶対に誰にも言いません、母上にも田辺くんにも」

茂は誓《ちか》った。

「あの子の日本名は、楠《くす》と申します」

とマイクは微笑んだ。

「会津のわが故郷には石楠花《しゃくなげ》が美しく咲くのでございます」

「それで、ローダなのですね」

即座に茂は思い至った。

「さすが茂さまにあられる」

石楠花は、ｒｈｏｄｏｄｅｎｄｒｏｎ《ロードデンドラン》。略して、ローダである。

「でも、これで榊原志果羽《しらは》さんがぼくに告げたアメリカでの天人の悪事が嘘だらけだったと、はっきり分かりました」

「それは、茂さま。どういうことにございましょう」

「ぼくも、肝心《かんじん》なことを天人とマイクたちに話してなかったですね」

アメリカのピンカートン探偵社から日本の探真社に届いた手紙の内容を、茂は志果羽から威すようにして明かされた。そのことを、詳しくマイクに語ってきかせた。

「さようにございましたか。わたしどもがそこまで茂さまに迷惑をかけていたとは、まことに謝罪の致しようもございません」

聞き終えるなり、マイクは辛そうに、またしても頭を下げた。

「謝らなくていいんです。いまマイクがぼくを信じて辛い真実を明かしてくれたし、それに、あの女武芸者も、すごく怖いけれど、根は悪いひとじゃなさそうですから」

「ただ、ブラッドの父親のジョサイア・キャシディがピンカートン探偵社を使って、息子を殺したのが天人さまであると突き止め、お命を狙っているのは事実にございます」

「アメリカで皆さんは襲われたのですか」

「それはございませんでした。天人さまは、わたしどもの命を守るためにも、居所を知られぬよう手を尽くしておられましたから」

「でも、ピンカートン探偵社って優秀なのでしょう」

「たしかに優秀と存じます。しかし、天人さまはかれらのやり方をよくご存じなので、うまく裏をかかれるのです」

「どうして天人は、かれらのやり方を知っているのですか」

「天人さま自身が、かつてピンカートン探偵社で活躍されていたからにございます」

「そうだったんだ」

初めて出会った小淘綾浦で、天人は本当のことを言っていたのだ。アメリカで探偵社につとめた経験がある、と。

「天人さまは、ワカマツ・コロニーを去られたあと、インディアンの少女たちを殺した無法者らを追って、見つけ出し、仕返しをされたそうにございます。どのような仕返しだったかまでは、お聞きしておりませんが。その頃、ピンカートン探偵社の創業者のアラン・ピンカートンと出会い、年少者とは思われぬ賢さや心の強さや身体能力を買われて、幾年間か、アランに可愛がられたようにございます。ところが、アメリカ中で有名なある犯罪者を捕らえるにあたって、探偵社がきわめて卑怯な手段を用いようとしたことに反対なさり、結局、アランにも探偵社にも幻滅《げんめつ》して、お辞めになられたのでございます」

当時、ピンカートン探偵社の最大の標的は、大胆不敵な手口で銀行強盗、列車強盗を繰り返しながら、庶民からは西部のロビン・フッドと喝采《かっさい》を浴びていたジェシー・ジェームズである。探偵社はジェシーが両親の農場に隠れているとみて、誘い出すべく、家の中へ爆弾を投げ込んだ。天人が反対したのはこのやり方だった。ところが、はなからジェシーはそこにおらず、その九歳の弟が爆死《ばくし》し、母親も右腕切断に至る重傷を負ったのだ。後日、裁判所がアランを起訴《きそ》し、民衆からも非難の嵐という悪辣《あくらつ》さだった。

「それでも、裏をかくにも限界がございます。そこで天人さまは、日本行きを決せられました。

大海で隔てられた異国の地までは、ピンカートン探偵社もジョサイア・キャシディも、容易に手を伸ばせませんから」

まずは天人が日本へ先乗りして大磯に屋敷を設け、その一年後にマイク一家がやってきたという次第である。

「あの、これは訊いていいのかどうか分からないのですが、これだけのお屋敷を建てて、皆さんをファミリーとして養《やしな》えるだけの財産を、天人はどうやって築いたのでしょうか」

「実は、そのことだけは、わたしどもも存じ上げないのでございます。探偵社をお辞めになったあと、シンプソンという方の養子になられたようなのですが、このシンプソン家というのが資産家である、とわたしは想像しております。ふらりとアメリカへ帰ることがおありなのも、ピンカートン探偵社とキャシディ家の動きを探ることも目的かもしれませんが、シンプソン家とのご関係からではないでしょうか。ただ、天人さまの財産は天人さまの財産。わたしどもが詮索《せんさく》してよいものではありません」

「それはそうですね。はしたないことを訊きました。ごめんなさい」

茂は、天人と陸奥亮子の関係も知りたかったが、これもマイクは知らないと思われた。松林の中のふたりの会話から察するに、子どもの頃の関わりだったようだから、きっと天人の江戸の浮浪児時代のことに違いない。

陸奥亮子は外相《がいしょう》夫人である。天人の思いやり深さからして、浮浪児と結びつけることを避けてあげたいはずで、おそらく亮子との関係はマイクにも話していないだろう。

「ぼくのせいで、話が随分と逸《そ》れてしまいました。いまマイクが対応しなければならないのは、その果たし状ですね。伊南枳一郎さんは、どうして決闘を挑んできたのですか」

「水原の恨みではないかと」

「友を死なせたくなかったというマイクの思いを、伊南さんはいまも分かっていないということでしょうか」

「あるいは、単に結着《けっちゃく》をつけたいだけなのかもしれません。あのとき、陣屋に敵が攻め込んできて、勝負はお預けになってしまいましたから」

「二十年以上も前のことですよね」

「枳一郎は武士になりたかった男にございます。おのれが思う武士らしいことをしたい。武士の世では望んだのにできなかったからこそ、時代後《おく》れであっても、なんとしてもしたい。そういうことなのかもしれません」

「受けるのですか、マイクは。決闘は挑むも応じるも違法です」

「幼馴染みの望みにございますから。それに、わたしが決闘場に赴《おもむ》かねば、茂さまが斬られてしまう」

「あのひと、子どもを斬るでしょうか」

「昔の枳一郎なら、さようなことはいたしません。なれど、ひとは変わるものにございますから」

「決闘はいつですか」

「明日の明六《あけむ》ツにございます」

「明六ツって……」

江戸時代までの時刻表現だが、旧《ふる》い書物にも親しんでいる茂は、すぐに置き換えることができる。

「八月末のいまなら、おおよそ午前五時頃でしょうか」

明六ツとは、要するに夜明けの時刻をいうので、季節によって異なるのだ。

「場所はどこでしょう」

「生沢《いくさわ》の蔵王権現社《ざおうごんげんしゃ》下の鳥居あたりにて待つ、と」

「天人の力を……」

「茂さま」

茂の言おうとすることを、マイクは遮った。

「天人さまには、わたしども一家のことは何もかも明かしておりますが、こればかりは長江勘兵衛一人《いちにん》が結着をつけるべきこと」

「それは、そうかもしれませんが……では、ご家族には」

「妻には告げてから行くつもりでございます。佳も枳一郎のことは存じておりますゆえ」

マイクが自身の名を長江勘兵衛と称し、妻の名もジェーンではなく、日本名の佳と言ったのは、会津時代の私事であることを強調したいからだ、と茂は思った。

「ぼくも行きます」

「ありがとう存じます。ただ、立会人となられては後日、罪に問われましょう。茂さまには、離れたところから枳一郎に気づかれることなくご覧になり、わたしが討たれたときは、子細を佳に話していただきたい」

茂は、もちろんマイクの身は案じられるが、同時に誇らしくもあった。マイクが終始、おとな同士、そして男同士として接してくれたからだ。

「承知しました」


木立《こだち》の中は、まだ暗い。

樹幹《じゆかん》に身を寄せて、薄明《はくめい》に浮き立ち始めた田園を眺めているのは、茂だ。

大磯の西北部で、鷹取山《たかとりやま》を背に南方に拓かれた村里《むらざと》が生沢である。かつては沼沢地《しようたくち》だった。

近くの山腹に蔵王権現社が鎮座するので、その周辺の土地は権現脇《わき》とも称ばれる。

権現社下の鳥居の前に床几《しようぎ》を据え、腰を下ろしている人影は、伊南枳一郎のものだ。

茶筅髷の頭に鉢巻《はちまき》を付け、上衣の袖をたすき掛けにし、袴《はかま》の股立《ももだち》をとった姿は、武者絵に出てきそうである。

その枳一郎のもとへゆっくり近づいてゆく者も見える。マイクだ。

いつもの洋装ではない。筒袖に短袴《たんこ》姿である。腰に帯びるのは、同田貫の一刀。

マイクは、相手の五メートルばかり手前で立ち止まった。

「老《ふ》けたな」

と枳一郎から口を開く。

「お互いさまだ」

マイクが応じた。

「わしが決闘を望んだ理由は分かるな」

「水原のことなら……」

「そうではないわ」

怒鳴りつけた枳一郎である。

「新潟の四人斬りよ」

「どういうことか」

マイクは訝る。

「おぬし、おのが手柄をわしに譲ったな」

「矜持《きょうじ》を傷つけたのなら、謝る。なれど、枳一郎、あのときはもはやおぬしは死んだと思うていた。手柄を立てて戦死した友として、伊南枳一郎を語り継ぎたかったのだ」

「そのせいで、わしはこんな体になったのじゃ」

枳一郎は、口角泡《こうかくあわ》を飛ばしながら、床几を立って、自分の太腿のあたりを憎々しげに叩いた。

枳一郎は鰐足、と茂から聞いていたマイクである。たしかに左右とも、足先が妙な具合だ。

「おぬしが斬った四人のうち、ひとりは大野壮七《おおのそうしち》と申し、世良修蔵《せらしゅうぞう》の腹違いの弟だった」

戊辰戦争で奥羽鎮撫《ちんぶ》総督府下参謀《さんぼう》の任についた長州の世良修蔵は、会津征伐《せいばつ》を強硬に主張し、仙台《せんだい》・米沢《よねざわ》両藩からの謝罪嘆願も蹴ったことで、恨みを買い、福島の妓楼《ぎろう》で仙台藩士に斬首《ざんしゅ》された。その世良が生前、可愛がっていたのが大野壮七だ。

かつて世良は第二奇兵隊《きへいたい》結成に尽力したが、そのとき世話になった若い兵士のうち、壮七の友だった者らが、犯人を探して、伊南枳一郎に行き着いたのである。

右のことを、枳一郎はマイクに語ってきかせた。

「捕らえられたわしは、汚物《おぶつ》だらけの狭い牢屋に放り込まれた。体をまっすぐに伸ばすこともできぬゆえ、足もこのようになったのじゃ。それだけではない。いつ処刑されるかと怯《おび》えながら、いたぶられつづける日々であったわ」

「知らなんだ」

マイクの声が沈む。

「これがおぬしの友情であったのなら、こっちも同様の友情を返してやらねばなるまい」

枳一郎は、鳥居の一方の柱に立てかけておいたものを、手に取った。

すでに鞘を離れた太刀《たち》だ。刃が長く、その中程《なかほど》に麻苧《あさお》が巻いてある。

枳一郎は、左手で柄《つか》を握り、右手で麻苧のところを摑んで、八相《はっそう》に構えた。

「中巻野太刀《なかまきのだち》の刀法……」

とマイクが言い当てる。この独特の工夫の刀を、中国の薙刀《なぎなた》状の刀である青龍刀《せいりゅうとう》のようにふるうのだ。相田橘右衛門の得意の刀法だった。

マイクも同田貫を抜き、青眼《せいがん》につけた。

木立の中から注視する茂の鼓動が速まる。あたりは明るさを増し、いまや決闘者たちの姿は、はっきりと見えていた。

「死ねや」

戊辰戦争で組下《くみした》の兵らを叱咤するさいに用いた一言を、枳一郎はマイクに叩きつけた。

刹那《せつな》、茂の背後、間近で声がした。

「茂。耳をふさぎなさい」

振り仰ぐと、天人が立っていた。

二年前の夏と同じだ。天人の伸ばした右腕の先には、コルト・ピースメイカー。

茂が両耳をふさぐのと、枳一郎がマイクのほうへ踏み込むのとが同時だった。

生沢の田園に銃声が轟《とどろ》いた。

金属的な音がして、枳一郎の太刀は震えた。鋒《きっさき》に、銃弾が命中したのだ。

「おいでなさい」

天人が、後ろへ手を差し伸べた。

茂はいま気づいたが、天人は女連れだったのだ。

女の手をとって、天人は木立から足早に出た。

わけも分からず、茂は追いかける。

「誰じゃ、汝《うぬ》は。じゃますやつは容赦せんぞ」

近寄ってくる天人を、枳一郎は鋒を向けて威嚇した。

「おやめ下さい、父上」

と女が言った。

「父上じゃと……」

呆気《あっけ》にとられる枳一郎である。

「このひとは、おせいさん。あなたが、会津から越後へ出陣したあと、残された奥方が産んだお子です」

と天人は、女を枳一郎に紹介した。

たしかに、あのとき妻が身籠《みご》もっていたことを、枳一郎も憶えている。だが、官軍に捕らえられ、牢屋で生き地獄を味わわされたあと、恩赦《おんしや》をうけて出獄後は、敗残の身で会津に帰国する気になれず、諸国を流浪《るろう》した。勘兵衛への復讐心《ふくしゆうしん》だけが、生きる支えだった。だから、妻のことも、生まれてくる子のことも、すっかり忘れてしまった。

「母から聞かされていることを、父上に申し上げます」

おせいが言った。

「長江勘兵衛さまが手柄を父上に譲られたのは、お祖父《じい》さまの伊南喜平に頼まれたからにございます」

「なんじゃと」

「父上が武士になることを強く望んでおられたお祖父さまは、幕府と会津が勝利のあかつきには、武功により枳一郎は必ず武士になれる。さように信じておられたのです。それゆえ、長江さまが越後より生還されたとき、重い病の床《とこ》にありながら、お祖父さまは最後の力を振り絞って、手柄を譲ってくれと長江さまにお縋《すが》りしたのです」

「まことか、勘兵衛」

枳一郎はマイクへ視線を振った。

「弟子《でし》が師の末期《まつご》の願いを聞き届けるのは、当然のこと。ではないか、枳一郎」

長江勘兵衛にとっても、伊南喜平は武芸の師だった。

「わしは……わしは、何のために、いままで……」

枳一郎は、太刀を足許へ落とし、両掌《りょうて》で顔を被って、泣き始めた。

「天人さま。これは一体……」

思いがけない展開に、マイクも戸惑っている。

「わたしにとって、マイクの一家はファミリーと言ったはずです。ファミリーに危険が迫っているのを察知するのも、わたしの役目。伊南枳一郎さんのことは、前々から気にかけていたのです。だから、おせいさんと会わせる必要がありました」

「やっぱり凄《すご》いや、天人は」

と茂が眩《まぶ》しげに見やる。

「父上。会津へ帰りましょう」

おせいが、枳一郎の手を取った。

「首を長くして待っておられますよ」

「誰が待っているのじゃ」

洟《はな》をすすりながら、枳一郎が訊く。

「母上に決まっております」

「つねはまだ存命と申すか」

妻の名が、つねである。

「枳一郎どのと再会せぬうちに死んでなるものか。母上の口癖にございます」

「つねが……」

枳一郎は再び号泣《ごうきゅう》する。

　そうだ、と言って、天人がポケットから何やら小さな袋を取り出し、中のものを摘《つま》んで茂の掌《てのひら》に載せた。白くて四角っぽい。

「なに、これ」

　茂が指で突《つつ》いてみると、ふわふわしている。

「東京土産《みやげ》です。食べてごらん」

　言われるまま、茂は口に入れた。

「やわらかくて、甘くて、美味《おい》しい」

　初めての味であり、食感だ。

「気に入ったようですね。凮月堂《ふうげつどう》が先月、売り出したばかりのマシュマロです」

　漢字では、真珠麿と書く。

　太陽が勢いよく昇り始めている。

　きょうの光を、なぜかやさしく感じる茂だった。

「天人。マシュマロ、もっと頂戴《ちょうだい》」

第八話　片《かた》瀬《せ》海岸殺人事件

春来たつては遍《あまね》く是桃花《これとうか》の水
仙源《せんげん》を弁《わきま》へず何《いづ》れの処《ところ》にか尋《たづ》ねむ

「吉田くん。誰の詩か知らないけど、季節はずれで心に響かないぞ」

「いつもながら野暮《やぼ》だなあ、田辺くんは。王維《おうい》の詩から、爽《さわ》やかな薫風《くんぷう》と桃花の香りに満ちた田園の中にいる自分を想像してごらんよ。一瞬でもこの暑さを忘れることができるっていうものさ」

「汗まみれのくせに、よく言うよ」

ふたりは、炎天下を歩いている。学帽《がくぼう》も筒袖《つつそで》も短袴《たんこ》も汗染《じ》みの拡《ひろ》がりが目立つ。

藤沢駅の南側の沿道に列《つら》なる桃の木の葉も、生気を失い、まるで冬枯《ふゆが》れのようだ。東京では水涸《みずが》れが深刻さを増し、どこの田面《たのも》もひび割れてしまい、稲の葉は黄色く萎《しお》れているというが、神奈川県も似たような惨状だった。明治二十六年、旱魃《かんばつ》の夏である。

昨年の九月二十二日に満十四歳の誕生日を迎えた吉田茂は、以後、藤沢の耕餘塾《こうよじゆく》で寄宿生活に入り、横浜の本宅へも、母・士子《ことこ》の暮らす大磯の松籟邸《しょうらいてい》へも帰っていない。日祭日には帰ろうと思えばできるのだが、我慢してきた。というのも、寄宿生の中には体格に優れて乱暴な連中もいて、小柄な茂はいじめられることがしばしばなので、いちどでも母の許《もと》などへ戻れば、里心《さとごころ》がついて弱虫になってしまうと恐れたからだ。いじめをうけても、諂《へつら》いもしなければ逃げもしないで堪《こら》えた。生来の負けん気というものだろう。それに、寄宿舎では親友の田辺広志が室長として同室であることも、茂にとっては大いなる助けとなっている。腕っぷしの強い広志は、相手が上級生であろうと取っ組み合いも辞さず、茂を守ってくれるのだ。

きょうは七月最後の休日である。ふたりは江の島をめざしている。

藤沢の学舎に四年以上も通ったり寄宿したりしているのに、この江戸時代以来の有名な行楽地へ、両人ともまだ行ったことがなかった。耕餘塾の建つ羽鳥《はとり》村が鉄路の北側なので、駅南へ往《ゆ》く機会もなかったのだが、久々の帰郷をおよそ半月後に控え、茂も広志も次第に気分が上がってきて、にわかに江の島見物を思い立った次第である。

地元では片瀬川《かたせがわ》と称《よ》ぶ境川《さかいがわ》を文字通りの境として、東の一帯を片瀬、西の一帯を鵠沼《くげぬま》という。駅に近い石上《いしがみ》というところで、ふたりは舟橋《ふなばし》で鵠沼から片瀬へ渡った。舟を並べて橋代わりとするのが舟橋だ。

片瀬山の西裾と、蛇行《だこう》する境川の間を南北に延びる道は、片瀬街道である。茂と広志は南へ往く。

当時の境川は、川幅が広く、水量も豊かだから、五丁艪《ろ》、七丁艪の漁船が往来し、魚市場の立つ河岸《かし》もあった。江の島の弁財天詣《べんざいてんもう》での旅人を乗せる通船《つうせん》も発着するが、この夏は見合わせられている。水涸れにより、場所によっては船が川底をうってしまう恐れがあるからだ。

もっとも、茂と広志には、はなから通船を利用する気がなかった。初めての地は、興味を惹かれて立ち止まったりしながら歩くのが楽しい。

「あっちにお不動《ふどう》さんがあるらしいぞ」

地元の住人から聞いた広志が、河岸と片瀬山を繋《つな》ぐ坂道のほうを指さす。

「お参りしていこうよ」

茂もすぐに応じた。

ふたりは、坂道を少し上って、片瀬生まれの上人《しょうにん》が開祖だという岩屋《いわや》不動尊に詣でてから、片瀬街道へ戻った。

海岸へ近づくにしたがい、砂丘が目立つようになるが、浪合《なみあい》、鯨骨《くじらっぽね》などの字名《あざめい》は、高潮《たかしお》でも襲来《しゅうらい》すれば、たちまち海水に呑まれる危《あや》うさを思わせる。片瀬という一帯の地名も、地震や潮の干満の具合で、砂地が出現したり消えたりを繰り返してきたから付けられたものではないか。

ふたりは、海岸に行き着いた。亀の形に似ているという江の島はすぐそこだ。

「やあ、これがトンボロか」

茂の声が一層、陽気になる。

眼前には砂州《さす》が広がっており、干潮《かんちょう》のさいは江の島まで徒歩《かち》渡りができる。離れ島と陸地を結ぶこういう砂州を、トンボロという。イタリア語であるらしい。日本語では陸繋《りつけい》砂州だ。

「絶景だなあ」

大手を広げ、首《こうべ》を東から西へ、西から東へとゆっくり回しながら、広志も感動の声を洩らす。

東を眺めれば、近くに小動岬《こゆるぎみさき》、その向こうには七里《しちり》ヶ《が》浜《はま》の海岸線、新田義貞《にったよしさだ》の鎌倉攻めの上陸地として知られる稲村《いなむら》ヶ崎《がさき》、遠景は三浦《みうら》半島。正面の南にはトンボロと江の島、相模湾のはるか沖合《おきあい》に大島《おおしま》。西を望めば、湘南《しようなん》の海の小さな象徴ともいえる烏帽子岩《えぼしいわ》と、その背景に伊豆《いず》半島の穏やかな山並みと孤峰《こほう》富士の雄姿。この風光明媚《ふうこうめいび》も、江の島詣でが人気を博してきた理由のひとつだろう。

近年、江の島と片瀬で全長二百六十間《けん》の仮橋が架けられたのだが、昨夏の台風により流失してしまった。

海岸には行楽客らしい人たちの姿も見える。鵠沼に鵠沼館《こうしようかん》、対江館《たいこうかん》、東屋《あずまや》などの旅館も建てられたので、江の島だけでなく、夏の片瀬・鵠沼海岸にも人出が増えてきたのだ。

海では、あきらかに競《きそ》い合って泳ぐ男たちの一団もいる。その仲間か指導者か分からないが、波打ち際に立って、競泳者らを眺める者らは皆、赤い褌《ふんどし》姿だ。

「学習院《がくしゆういん》の連中じゃないか」

と広志が言った。

「専《もつぱ》ラ天皇陛下ノ聖旨《せいし》ニ基《もとづ》キ華族《かぞく》ニ相当セル教育ヲ施《ほどこ》ス所《ところ》トス」と定められた華族子弟の特殊教育機関が学習院である。

東京は隅田川《すみだがわ》の浜町《はまちよう》河岸にあった学習院の游泳《ゆうえい》演習場が、一昨年《おととし》、この湘南の片瀬へ移され、寄宿舎も設けられたのだ。

海から真っ先に上がってきた競泳者が、波打ち際に立つ者らから拍手を浴びている。

「あのひとが一着だな」

広志が言い、茂も、うんとうなずく。爽やかな光景で、眺めているだけでうきうきしてくる。

一着のひとは、砂浜の乾《かわ》いているところまで走って、大の字に寝転《ねころ》んだ。茂たちから五、六メートルぐらいの近さである。風采《ふうさい》の良さげな青年だ。この暑さだから、冷えた体もあっというまに温まるに違いない。

その青年の許へ歩み寄ってゆく女がいる。小袖《こそで》の衿《えり》を直しながら、おずおず、という様子である。

一緒にいた尻端折《しりはしょ》り姿の男は、なぜかその場を動かず、離れてゆく女を見つめている。何やら心配そうだ。

茂には、女は病人のように見える。顔の色が白すぎるのだ。そのせいで、女の右の目尻《めじり》の黒い点へ、茂の目は吸い寄せられた。

(泣黒子《なきぼくろ》だ)

目尻に黒子のあるひとは、涙もろいとか不幸であるとかいわれる。むろん迷信にすぎないが。

女は、畳まれた白い布を抱えている。西洋手拭《タオル》だろう、と茂は見当をつけた。

「恋人だぜ、きっと」

広志が茂に耳打ちする。濡れた体を拭うものを恋人に渡すところ、と見えるのだ。

「そうかなあ……」

茂は違うような気がした。

「学習院の学生だぞ。もてるにきまってる。ああ、ちくしょう」

ちょっと地団駄《じだんだ》を踏む広志である。学習院に通うのは、旧公家《くげ》や旧大名家の子弟ばかりで、裕福な家庭に育っている者が多く、若い女たちの憧憬《しょうけい》の的《まと》なのだ。

「あの……これを」

女が、青年に声をかけて、西洋手拭を差し出した。勇気を振り絞ってという様子で、男の裸身《らしん》をあからさまに見るのは無作法だと思うのか、おもてをそむけながらである。

青年は上半身を起こして、女を見やった。怪訝《けげん》そうであり、西洋手拭へ手を伸ばしもしない。

「きみは、誰」

と青年が訊ねた。

それでも女は顔をそむけたままで、何か言おうとはしたものの、急いでおのが口を被《おお》った。そのまま、幾度か咳《せき》をする。

途端に、青年はおもてを顰《しか》めて、立った。

「結核持《けっかくも》ちだろう。去《い》ね」

怒号と一緒に爪先《つまさき》で砂を蹴り上げてから、青年は仲間たちのほうへ逃げてゆく。

女は片目をきつく閉じながら、二、三歩よろめいて倒れた。目に砂粒が入ったに違いない。

女を助け起こそうと踏み出しかけた茂を、広志が腕を摑んで引き戻す。

「吉田くん。あのひとがもし本当に結核に罹《かか》ってたら、どうするんだ」

結核といえば、前時代までは労咳《ろうがい》と称《よ》ばれた死病の肺結核のことで、明治になっても難治《なんち》の伝染病とされており、死者は一昨年も昨年も五万人をゆうに超《こ》えていた。コレラの死者よりもはるかに多い。

「うん……」

茂は、広志に一度止められただけで、もはや足を出そうとしない自分の勇気のなさを、内心で恥じた。

（天人《あまと》なら……）

一瞬の躊躇《ためら》いもなく女を助け起こしただろう、とも思う茂である。

「おひいさま」

尻端折りの男が馳せつけ、遠慮がちに体に触れて女を抱え起こした。

おひいさまとはお姫様のことだろう、と茂は察する。男のほうは下男ではないか。

「ありがとう、善次《ぜんじ》」

掠《かす》れ声で、女が礼を言った。

「おれなんぞにおひいさまが礼を仰《おお》せられてはいけませぬ。さあ、もうお帰りになりませぬと」

すると、女は弱々しくうなずき返す。

「無礼をご容赦」

善次と呼ばれた男は、そうことわってから、女の体を背負った。ひどく痩せているので軽そうだ。

学習院の学生たちのほうをちらりと見やった善次の顔が、茂の目に焼きつく。歯を食いしばり、頬には涙が伝っていた。

主従に違いない女と男が去ってゆく。

「なんだか……」

茂は、しかし、その後のことばを呑み込んだ。何もしてやれない無関係な人間が、同情を口にするのは偽善《ぎぜん》でしかない。

拾い忘れられた西洋手拭が、海風に舞い上げられ、善次の背の女を慕うように、ふわふわとついていく。それは数瞬のことにすぎず、また砂地へ落ちると、汀《みぎわ》へ向かって走る子どもらに踏みつけにされた。

「吉田くんが滅入《めい》っても仕方ないだろ。早く江の島へ渡ろう」

「渡るさ。そのために来たんだから」

トンボロを広志が走り出し、茂もつづいた。


藤沢の停車場で、茂と広志は陸蒸気《おかじょうき》に乗車すると、いつものように上等車の海側の席で対《む》かい合った。

通路を挟んで陸側の席の先客が、乗降口を気にしている様子である。商家の旦那《だんな》ふうの装《なり》の初老の男だ。藤沢で知り合いでも合流するのかもしれない。

茂は、懐から小さな缶《かん》を取り出して、蓋《ふた》を開け、中の白い玉を一粒摘んでから、広志にも差し出す。おのが口中へ、ふたり同時にラムネ玉を放り込んで、満面を笑み崩す。

両人とも晴々《はればれ》とした表情である。本日、八月十日、前期の終業式を了《お》えて、帰省の途《と》についたのだ。明日から待ちに待った夏休みが始まる。

「ああ、早く食べたいなあ、サラトガチップス」

ラムネ玉を舐《な》めながら、広志が待ち遠しそうに言う。

一昨年の夏、五色《ごしき》の小石荘《こいしそう》における晩餐会で、茂と広志が初めて食べたじゃがいもの極薄《ごくうす》切り揚げを、サラトガチップスという。広志には身悶《みもだ》えするほど美味《うま》かった。以来、ふたりの大磯帰省中には、シンプソン家の料理人ジャックが、これを作って、松籟邸と田辺家にわざわざ届けてくれるのだ。

「賄方《まかないかた》に怒鳴られたものな」

と茂は笑う。

「そんな妙ちきりんなもん、作れるかあっ、てね」

耕餘塾の寄宿生の食事を作る賄方の真似をした広志である。

食事はまずいわけではないが、お馴染みの焼魚、煮魚に根菜《こんさい》類など、味付けも含めて、前時代とさしてかわらぬものばかりなのだ。

「どうも、どうも」

発車二分前の振鈴《しんれい》が鳴り始めたとき、乗り込んできた洋装の紳士が、先客の初老の男に軽く手を挙げた。茂の思った通り、待ち合わせだったようだ。

「お忙しそうですな」

「貧乏暇《ひま》なしというやつですよ」

和洋の違いはあれ、どちらも高級そうな装いで、金持ち同士であることは間違いなさそうだ。

「実は、片瀬で奇怪《きっかい》な事件が起こりましてな。それを藤沢住まいの知人から聞かされているうちに、いや、危うく乗りそこねるところで」

「ほう。どのような事件ですかな」

そんな会話を始めた紳士らを、茂と広志はちらりと横目で見てから、視線を戻し、互いに顔を見合わせる。俄然《がぜん》、興味を惹かれたのだ。片瀬はつい先日、出かけたばかりの地であるし、奇怪な事件というのが何より気になるではないか。

素知《そし》らぬ体《てい》で窓外《そうがい》を眺めやった茂と広志だが、聞き耳を立てる。

「学習院の学生が、それはそれは酷《むご》い殺され方をしたのですよ」

「酷いとは」

「なんと心臓を抉《えぐ》り取られていた、と」

陸蒸気が汽笛を鳴らし、動きだした。

茂と広志は、一層、耳を欹《そばだ》てる。

紳士が話した事件のおおよそは、以下のごとくである。

一週間前の朝、片瀬海岸で若い男の死体が発見された。游泳演習のため片瀬の寄宿舎に滞在中だった学習院の学生で、姓名を柳生《やぎゅう》斗馬《とうま》という。旧大和《やまと》柳生藩主家の一族である。水術の得意な斗馬は、游泳演習所が浜町河岸にあった頃から、ひとり早朝水練《すいれん》をすることがしばしばだった。だから、その日も、大半の学生がまだ眠っている時間に斗馬が寄宿舎を出ていくところを見た者もいたが、べつだん気にも留《と》めなかったという。

朝食の時間になっても斗馬が戻ってこないので、同室の者が片瀬海岸へ呼びにいき、そこで無《む》惨《ざん》な姿を見つけた次第である。

物取りの線はない。斗馬は游泳着のほかは何も身につけていなかったのだ。

心臓を抉り取るという残虐《ざんぎゃく》で猟奇的《りょうきてき》な殺し方からして、ただの喧嘩《けんか》とも考えにくく、斗馬を烈《はげ》しく憎んだり、恨んだりしている者の仕業《しわざ》ではないか。ただ、ほかの学生たちの話では、斗馬がひとに憎まれたり恨まれたりなどという話は聞いたことがなく、それどころか、誰もが認める好青年だったそうな。

とにかく、何の手掛かりもないため、まずは胡乱《うろん》な者を見かけた者がいないか、目撃者捜しをするくらいしか、警察もやることがないらしい。

「しかし、一週間前の事件なのに、新聞で見た記憶はないのう」

と初老が首を傾《かし》げる。

「おそらく警察が伏せているのでしょう。殺されたのが学習院の学生ですからな」

「なれど、事件の起こった地元の藤沢では隠し果《おお》せるものではなかった、と」

「そういうことでしょうな」

「何にせよ物騒なことじゃ」

「わたしは、柳生藩の幕末の騒動が関係していると睨んでいるのですがね」

事件のあらましを語った紳士が、したり顔でそう付け加えた。

「なんですかな、その騒動というのは」

「柳生の藩主というのは代々、徳川将軍家の剣術師範ですから、参勤《さんきん》交代を免除《めんじょ》され、江戸に常住でした。それゆえ、幕末の動乱では、藩士らも江戸詰《えどづめ》は佐幕、国詰《くにづめ》は勤皇と藩論が真っ二つとなり、大いに揉《も》めたのです。結果、勤皇派が勝って、江戸詰藩士は江戸家老《がろう》以下、主立《おもだ》つ者らが切腹《せっぷく》させられた」

「しかし、幕末のそういう混乱は、柳生藩に限ったことではない。日本中の藩が右往左往《うおうさおう》しておった」

「それはその通りですがね、何せ柳生は柳生新陰流《しんかげりゅう》という日本一の剣術の宗家《そうけ》。世に伝わっておりませんが、騒動が結着するまで藩士同士の斬り合いは凄まじかったらしい」

「なるほど、さもありましょうかな」

「柳生斗馬の父というのは勤皇派の先鋒《せんぽう》で、佐幕派を討つのに容赦がなかった。それゆえ、討たれた側の遺族にひどく恨まれた」

「いやいや、明治も早《はや》、二十六年。恨みはそんなに長くは続かんでしょう。それに、恨みを晴らすというのなら、怨敵《おんてき》は学生の父」

「晴らそうにも、とうに病死しておりましてな」

「それで、怨みを倅《せがれ》に向けたと言われるか」

「討たれた者の遺族が、維新後、暮らしに困窮しつづけていれば、充分にありうることだと思いませぬかな。自分たちはこんなに苦しんでいるのに、柳生斗馬は学習院の学生となって何の不自由もなく日々を楽しんでいる」

「分からぬこともないが……」

「そうでしょう」

「しかし、もし元藩士の遺族が苦しんでいるのなら、元藩主家が助けてやるべきで、そういう事例はこれまでよく伝え聞いておる」

「大名と申しても、柳生は一万石の小藩で、版籍奉還《はんせきほうかん》のさいには最後の藩主・柳生俊益《としとます》の家禄《かろく》もわずか五、六百石ばかり。しかも、俊益は事業に失敗して、おのれの東京暮らしを維持するのに精一杯だった」

「事業に成功する殿様なんぞ、そうそういるものではないが、ところで、あなたはどうしてそんなに柳生家のことにお詳しいのか」

「奈良県でも商売をやっておりますのでな」

「手広いことにございますな」

「そちらこそ」

「いやいや、わたしなんぞは、とても」

余裕のある笑みを浮かべたふたりは、それで片瀬海岸の殺人事件の話を打切り、何やら商談をしはじめた。

「きっとおれたちが見た学生らのひとりだ」

茂のほうへ上体を倒して、広志が声を落として言う。

「どうだろう」

茂も囁《ささや》き声だ。

「あのひとだったりして」

と広志が右足をちょっとだけ上げる。競泳で一着だった学生は、結核かもしれない女へ砂を蹴り上げた。

「好青年なら、あんなことしないよ」

「それもそうか」

「でも、ほかの学生たちも、仲間のことだから、悪く言わなかったとも考えられるけど」

「やっぱり吉田くんもあのひとだと思ってるんだ」

「そうじゃなくて、人伝《ひとづ》ての話はいろいろと間違いが多いってことだよ」

いま事件のことを語った紳士は、知人から聞かされた話を明かしただけで、実際に殺人を目撃したわけでも、現場に行ったわけでもないのである。その知人の情報にしても、おそらく人伝てのものだろう。

とは思うものの、実は茂も、心中では広志に言われたことを否定していない。それも、被害者があの競泳一着の青年というだけでなく、犯人まで想像している。泣黒子の女の下男の善次という者ではないか、と。

おひいさまに足蹴《あしげ》の砂を浴びせた青年をちらりと見やったときの、善次の顔は忘れられない。一瞬だが、強い殺意が露《あら》わになったようにみえたのだ。

ただ、おひいさまへの忠義心から青年を殺すにしても、心臓を抉り取るというのは、さすがに違和感を拭えない。あるいは、おひいさまの心を傷つけた相手だから、同じ目にあわせるという意趣《いしゅ》返しで、心臓を奪って傷つけてやろうというのか。いくらなんでも、そこまで異常なことはしないだろう。

（となれば……）

旧柳生藩の幕末の騒動が遠因という紳士の推理は、説得力があるような気もする茂だった。旧柳生藩士なら新陰流を学びつづけていてもおかしくないから、鍛えた刀術と斬れ味鋭い刀でもって、心臓を抉り取るぐらいはしてのけられるかもしれない。

「吉田くん。もう着くぞ」

広志の声が弾んだ。

いつのまにか、車窓には唐《もろこし》ヶ原《がはら》と、その向こうに広がる相模の海が見えている。殺人事件の盗み聞きをし、自分なりに犯人などを想像して夢中になっていた茂は、平塚駅に停車したことも、花水川の鉄橋を渡ったことも、まったく気づかなかった。

（天人に話してみよう）

奇怪な殺人事件に対しても、天人ならきっと独自の視点を披露してくれるに違いない。不謹慎《ふきんしん》とは思いつつも、途端に茂は心を弾ませる。

大磯の停車場に向かって、陸蒸気は減速し始めた。

すぐにでも天人に片瀬海岸殺人事件のことを話したい茂は、大磯駅で下男の好助に出迎えられると、広志と別れて、馴染みの車夫どんじりの人力車に乗って松籟邸へ帰るや、母・士子への挨拶もそこそこに五色の小石荘へ走った。

血洗《ちあらいがわ》川沿いの小道から、敷地内の敷石路へ入ると、馬上の天人が見えた。煉瓦造りの二本の門柱の間を抜けて出ていくところだ。

「天人おっ」

手を振りながら、茂は馳せ寄ってゆく。

「お帰り、茂」

青い乗馬ズボンに袖なしの白シャツのみという軽やかな格好《かっこう》で、白馬プリマスに跨《また》がる美男の天人に、茂はしばし見とれてしまう。水の滴《したた》るよう、という形容は天人のためにあるとさえ思えた。

「浜辺《はまべ》を走りにいきます」

天人が馬上から手をさしのべる。

この瞬間、茂の頭の中から殺人事件のことは吹っ飛んだ。

馬上から上体を茂のほうへ傾《かたむ》けた天人が、その脇《わき》の下から背中にかけて右腕を回し、ひと息で引き揚げた。

天人の体の前で、茂はプリマスに跨がる。

(そうだった……)

遠出《とおで》をするときはその限りではないが、大磯の浜辺を走るぶんには、プリマスに轡《くつわ》と手綱《たづな》は装着するものの、鞍《くら》と鐙《あぶみ》を着けないのが天人流だった。愛馬の負担を軽くするためだ。そのことを、乗ってから思い出し、途端に不安に駆られた茂である。

これがどれほど危険か、自身も乗馬《じょうめ》を所有する茂には分かっている。

二人乗りのときは、鞍がないほうが跨がるだけなら楽でも、滑りやすい。その上、鐙もなしとなると、腰はまったく落ち着かない。一人乗りであっても、振り落とされないためには、よほど卓越した乗馬術《じょうばじゅつ》と強靱《きょうじん》な筋力《きんりょく》が必要なのだ。

(でも、天人だもの。きっと大丈夫だ)

その思いも湧いて、期待感が勝った。

「茂。わたしに背を預けて、乗馬ズボンのベルトを両手でしっかり摑みなさい」

「オーケー」

茂の語尾が上がる。言われた通りにしたつもりだが、正しいかと確認したのだ。

「ザッツ・ライト」

それでよろしい、と茂の両肩を摑んでから、天人は両足で軽くぽんっとプリマスの腹を蹴った。

プリマスは、防風林の坂を上ると、北側へ傾いている松の木々の間を流れるように抜けて、こんどは砂浜めがけて坂を下りてゆく。天人の手綱捌《さば》きも絶妙で、些《いささ》かも危なげがない。

天人とプリマスのまさに人馬一体の動きに、茂は嬉しくなってきた。

明らかに和種《わしゅ》ではない巨《おお》きな白馬に跨がる美男と少年が浜辺へ現れると、海岸に憩《いこ》っていた人々は誰もが目を丸くし、啞然《あぜん》とした。

天人は、汀までプリマスを進めてから、二度、三度と輪乗《わの》りしたあと、まずは常歩《なみあし》で愛馬の脚《あし》を砂地に慣れさせる。

速歩《はやあし》に上げたところで、打ち寄せる波の先が蹄鉄《ていてつ》を少し濡らした。

「茂。プリマスに声懸《こえが》けを」

天人が何をさせたいのか瞬時に分かって、茂は声を張った。

「往けえっ、プリマス」

応じて、天人が愛馬の脚送りを一挙に速めた。駆歩《かけあし》だ。

プリマスは、地を蹴るたびに、濡れた砂と飛沫《しぶき》を高く舞い上げ、袖ヶ浦から小淘綾浦《こゆるぎうら》へと疾走してゆく。

茂は、歓喜した。

「楽しいいいいっ」


「その事件なら知っています」

と天人に言われて、茂はちょっとがっかりした。

「誰から聞いたの」

「声が嗄《か》れていますよ、茂。まずは、お飲みなさい」

西洋椅子《いす》に腰掛ける茂の前の卓子《テーブル》には、冷えたレモン水が出されている。五色の小石荘の東棟のダイニングである。浜辺の疾走から戻るなり、何をしに天人に会いにきたのか思い出し、息せき切って事件のことを語りつづけたので、茂はまだ飲み物に口をつけていない。

無足杯《タンブラー》を両掌《りょうて》で包み込むように持つと、茂はレモン水を喉を鳴らして飲み干した。全身が快適になってゆく爽快《そうかい》さである。

「お代わりをいかが」

卓子から少し離れたところに立つ家令のマイクが、微笑みかける。

「お願いします」

茂の声に潤《うるお》いが戻った。

「それで、天人は事件のことをどうして」

「一昨日《おととい》、浜辺で散歩中の林董《ただす》さんから聞いたのです」

下総佐倉《しもうささくら》藩の蘭方医《らんぽうい》・佐藤泰然《さとうたいぜん》の五男に生まれた林董は、幕府御殿医《ごてんい》の林洞海《どうかい》の養子に入り、林姓となった。ロンドン留学から帰国後、箱館戦争に参じ、官軍に捕らえられる。維新後は、その出自や才能、経歴をかわれて岩倉具視《いわくらともみ》の遣外《けんがい》使節団にも参加し、工部省《こうぶしょう》、逓信省《ていしんしょう》などを経て、香川《かがわ》県知事、兵庫《ひょうご》県知事を歴任後、外務次官に就任し、いまは陸奥宗光外相をよく補佐している。

大磯に日本初の海水浴場を開き、医院と旅館を兼ねる禱龍館《とうりゅうかん》の顔として知られる松本順の実弟でもある林董は、東小磯に別荘を所有する。士子と茂の吉田家を通じて松本順と懇意《こんい》の天人は、その関わりから林董ともすでに面識があるのだ。

「けれど、茂が列車内で聞いた事件の話と、林さんのそれとでは、ひとつ大きな違いがあります」

「どこが違うの」

「抉り取られたのは、肝臓《かんぞう》だそうです」

「えっ、心臓じゃないんだ」

「官人で医者でもある林さんに伝わっている事実ですから、きっと精確《せいかく》なものでしょう」

昔は、肝臓も含めた内臓を総じて、肝《きも》と称することはめずらしくなかったので、あの紳士の知人が心臓も肝臓もいっしょくたにしたのか、それとも紳士が勝手に心臓と思い込んだのか、聞き間違えたのか、いずれかだろう、と茂は思った。

茂の知識では、肝臓というのは、人体の分泌器官のうちいちばん大きいはずだ。そんなものをわざわざ奪ってどうするのか。

「肝を取られるとか、肝を抜かれるなんてことばがあるから、そういうことをして楽しんでる狂人なのかな、犯人は。天人はどう思う」

「林さんは、おそらくＴＢに罹っている者か、その関係者ではないか、と言っておられました」

「ティービーって」

「Ｔｕｂｅｒｃｕｌｏｓｉｓ《チユバーキユロウシス》。結核。とくに肺結核のことです」

「天人。いま、結核って、言ったの」

驚きのあまり、茂の声は途切れがちになる。

「ええ。病気の結核です」

「どういうこと」

「結核の対処については、ドイツでツベルクリンという治療剤が開発されましたが、日本ではまだ輸入に頼るほかなく、輸入できたとしても投薬料金が高額すぎて、とても庶民が恩恵を受けられるものではありません。だから、誰でも結核に罹れば絶望するし、もし治療法や予防法があるのなら、それがいかがわしいものであろうと、藁《わら》にもすがる思いでとびつく。イモリの黒焼き、スッポンの生き血、猿の脳みそなどが効《き》くと世に広まっており、それらを本気で用いている人々が実は多くいるそうです」

「幕末の日本にコレラが入ってきたときも同じような騒ぎにございました。狼《おおかみ》の骨を砕《くだ》いて粉末にして飲めばたちどころに治る、と」

茂へお代わりのレモン水を出しながら、そう補足したのはマイクだ。のちのニホンオオカミ絶滅は、コレラが流行《はや》るたびに乱獲《らんかく》されたことが遠因のひとつともといわれる。

マイクにうなずき返してから、天人は話をつづける。

「近頃は誰が言い出したものか、人間の生き肝こそが効果絶大である、そんな噂が流れているとのこと。林さんが推察するに、肝臓というのは余分な炭水化物を生体の活力にかえて貯《たくわ》えたり、たんぱく質や糖の代謝《たいしゃ》を調節したり、解毒《げどく》作用を行ったりする機能を持つといわれるので、それらを拡大解釈した者がいるのだろう、と。松本先生のところへも、今年の春頃だったそうですが、その真偽《しんぎ》をたしかめにきた者がいるそうです」

「天人。ぼく……」

茂の心臓が早鐘《はやがね》を打つ。

「いかがなさいました、茂さま。お顔が蒼《あお》うございます」

とマイクが案じた。

「ぼく、犯人を知ってる」

茂は、広志とともに片瀬海岸で目撃した光景をつぶさに語りだす。

「ぜんぶ思い違いかもしれないけれど……」

目撃談の最後を、茂はその一言で結んだ。

「善次というひとの表情から、茂が殺意を感じたのなら、思い違いではないかもしれません」

天人は茂を信じた。

「失礼いたします」

戸口のところに立って、声をかけてきたのはマイクの妻ジェーンだ。夏のことで、屋内の風通しをよくするため、ドアを開け放してある。

「天人さま。お客様がおみえにございますが……」

なぜか困惑《こんわく》げな様子のジェーンだった。

「どなたです」

「それが……」

「どうした、ジェーン」

早く返辞をするよう、マイクが促す。

「榊原志果羽《しらは》さま」

その名に、茂が西洋椅子から腰を浮かせた。

直心影流《じきしんかげりゅう》の剣技が天覧の栄にまで浴《よく》した榊原鍵吉の孫娘が、志果羽である。一昨年の夏の対決以後、真剣勝負などする気のない天人を、臆病者と罵《ののし》りつづけている剛情《ごうじょう》な女剣士で、茂も威されたことがあるのだ。

「何か武器を持っていますか」

と茂はジェーンに訊いた。武器を手に暴れられたら、皆殺しにされるかもしれない。

「袴《はかま》姿にございますが、武器をお持ちのようには見えません」

「通して下さい」

と天人が言ったので、茂は慌てる。

「あんなひと、屋敷に入れちゃだめだよ」

「根は悪いひとじゃなさそうだ。茂がそう言ったとマイクから聞きました」

「だけど……」

ほどなく、ジェーンに案内されて、志果羽が入ってきた。

「なんじゃ、茂も一緒か」

吐き捨てるように、志果羽は言った。

「茂って……」

志果羽から名を呼び捨てにされるいわれのない茂だが、怖いから口答えはしない。

「天人シンプソン。おぬしとの勝負はやめてやる。命拾いしたな」

相変わらず高飛車《たかびしゃ》な志果羽だった。

「それはありがとうございます」

天人のほうは素直だ。

「その代わり、あたいに力を貸せ。茂、あんたもじゃ」

「えっ、ぼくもですか」

茂は身を強張《こわば》らせる。

「あの……何か分かりませんが、志果羽さんなら、どんなことでも、誰の力も借りずにしてのけられるのではありませんか」

「あたいに世辞は通用せぬぞ」

志果羽に睨みつけられた茂だが、むろん世辞を言ったつもりはない。

「分かりました。力を貸しましょう」

どんなことなのか訊ねもしないで、天人はあっさり引き受けた。

「まだ何も申しておらぬ。あたいを愚弄《ぐろう》するのか」

「敵に助けを求めるというのは、よほどお困りだからでしょう」

「敵……とは、思うておらぬ」

志果羽が少しはにかんだように、茂にはみえた。

（気色《きしょく》悪いなあ……）

体がむずむずしてくる。

「マイク。志果羽さんにもレモン水を」

家令に指図《さしず》してから、天人は西洋椅子のほうへ腕を伸ばし、どうぞ、と志果羽にすすめた。

腰を下ろすなり、志果羽は告げた。

「急いで、ひとを捜してほしいのじゃ。善次という者を」


数年前のある日、榊原志果羽は、下谷車坂の榊原道場を塀《へい》越しに覗き込んでいた胡乱な男を引っ捕まえた。それが善次である。

おのれの来《こ》し方《かた》を、善次は正直に語った。

主家は貧乏旗本家だったが、当主が奉公人によくしてくれるので、下男夫婦だった善次の両親も心から尊敬して仕《つか》えた。しかし、当主とその跡取《あとと》りも官軍との戦争で討死《うちじに》すると、維新後、主家は没落の一途《いっと》を辿り、ひとり残された息女も無頼《ぶらい》の徒に手籠《てご》めにされ、女児を産んですぐに亡くなった。この女児に里《さと》という名を付けて育てたのは善次の両親だが、あくまで旧主家の姫君として接した。その両親がコレラで死んだあと、善次ひとり、里をおひいさまと敬《うやま》って仕えるうち、強くなりたいと切実に思った。というのも、父が主家の息女を無頼の徒から助けられなかった無力を死ぬまで後悔しつづけていたからだ。自分は生涯をかけて必ず里を守りぬくと善次は決心する。そこで、高名な剣客《けんかく》である榊原鍵吉に学びたいと思ったが、肉体労働で得るわずかな賃金はすべて里のために費《つか》うので、おのれの稽古代など払えるわけがない。だから、せめて榊原道場の稽古風景だけでも盗み見ようとしたのだ。

善次を帰したあと、志果羽は鍵吉に子細《しさい》を告げた。すると、剣の達人にふっと笑われた。

「わざわざおれに話したってえことは、お前《めえ》の心はもうきまってんだろ。稽古をつけてやんな」

稽古代はとらない、という許可も含んだ言質《げんち》である。

以後、志果羽は、正規の門人たちが退《ひ》けて道場が空《あ》いてから、善次に稽古をつけてやるようになった。ただ、里の世話をしなければならないので、善次も毎日通えるわけではない。もちろん幼少から剣術を始めた者とは比較し難《がた》いものの、筋《すじ》は悪くなかった。命懸けという思いを抱いているせいか、稽古熱心でもあった。

師となってくれた志果羽に感謝する善次は、里のことをよく話した。

隅田川も浅草より下流は大川《おおかわ》と称《よ》ばれるが、その川中の寄洲《よりす》にある掘《ほ》っ建《た》て小屋が、里と善次の住まいだった。そこから浜町河岸の学習院の游泳演習所がよく見える。

里は、毎日のように游泳演習所を眺めるうち、たびたび早朝水練をするひとりの学生に恋をしてしまった。善次が苦労の末、学生の素生《すじよう》を探り当て、旧大和柳生家の一族で柳生斗馬という者だと知れた。

もとより、旧大名家の出身で学習院の学生でもある斗馬と、社会の底辺でその日暮らしをしている名もなき娘とでは、身分が違いすぎる。出会いも、口をきく機会も決して得られないだろう。だからこそ、里の想いは募《つの》った。

　ところが、一昨年、游泳演習所が神奈川県の片瀬へ移ってしまい、里は斗馬の泳ぐ姿を見られなくなった。その頃から、もともと細かった食《しょく》がさらに細くなり、里は病気がちになってゆく。寄洲の掘っ立て小屋は不衛生でもあり、やがて、罹るべくして結核に罹った。

　善次の道場通いも間隔が空くようになり、ついには姿を見せなくなる。里の看病が大変なのだと志果羽は察していたが、見舞いに行くのは鍵吉にとめられた。

「お前《めえ》は覚悟して行くだろうから、いい。だがよ、お前から門人やら誰やら、まわりの者《もん》に伝染するってこともある。そいつを忘れちゃいけねえ」

　六十歳をこえた鍵吉自身が今年は少し体調を崩し、体力を落としているので、その心配も拭えず、志果羽は忠告を受け容《い》れた。

　志果羽が片瀬海岸殺人事件のことを知ったのは、昨日のことである。帝国大学医科（のち東京帝国大学医学部）御雇《おやとい》教師をつとめるドイツ人医師のベルツから聞いた。後年、日本近代医学の父と称せられることになるベルツは、日本人というものを本質から知りたくて、剣術まで研究すべく、榊原道場に入門しているのだ。

　被害者の名が柳生斗馬、肝臓が抉り取られていたことと、生き肝が結核に効くという与太《よた》話《ばなし》。すべてが善次と里に繋がる。

　志果羽は、ふたりの住まいへ走った。もはや結核の伝染など気にしてはいられない。

幸運なことに、志果羽は寄洲へ渡る前に、善次とともに人足《にんそく》仕事をしている伍兵衛《ごへえ》という男に、大川端《ばた》で出くわした。

伍兵衛が言うには、七、八日前に善次は里を連れて、寄洲を出ていったという。

「鎌倉のなんやらいう病院におひいさまを入れるとかでよ」

「サナトリウムではないか」

「憶《おぼ》えちゃいねえよ。異人のことばなんぞ耳に入《へえ》ってこねえからな」

療養所のことをサナトリウムという。この頃はまだまだ耳慣れない名称だが、志果羽はこれもベルツを通じて知識として得た。

空気清浄《せいじょう》で日光も豊かな海浜《かいひん》、高原《こうげん》、林間《りんかん》などに、慢性疾患《しっかん》の患者や、重病からの恢復《かいふく》期の保養者や、日本ではおもに結核患者を長期滞在させ、治療にあたるのがサナトリウム療法だ。ベルツが提唱《ていしょう》したものである。これをうけて、欧米の医療事情視察の経験もある内務省衛生局長・長与専斎《ながよせんさい》が明治二十年、横浜の富豪商人らの支援を得て、鎌倉由比ヶ浜《ゆいがはま》に鎌倉海浜院を開設した。その後、鎌倉には鎌倉養生院《ようじょういん》も開業されたが、毎年の結核罹患者《りかんしゃ》の数に比して、療養所はあまりに少なすぎて、ベルツが常々、日本の政府の無理解と医療の後進性に腹を立てていることも、志果羽は知っている。

きょう、志果羽は新橋《しんばし》から始発で鎌倉へ向かった。鉄道なら大船《おおふな》乗換えで鎌倉まで、一時間半余りで行けるのだ。そして、鎌倉養生院と鎌倉海浜院をまわった。

鎌倉養生院では、善次と里とおぼしい男女の二人連れは来たが、入院費、治療費を払えない者らであることは一目瞭然《いちもくりょうぜん》だったので、追い返したという。露骨《ろこつ》に言えば貧乏人は相手にしていないのだ。これは志果羽も事前に予想できたことだが、それでもサナトリウムを訪ねたのは念のためだった。鎌倉海浜院に至っては、開院当初より療養費がきわめて高額であり、結局は金持ち御用達《ごようたし》サナトリウムという様相を呈したことから、もともと建物も設備も豪華そのものなので、とうに高級ホテルに鞍替《くらが》えしていた。

鎌倉から大磯をめざしたのも、むろん理由がある。父の故郷は大磯だと善次が言っていたような気がしたからだ。祖母はまだ健在らしいとも。ただ、出会った当初のことで、記憶は曖昧《あいまい》だった。例えば、大船ではないかと言われれば、そうかもしれないと思えてしまう。

しかし、大磯という地名が閃《ひらめ》いたからには、行ってみるしかない。それで志果羽は思い至ったのだ、天人シンプソンに。

「もしまだ大磯に祖母の家があるのなら、善次が逃げ込んだかもしれぬのじゃ。おぬしら、一緒に捜してくれ」

いつも強気の志果羽が、天人と茂に向かって、ほんのわずかながら頭を下げた。

「大磯かどうかも分からないのでしょう」

あらためて確認するように、茂は言った。

「それがどうした。あたいを責めるつもりか」

やはり志果羽は強気だった。茂は、口を閉じて、目を伏せる。

「まずは禱龍館へ行って、松本先生に伺ってみましょう」

天人が西洋椅子から立った。

「先生がその善次っていうひとをご存じとは、到底思えないけどな」

「茂。林さんがわたしに語ったこと、憶えていますか」

「大体は憶えてるけど……」

「春頃、結核と生き肝のことを松本先生に訊ねにきた者がいる、と」

「天人はそれが善次だっていうの」

「分かりません。でも、まったく見込みなしとも言えない。行きましょう」

「もう午後も深まってきたから、松本先生は禱龍館での診察をとうに了えられ、どこか寄り道していなければ、別荘にお帰りだと思うよ」

茂が松本順の行動に詳しいのは、母・士子の主治医でもあるからだ。

順の別荘は、鉄路の北にある。所在地名は東小磯でも、海側ではなく山側なのだ。

太陽は水平線の向こうへ落ちそうで落ちない。夕陽《ゆうひ》と称ぶにはまだ明るい夏である。

妙大寺《みょうだいじ》に隣接する松本順の別荘は、敷地二千三百坪の広さだ。医院も開業しており、急患《きゅうかん》なら夜でも診《み》てくれる。

ここまで天人と志果羽を先導してきた茂が木戸《きど》に手をかけると、女剣士に制せられた。

「待て」

志果羽は、茂の前へ出て、あたりの気配を窺う。

「様子がおかしい。張り詰めたような声が聞こえる」

「患者さんの声ではないですか。診療終了時刻にはまだすこし間《ま》がありますし」

「たわけ。もっと異様な声じゃ」

「異様なのは……」

あなたです、と言ってやりたい茂だが、呑み込んだ。

「侵入者がいるということですね」

天人は察した。

「茂はここで待て」

志果羽がまた呼び捨てにする。

茂は縋《すが》る視線を天人へ向けたが、ゆっくり頭《かぶり》を振り返された。

「じゃあ、待ってます」

不満でも仕方ない。危険かもしれないのだろう。

志果羽と天人は、両人とも木戸を軽《かろ》やかに飛び越えて、別荘の敷地内へ入ると、忍び足で、しかし素早く庭を抜けて、建物へと迫った。住居棟ではなく、医院棟である。

外壁に体を寄せて、ガラス窓から中を覗いた。診察室だ。

天人の目に真っ先に飛び込んだのは、真剣の抜き身を右手に、苛立った様子でうろつく男である。左腕には味噌《みそ》でも入れるような小樽《こだる》を抱えている。志果羽がうなずいたので、善次だと分かった。

松本順は机の前に立ち、その近くでは、後ろ手に縛られた幾人もの男女が床《ゆか》へ直《じか》に座らされている。看護婦と使用人たちだ。

診察ベッドに女がひとり仰向《あおむ》けに寝ているが、ぴくりとも動かないので、生きているのか死んでいるのか見定め難い。

「早くこれを、おひいさまに食べさせてくれ。日本一の医者ならできるだろう」

善次は、小樽を机の上にどんっと置いて、順を怒鳴りつけた。

「わしは日本一ではないが、たとえ日本一の医者でも無理なのだ。幾度、強要されても、できぬものはできぬ。食べさせたところで、効き目はまったくない。それどころか、いまのこのひとでは、喉に詰まらせて、それで死んでしまうぞ」

会津戦争において矢玉《やだま》の飛び交《か》う中で負傷兵を治療しつづけ、維新後も請《こ》われて初代陸軍軍医総監をつとめたほどの人物だけに、順は落ち着いている。

「生き肝だ。腐《くさ》らぬよう、こうして塩漬けにしてきたと言っただろう」

小樽の蓋を開けて、善次は上部の塩を左手で摑んでみせる。

「ただの生き肝じゃない。おひいさまが全身全霊で恋い焦《こ》がれた男の生き肝だ。効くにきまってる。効いて、おひいさまは元気になられるにきまってる」

「気の毒だが、最初に申した通り、このひとには手の施《ほどこ》しようがない」

「言うな、言うな、言うなあっ」

眼《まなこ》を血走らせる善次は、よろめいて、刀を振り回した。空《くう》を切る音と、女たちの悲鳴が天人と志果羽の耳にも大きく届く。

「うあああああっ」

善次は小樽をまた抱えるや、獣《けもの》のように叫《さけ》んで、それを窓に向かって放り投げた。

一本の枠《わく》ごと窓が壊れ、割れたガラスが飛び散って、身を伏せた天人と志果羽の頭上に降り注《そそ》ぐ。

小樽から、無気味な赤褐色《せきかっしょく》の臓器が飛び出した。柳生斗馬の肝臓である。

そこへ、茂が走り込んできた。

「刀を差したやつらが三人、こっちへ来る」

いましがた茂は、妙大寺の門前から人声《じんせい》が聞こえたので、盗み見てみると、違法の帯刀に頬《ほっ》かむりもした三人の男が、松本順の別荘へ忍び寄るところだったのだ。

かれらの姿が、早くも茂の背後の木立越しに見えた。

天人が咄嗟《とっさ》に、起《た》って、茂の腕を引き寄せる。

「おぬしは中を頼む」

志果羽は、天人にそう言うやいなや、前へ出て、大手を広げた。刀を持つ三人を、無手《むて》で相手にしようというのか。

天人も逡巡《しゅんじゅん》せず、壊れた窓から診察室へ躍り込むと、斬りかかってきた善次の懐へ飛び込んで、そのまま思い切り押した。

診療器具などの置かれた棚《たな》へ、背を強く打ちつけられた善次は、息がとまる。

天人は、いったんステップ・バックしてから、右のストレートを善次のあごへ叩き込んだ。

失神して頽《くずお》れる善次の手から刀を奪い取った天人は、壊れた窓枠のところまで戻った。

素手《すで》のままで三人の剣を躱《かわ》している志果羽の動きを見て、天人は瞬時に頃合《ころあ》いを測る。天人を目の隅に入れた志果羽も、その意図を察した。

「志果羽さん」

天人が放った刀の柄頭《つかがしら》あたりを見事に左手で捉えると、志果羽は片手斬りの横薙《よこな》ぎを敵に送りつけて、後退させてから、柄を両手に持つ。そのときには、真剣の峰《みね》を返している。

「汝《うぬ》ら、柳生新陰流であろう。直心影流がお相手いたす」

にいっ、と笑ってから、志果羽は恐れげもなく踏み込み、相手の剣と一合《いちごう》することもなく、わずか三閃《さんせん》で三人を倒した。いずれも峰打ちである。

(凄い……凄すぎる)

外壁にへばりついていた茂は、おしっこが洩れそうになるのを懸命に我慢した。

「礼は申さぬぞ。おぬしとの勝負をやめてやったから、これで差し引き損得なしの行って来いじゃからな」

翌日の午後、大磯駅の待合室で発車五分前の振鈴を聞き終えて、志果羽が天人に言った。

「感謝申し上げます」

と天人は深々と腰を折る。

「ふん。厭味《いやみ》なことをいたすやつじゃ」

昨夕の一件は、片瀬海岸殺人事件のことも含めて、すべて松本順が大磯警察署に出向いて処理してくれた。

五色の小石荘の客室に泊まった志果羽は、今朝《けさ》、署長直々《じきじき》の幾《いく》つかの質問にこたえただけで、なんのお咎めもなしである。むしろ、犯人逮捕の功労者として、天人とふたり、表彰されてしかるべきだが、そこは学習院やら、人々が怖がる結核やら、猟奇的な生き肝やらが絡んでいるので、警察も大事《おおごと》にはしたくないのだ。

柳生斗馬に西洋手拭を渡そうとした里を、善次がとめなかったのは、死ぬ前に一度でいいから間近で恋しいひとの姿を見て、一言、二言交《か》わしたいという、おひいさまの願いを叶えてあげたかったからだそうな。だが、里の命懸けの恋心は踏みにじられた。斗馬を決して赦《ゆる》せるものではなかった。善次自身が、旧主家の姫君へ叶わぬ恋をしつづけてきたのだ。

そして、本日の未明、里は松本順の別荘で息を引き取った。ひとまず大磯署に留置《りゅうち》された善次は、これを聞いても、嘘だ嘘だと喚《わめ》きつづけて信じなかったが、お里さんはわしが必ず丁重《ていちょう》に葬《ほうむ》ると順に約束されると、ようやく歔欷《すすりな》き、あとは突っ伏《つぷ》して涙が溢れるにまかせるばかりだった。

松本順の別荘を襲った三人は、志果羽が睨んだ通り、旧柳生藩で、斗馬の家に仕えていた者らだった。むろん、順を狙ったのではなく、斗馬殺しの犯人を探って追跡した結果である。柳生には江戸時代を通じて忍びの探索術も伝わっていたから、これが維新後も伝承され、用いることができたとしても不思議ではない。

改札を入ってから振り向いた志果羽は、何か言いかけたが、すぐに思い直したのか、また背を向けた。

「志果羽さん」

茂が声をかける。

「なんじゃ」

こんどは前を向いたまま、志果羽は返辞だけする。

「海水浴はお好きですか」

「あたいは泳ぎも得手《えて》じゃ」

「それならまた、大磯におみえになれますね」

天人への真剣勝負強要という、大磯行きの理由がなくなったいま、志果羽がこの地を再訪するには新たな理由が必要だろう。

怒ったように、志果羽はおのが肩を揺さぶった。照れ隠しだ、と少年の茂でも見抜ける。

「天人に板子《いたご》乗《の》りを教えてもらうといい」

そう言い添えたら、振り返って茂を睨み返してきた志果羽だが、大きな鼻息をひとつ吐くや、また背を向け、大股《おおまた》に停車場へ向かっていった。どうやら安心したようにみえる。

「茂は成長しましたね」

微笑む天人である。

「言うんじゃなかったって、もう後悔してるんだけど……」

「可愛いひとです、志果羽さんは」

「天人って、女なら誰でもいいの」

「さあ、それはどうでしょうか」

先に駅舎を出た天人が、夏空を眩《まぶ》しそうに見上げる。

「板子乗り日和《びより》です」

何をやっても絵になる天人だ。いつだったか教えてもらったスキップなるものを、茂は踏んでみた。

◎主な参考文献

『大磯町史7　通史編　近現代』大磯町編

『大磯町史9　別編　自然』大磯町編

『神奈川縣　大磯明細全圖』大磯町郷土資料館編

『大磯の蘭疇　松本順と大磯海水浴場　松本順没後100周年記念展』大磯町郷土資料館編

『元祖海水浴場・大磯　東京中のしゃれた奴らがやってきた』大磯町郷土資料館編

『滄浪閣の時代　伊藤博文没後100年記念』大磯町郷土資料館編

『鴫立庵　大磯町郷土資料館秋季企画展図録』大磯町郷土資料館編

『大磯の今昔』(五)(六)(七)　鈴木昇著

『大磯歴史物語』池田彦三郎著　グロリヤ出版

『ふるさと大磯』高橋光著　郷土史研究会

『カメラと大磯の地名を行く』松村鉄心著

『わがまち長者町』わがまち長者町刊行会編

『海辺の憩い　湘南別荘物語』島本千也著

『ビジュアル・ワイド　明治時代館』宮地正人・佐々木隆・木下直之著・鈴木淳監修　小学館

『図説　明治事物起源事典』湯本豪一著　柏書房

『西洋館　明治・大正の建築散歩』中村哲夫著・写真　淡交社

『新・國史大年表 第六巻(1853~1895)』日置英剛編　国書刊行会

『吉田茂　その生涯と大磯　旧吉田茂邸落成記念企画展』大磯町郷土資料館編

『評伝吉田茂1　青雲の巻』猪木正道著　ちくま学芸文庫
『人間吉田茂』吉田茂記念事業財団編　中央公論社
『父　吉田茂』麻生和子著　新潮文庫
『小笠原東陽と耕餘塾に学んだ人々（藤沢市史ブックレット4）』髙野修著　藤沢市文書館
『名宰相　吉田茂と学舎耕余塾』村上きょうこ著　風人社
『鉄道開業ものがたり　鉄道博物館開館5周年・鉄道開業140周年記念特別企画展図録』鉄道博物館学芸部／アート・ベンチャー・オフィスショウ編　鉄道博物館
『鉄道の作った日本の旅150年　鉄道博物館鉄道開業150年記念企画展』鉄道博物館学芸部編　鉄道博物館
『日本国有鉄道百年史　第2巻』日本国有鉄道
『史料鉄道時刻表　明治四年～二十六年』鉄道史録会編
『汐留・品川・櫻木町驛百年史』東京南鉄道管理局編
『都道府県別　全国方言辞典』佐藤亮一編　三省堂
『県別　方言感覚表現辞典』真田信治・友定賢治編　東京堂出版
『言志四録（一）（二）（三）（四）』佐藤一斎著　川上正光全訳注　講談社学術文庫
『南洋探検実記』鈴木経勲著／森久男解説　東洋文庫
『萬朝報』（明治三十一年七月七日～九月二十七日）萬朝報社
『結核の文化史　近代日本における病のイメージ』福田眞人著　名古屋大学出版会
『平太の戊辰戦争　少年兵が見た会津藩の落日』星亮一著　角川選書
『女たちの明治維新』鈴木由紀子著　日本放送出版協会

初出

本書は、月刊文庫『文蔵』二〇二二年五月号～二〇二三年三月号の連載「松籟邸の隣人」第一話～第八話に、加筆・修正したものです。

〈著者略歴〉

宮本昌孝（みやもと　まさたか）

1955年、静岡県浜松市生まれ。日本大学芸術学部卒業後、手塚プロダクション勤務を経て執筆活動に入る。

95年、『剣豪将軍義輝』で一躍脚光を浴び、以後、歴史時代小説作家として第一線で活躍。

2015年、『乱丸』にて、第四回歴史時代作家クラブ賞作品賞を受賞。

2021年、『天離り果つる国』（上・下）にて、「この時代小説がすごい！　2022年版」（宝島社刊）の単行本部門で第１位を獲得。

主な著書に、『風魔』『ふたり道三』『海王』『ドナ・ビボラの爪』『家康、死す』『藩校早春賦』『武者始め』『武商諜人』などがある。

松《しょう》籟《らい》邸《てい》の隣人（一）

青夏の章

2023年11月27日　第１版第１刷発行

著者　宮本昌孝

発行者　永田貴之

発行所　株式会社ＰＨＰ研究所

東京本部　〒135-8137　江東区豊洲5-6-52

文化事業部　☎03-3520-9620（編集）

普及部　☎03-3520-9630（販売）

京都本部　〒601-8411　京都市南区西九条北ノ内町11

PHP INTERFACE　https://www.php.co.jp/

組版　朝日メディアインターナショナル株式会社

印刷所
製本所　図書印刷株式会社

　ISBN978-4-569-85595-0

PHP文芸文庫

天《あま》離《さか》り果つる国（上・下）

宮本昌孝　著

飛驒の「天空の城」に織田信長ら列強の魔の手が迫る。天才軍師・竹中半兵衛の愛弟子はその時――。疾風怒濤の戦国エンタテインメント。